U0738864

风从海边来

——浙川对口工作纪实

诸 芸 ◎ 著

ZHEJIANG UNIVERSITY PRESS
浙江大学出版社
·杭州·

图书在版编目（CIP）数据

风从海边来：浙川对口工作纪实 / 诸芸著.
杭州：浙江大学出版社，2025. 8. -- ISBN 978-7-308
-26537-9

Ⅰ．Ⅰ25

中国国家版本馆 CIP 数据核字第 202573EE51 号

风从海边来——浙川对口工作纪实
FENG CONG HAIBIAN LAI —— ZHE-CHUAN DUIKOU GONGZUO JISHI

诸　芸　著

责任编辑	平　静
责任校对	赵　珏
装帧设计	乐读文化
出版发行	浙江大学出版社
	（杭州市天目山路 148 号　邮政编码 310007）
	（网址：http://www.zjupress.com）
排　　版	杭州乐读文化创意有限公司
印　　刷	浙江新华印刷技术有限公司
开　　本	710mm×1000mm　1/16
印　　张	14.5
插　　页	8
字　　数	222 千
版 印 次	2025 年 8 月第 1 版　2025 年 8 月第 1 次印刷
书　　号	ISBN 978-7-308-26537-9
定　　价	78.00 元

版权所有　侵权必究　　印装差错　负责调换

浙江大学出版社市场运营中心联系方式：0571-88925591；http://zjdxcbs.tmall.com

· 浙江省赴四川省东西部协作全体挂职干部合影

· 2022 年 3 月 22 日，王峻在凉山州盐源县龙口河村考察

· 2023 年 8 月 1 日，浙江省驻川工作组临时党委在朱德故里开展主题党日活动

· 2023 年 4 月，浙江省驻川工作组全体挂职干部参加绵阳培训班合影

· 2023 年 11 月 3 日，川浙合作培育技能人才暨技工院校"蓝鹰工程"对接活动在四川广元举办

· 2023 年 5 月 25 日，万企兴万村·知名浙商四川行暨乡村振兴重点帮扶县产业投资推介会在成都举办

· 2023 年 2 月 27 日，浙江旅游包机首航游客来川欢迎仪式在成都双流机场举行

· 三年间,浙江省驻川工作组多次组织"消费帮扶进机关活动",推动"川货入浙"

· 2023年3月,浙江省驻川工作组组织四川对口帮扶地区各民族青少年学生赴浙江交流学习

2022 年 11 月，在浙江省台州市椒江就读的四川省甘孜州色达县学生参观合作办学企业

浙江援建项目石渠县冬春季蔬菜保供基地

浙江援建项目德格县中学新校区建设项目

凉
山
州

· 普格县德育村乡村振兴示范点

· 布拖县东西部协作慈（慈溪市）布（布拖县）　· 甫（宁波市）凉（凉山州）"两地仓"
　蓝莓种植园

· 小金县冒水村乡村振兴示范点

· 小金县四姑娘山森林音乐荟

· 理县"乐·理"辅料加工基地

广元市

· 青川县"青川茶智"
数字驾驶舱

· 昭化区天雄村乡村
振兴示范点

· 剑阁县上城—剑阁东
西部协作食品共建产
业园区

· 浙川产业协作示范园

· 屏山县茵红李林下养殖浙川白鹅示范基地

广安市

· 东西部协作广安生态肉鸡养殖基地项目

· 广安区浔果江南农业科技产业园

· 沐川县人民医院诸暨—
沐川东西部协作心胸
外科揭牌仪式

· 马边县中国乐山·马边
彝族风情狂欢节暨第
六届小凉山火把节

· 金口河区和平彝族乡椏
溪村乡村振兴示范点

南充市

嘉陵区蚕桑现代农业园区

阆中市天宫院村乡村振兴示范点

浙江省台州市援建老观镇中心卫生院（阆中市第二人民医院）

· 平武县东西部协作平通印象梅林景区（果梅生猪种养循环现代农业园区）

· 北川县石椅村乡村振兴示范点

· 北川县淅川东西部协作蓝莓产业现代农业园区

巴中市

· 巴州区易地搬迁集中安置点就近就业项目

· 义乌—巴州东西部协作来料加工巾帼工坊

· 通江县杨柏镇太平场村乡村振兴示范点

· 淅川东西部协作万源蓝莓现代农业产业园

· 宣汉县普光镇双河中心卫生院"定海楼"

· 万源市东西部协作百里坡旧院黑鸡种苗孵化基地

泸州市

· 叙永县乡村旅游民宿试点项目

· 古蔺县四渡赤水红色文化传承带项目

· 古蔺县德耀镇万亩稻鱼共生示范园区

亲历跨越 2000 多公里的浙川情
感受信念滚烫的力量

　　四川省甘孜藏族自治州石渠县，是四川境内最难抵达的县城之一，平均海拔 4500 米，人们称这里是"太阳部落"。14 岁的藏族女孩泽珍就生活在这里。"泽珍"，在藏语里是"阳光"的意思，泽珍最喜欢牵着小牛，沐浴在扎溪卡大草原的阳光下。但自打奶奶动了手术无法照顾家里的牦牛，泽珍就有了心事，她担心小牛们无人照顾。

　　听说泽珍家的困难后，石渠县来自浙江的挂职干部们帮泽珍家把牦牛都送到了援建的现代牦牛产业基地照料。随着这座现代养殖基地的建成，周边 1000 多户农牧民实现增收。

　　2021 年，正值中国共产党百年华诞，中华大地上全面建成了小康社会，实现了第一个百年奋斗目标。在举国上下意气风发向着全面建成社会主义现代化强国的第二个百年奋斗目标迈进之际，新一轮浙川对口工作拉开了大幕。按照"一省对一省"原则，浙江结对帮扶四川 12 个市（州）68 个县，其中就包含许多像石渠县这样海拔超过 3000 米的高原县。许许多多"泽珍家的故事"，在这三年间不断温暖着巴蜀大地。

　　作为《都市快报》的一名青年记者，我有幸参与到浙川对口工作第一线，历时一年多，走访了对口帮扶的 12 个市（州），近50 个对口帮扶县，记录挂职干部和专技人才们在四川大地上拼搏努力的故事，也见证了这段历久弥新的"浙川山海情"。

巴山蜀水的高原雪山、田间地头、工地园区、学校医院，随处可见挂职干部和专技人才们的身影；每一项协作成果的背后，都凝聚着他们无数的心血；晒成"高原红"的脸、沾满泥土的裤腿、崎岖山间的奔波，都成了这段奋斗岁月的最好注脚。

这是携手共建、山海同频的三年。

浙川纺织产业园创造出一根纱线带动一县产业的奇迹；"白叶一号"茶叶让荒山变金山；"浙川白鹅""湖羊入川"等产业创新的做法让农民致富有了新路子……上百个产业园在四川各地生根开花，更有诸多东西部协作产业形成规模，让许多人的生活变得越来越好。

两地携手共建的浙川陆海联运大通道为大宗商品供应链共赢互利提供了保障，整体物流效率提高近 1/2，成本降低 20%。阿坝州共建共管川青甘物流园区打造川西地区分级物流系统，宁波与凉山等地建设产销"两地仓"、巴中建立物流仓配一体化中心等创新做法，破解了困扰当地多年的农特产品"出川难"问题。

这是实践浙江经验的三年。

浙江"数字化改革"的经验在四川推广应用，不仅提高了四川当地的政府职能效率，也为当地百姓在求职、就医、上学等方面带来诸多便利。浙江电商的发展诀窍在这里被重新解读，通过建设电商产业园区、培训电商人才等方式，搭载四川物产的"电商快车"驶入千家万户。随着 125 个乡村振兴示范点落地，浙江"千万工程"经验在巴蜀大地生动实践，一幅宜居宜业的乡村振兴画卷正在绘就。

这是心手相连、情真意切的三年。

四川 30 余万名农村劳动力在浙江稳岗就业。面向残疾人、低收入群体、脱贫户的关爱不断加强，一个个残疾人康复中心的建成，一项项帮助低收入群体就业措施的落地，让弱势群体的生活变得更加美好；"蓝鹰工程"通过两省协同培养"蓝领鹰才"，帮助许多学生和年轻人找到了更宽广的就业方向，如雄鹰般翱翔在浙川山海间。

这是山海文化交融碰撞的三年。

多条直航航线的开通让两地的交往交流更加便利，从成都第 31 届大运会到杭州第 19 届亚运会，从文旅协作周到文化产业交易博览会，跨地域的文化交流与游客互送让两地人民的心贴得更近。

每一项利民惠民的工程、每一份可喜的成绩单、每一次感动的泪水、每一张真挚的笑脸，汇聚成永不褪色的浙川情谊，化为最真挚的一个词：浙江亲人。

在本书的写作过程中，我感受到了信念的力量。

时任浙江省赴四川省东西部协作工作组组长王峻在他的工作笔记本上写下了"万里奔行，只为苍生"的滚烫理想，为了这份理想，他奋斗到生命的最后一刻。

来自浙江杭州市萧山区江南初级中学的援派教师王东军结束帮扶后，再度申请回到海拔 3000 米的康定市第二中学任教，他决定在退休前把最后一届学生带到毕业。

宁波医疗专家杨文宇奔赴数千里，为凉山州盐源县的先天性心脏病患儿动手术，自掏腰包承担患病孩子和家长的机票费。

凉山州金阳县援派教师薛旭东上完最后一堂课，等到孩子们都离开教室后，他独自站在教室窗户前，因为不舍忍不住放声大哭。

…………

在无数个这样的时刻，我都感受到了信念的力量。

信念，能跨越山海与时间，让这份情谊永驻心间；信念，是一种滚烫的力量，让今后每一个平凡的日子都变得熠熠生辉。

诸　芸

2024 年 5 月，写于成都

目录
Contents

（第一章）

志合者，不以
山海为远

蜀山，巍峨苍茫；钱塘，潮涌澎湃。浙江与四川虽远隔万水千山，却因为对口帮扶而成为一家人，共谋帮扶路，共谱山海情。

2021 年，新一轮浙川对口工作开展以来，根据党中央统一部署，浙江结对帮扶四川 12 个市（州）68 个县。三年时间，浙江共援派挂职干部 158 名、各类专技人才 3000 余名，援助财政资金 102 亿元，实施帮扶项目 2496 个，招引东部企业来川投资到位资金 1468 亿元，共建产业园区 100 个，打造乡村振兴示范点 125 个，完成消费帮扶 436 亿元，实现两省旅游人次超 3000 万，引导社会力量捐款捐物折合资金 11 亿元。

三年间，浙川两地心手相连、山河交汇，携手前行。面对党中央赋予的光荣使命，全体挂职干部和专技人才从之江大地奔赴巴山蜀水，积极发挥桥梁纽带作用，在政治、经济、文化多领域持续发力，高标准打造了浙川对口工作升级版。连续三年在国家东西部协作工作考核中获得"好"的等次，位居全国前列；在 2023 年"十四五"对口支援西藏阶段性考核评价中，浙江（甘孜、阿坝）被评定为"优秀"，有效推动了两地经济社会发展，续写了新时代对口工作的新篇章。

山有所呼，海有所应。

时间退回到 2021 年 6 月 1 日。这一天，155 名挂职干部和近千名专技人才跨越 2000 公里山海，来到巴蜀大地，开始为期三年的新一轮浙川对口工作。

来川为什么？在川干什么？离川留什么？

赴川后，四川省人民政府副秘书长（挂职）、浙江省赴四川省东西部协作工作组组长王峻提出了这"三连问"。

1. 来川为什么?

2021年，浙川对口工作开启了新的篇章。

深化东西部协作和对口支援是党中央着眼推动区域协调发展作出的重大决策，是"国之大者"。站在新的历史起点，回首过往，人们为脱贫攻坚伟大战役中取得的伟大成绩而欢欣鼓舞，也为长久以来的"山海协作"而深深感动。

1996年浙川东西部扶贫协作正式启动，历届浙江省委、省政府高度重视。多年来，两省人民披荆斩棘、栉风沐雨，构建了紧密的协作关系，形成了丰硕的协作成果，结下了跨越千里的深情厚谊。

浙川两地共饮长江水，同处长江经济带，都是连接"一带一路"和长江经济带的核心支点。新的历史时期，浙江被赋予"努力成为新时代全面展示中国特色社会主义制度优越性的重要窗口"的新目标、新定位和"高质量发展建设共同富裕示范区"的重大使命；四川在新时代推进西部大开发战略中，被赋予打造内陆开放高地和开发开放枢纽的光荣使命，成渝地区双城经济圈建设也上升为国家战略。

在此大背景下，浙川对口工作有了新的内涵与价值，承担了更大的责任和使命。

展望未来，人们为浙川两地将继续携手共同书写协同发展的壮丽篇章而心潮澎湃。

脱贫摘帽不是终点，而是新生活、新奋斗的起点。延续多年的浙川"山海情"历久弥新，跨越山海的"牵手"故事正在续写。

2. 在川干什么?

相知无远近,万里尚为邻。

作为浙川对口工作的深度参与者、一线奋斗者,三年时间里,每一个挂职干部和专技人才都心怀"国之大者",以实际行动坚持"出成果、出亮点、出模式",在浙川两地之间发挥了桥梁纽带作用,在产业合作、数字化转型、消费帮扶、文化交流等多领域、多层面展开了合作交流。

产业协作,共谱发展佳话

三年间,浙川两省发挥有为政府和有效市场制度优势,不断深化交流合作,变"单向帮扶"为"互动合作",打造了浙川协作金名片。产业园区极大地带动了当地经济社会发展,如巴中市的兰溪—巴中通江东西部协作产业园,建成后年产值超 100 亿元,提供就业岗位 5000 个;美姑县的北仑—美姑共建综合产业园,带动了当地第一、二、三产业融合发展。此外,浙江累计投入 15 亿元,帮助打造 100 多个特色种植养殖基地,初步构建了"一县一特色"的现代农业布局。例如,万源市"百里坡旧院黑鸡+"现代农业园区开启农业发展新模式,实现了"山窝窝里飞出金凤凰"。浙川两省还在能源、新材料等领域不断深化合作、共谋发展,开拓了更多的协作空间。

聚焦民生,让老百姓更幸福

三年间,浙川对口工作精准助力国家乡村振兴重点帮扶县。在全面推动劳务协作提质增效过程中,一手抓"走出去",累计引导 30 余万名农村劳动力在浙江稳岗就业,如平武县通过开展"东西部协作春风送岗""春风行动·千里送亲"等活动,出台相应政策,让务工人员就业更安心。另一手抓"引进来",帮助脱贫户、居家妇女、低收入群体等实现就近就业,不断创新探索来料加工车间等帮扶新模式。例如:理县打造"乐·理"辅料加工基地和"共富车间"帮助老百姓实现灵活就业；仪陇县开设浙川东西部劳务协作就业促进培训班，邀请农技专家教授村民"种植经"；马边县创新推出"乐在浙里"劳务协作工作站，精准匹配脱贫家庭劳动能力与企业用工需求；越西县、甘洛县盘活当地闲置厂房资源，引入东部地区服装企业，为当地老百姓提供了就业机会。

为了让老百姓生活更美好，浙江"数字化改革"的经验也不断为当地发展赋能。例如：苍溪县创新推出"苍政钉"，提升了数字政府的治理能力；青川县上线"青e就业"数字平台，帮助脱贫人口就近就业；峨边彝族自治县实现医院"诊间支付"，巴塘县开设"浙里学堂"，为老百姓在就业、求医、上学等生活各方面带来了便利。

"千万工程"经验，在四川生动实践

三年来，"千万工程"经验在四川68个结对帮扶县落地，两地共同建成了125个乡村振兴示范点，其中46个被评为四川省级乡村振兴示范村。

三年来，挂职干部们的一个个金点子、新理念在125个美丽乡村变成现实。昭化区天雄村就是一个缩影，村里建起了颐养之家、村卫生室、葭萌书房，基础设施越来越完善，村民们在此安居乐业；泸定县咱里村打造乡村振兴先行示范村，村庄变美变干净的同时，发展了文旅产业，吸引了大量游客到来；古蔺县凤凰村建成了万亩稻鱼共生示范基地，开拓了农民致富增收的新路径；小金县冒水村的一朵玫瑰花，不仅成功走向了国际消费市场，更让村民实现了增收；理县古尔沟镇丘地村打造了文旅融合发展的美丽乡村"嘉绒藏寨"，让村民们吃上了"旅游饭"。

跨越山海，全链条打造消费帮扶路

三年里，挂职干部们精心谋划，发挥浙江市场优势，在"生产端、物流端、消费端"三端齐发力，不断推进东西部协作消费帮扶迭代升级，帮助四川销售农畜牧产品和特色手工艺产品365亿元。

生产端，想办法不断提升当地产品的品质。茂县建立了特色水果引种示范园100余亩，成就富民产业；金口河区成功申报"中国川牛膝之乡""中国乌天麻之乡"的国字号荣誉，打响了当地农产品品牌；阆中市联合浙江省柑橘研究所、浙江农林大学等科研院所，科技赋能阆中市柑橘、粮油等产业发展。

物流端，以构建高效便捷通道为突破口，解决了"物流成本高"的问题。阿坝州共建共管川青甘物流园区、宁波与凉山等地建设产销"两地仓"、巴中建立物流仓配一体化中心等创新做法，打通物流瓶颈，破解了偏远地区物产"出川难"问题。

销售端，以整合市场销售为突破口，解决了"销量低"的问题。在挂职干部们的推动下，各地把农村电商作为重要突破口，借力浙江产业优势，市场化运作农村电商，让更多优质农特产品乘上"电商快车"，打入东部乃至全国市场。消费帮扶专馆、专柜等在浙江遍地开花，加上"消费帮扶进机关"等活动的推动，"川货入浙"的路子越走越广。

文化交流，同心共筑中国梦

三年来，浙川两地山海文化的交融碰撞，各民族交往交流交融的开展，生动诠释了"中华民族一家亲，同心共筑中国梦"。举办浙川两地文旅协作周、文化产业交易博览会等活动，推出到川疗休养优惠政策、开展到川旅游包机等，积极推动浙川两省游客互送，实现两省旅游人次超 3000 万。

一个个城市书房的建成，让城市充满了书香味；一场场精彩纷呈的演出，展现了浙川两地的文化魅力，也让各民族在文化交往交流交融中增进了了解，加深了友谊。

春风化雨，教育医疗帮扶暖人心

三年间，浙江共投入 20.5 亿元资金用于教育医疗帮扶，累计开展教育医疗项目 557 个。通过教育医疗人才"组团式"帮扶，在四川 13 个县人民医院共建重点帮扶科室 48 个，开展新技术新项目 100 余项，多所学校中高考录取打破了零的现状。

浙江每年援派千余名教师和医生来到四川。他们如春风化雨，守护当地百姓的生命健康。如四川省阿坝州壤塘县 14 岁的色尔忠和妹妹卓玛娜姆曾饱受脊柱侧弯的折磨，在浙江挂职干部的牵线下，两姐妹来到温州医科大学附属第二医院接受免费脊柱治疗。手术后，姐妹俩的脊柱得以重塑，逐渐恢复了身体功能，获得了新生的力量。

援派教师们心怀教育梦想，不断提升当地教育质量。例如：援派教师杨慧丽为了实现梦想，毅然带着女儿来到四川省乐山市马边县工作；音乐教师薛旭东被援派到凉山州金阳县，成为东山小学孩子们心里的一束光，他和孩子们约定好好学习，等待再见；"组团式"教育帮扶校长金惠忠在甘孜州丹巴县推广"浙川共上一堂课"，让丹巴学生共享浙江的教育资源。

历久弥新的浙川情谊，在这样一个个的帮扶故事中不断具象化，两地人民的心也在一个个的帮扶故事中不断贴近。

3. 离川留什么？

山海虽遥，情牵千里。三年时光，挂职干部和专技人才在留下浙川对口工作丰硕成果与经验的同时，更多地留下了与四川干部群众的深情厚谊。

甘孜州康定市第二中学藏族班的孩子们看到来自浙江的援派校长给他们上课时，激动地唱起了欢迎的歌；凉山州越西县，宁波老师谢梦淋结束援派任务时，同学们集体起立唱《别知己》，师生之间含泪告别的画面感动了无数人；广元市剑阁县"帮帮摊"来料加工车间里，通过灵活就业解决家庭困境的年轻妈妈马发英聊起挂职干部对她的帮助时，感动得红了眼眶；乐山市峨边县群众给挂职干部宣晓冬取了一个彝族名字"子木晓东"，表达了他们最高的敬意；"白叶一号"茶叶开采时，第一杯感恩茶被递给了一直以来帮助四川茶产业发展的浙江茶叶专家白堃元……

长江水依依，风从海边来，无数动人瞬间，汇聚成浙川两地绵延不断的情谊。

第二章
产业协作绽放
发展活力

地瓜的藤蔓向四面八方延伸出去，叶子虽然都在外面，但块茎始终在根基的位置。这种自身资源同外地资源相结合所产生的裂变效应，成为"跳出浙江发展浙江"的浙江经验，被人们亲切地称为"地瓜经济"。

新一轮浙川对口工作中，"地瓜经济"的理念也在四川落地。浙川两省通过共同规划设计、投资建设、联合招商、共同管理等多种方式，共建东西部协作产业园100个，累计引导落地投资企业896家，实际到位资金1468亿元，带动10.36万脱贫人口就业。

聚焦四川所需，立足浙江所能，产业协作已然成为浙川协作的一张金名片。

1. 大山里的千亿产业梦

车行驶在四川省宜宾市屏山县经开区的浙川大道上，一眼望去，路两侧厂房林立、鳞次栉比，再远处有不少厂房正在建设中。

初看，这是一个普通的工业产业园，细细了解就会发现，这个浙川两地共建的"宜宾屏山浙川纺织产业园"不简单：不到7年时间，园区从无到有，实现了总投资306.6亿元，预期产值达418亿元的规模。

一车车纱线、布匹、成衣通过浙川大道运送到长三角、珠三角，甚至漂洋过海到国外，园区在扩张发展中正在快速构筑纺纱、纺线、织布、服装全产业链的产业集群。

于屏山县而言，浙川纺织产业园区对整个县域经济的发展起着至关重要的作用。

屏山县是座年轻的城市，岷江穿城而过，江水奔腾。2012年，随着向家坝水电站建设深入推进，屏山县整体搬迁，成为四川省第二大移民县，相比老县城"前靠江后傍山"交通不便、产业基础薄弱的先天不足，搬迁后的新县城有了更广阔的发展空间，几倍于老县城的面积、新开通的高铁穿城而过、东西部协作的助力……在各方因素的作用之下，屏山县从一个没有支柱产业的新城，到获评"国家火炬生物基纺织特色产业基地""全国纺织产业转移示范园区""全国纺织服装产业园区（示范）"等称号，全县的产业经济实现了从几乎没有到快速崛起的历史性变革，未来这里还将成为宜宾千亿纺织产业核心基地。

拉开这场变革序幕的，是一根细细的纱线。

对于屏山县的改变，屏山县经济合作和外事局副局长刘四维深有感触。从小生活在老屏山县城的他对搬迁前的老城印象深刻：老城很小，只有两条主要干道，十多分钟时间就能从这头走到那头；直至搬迁前，老城总人口维持在3万人左右。作为一个典型的农业县，县里的工业经济非常薄弱，尤其随着搬迁规划的落地，从2012年开始，县城就进入封库停建阶段，县里仅有的几家水泥等工厂，也几乎处于半停滞状态。

搬迁后的新县城，终于迎来了新的发展可能。基于劳动力资源、电价优势、周边城市原料供应基础等各方因素，屏山县委、县政府也将搬迁后的新城产业发展的重心锚定在了纺织产业上。根据党中央关于东西部扶贫协作的部署，浙江省嘉兴市海盐县对口帮扶四川省宜宾市屏山县。2017年1月3日，时任四川省人民政府省长尹力和时任浙江省人民政府省长车俊到屏山调研东西部扶贫协作，共同商定在屏山共建"浙川纺织产业扶贫协作示范园"。浙川纺织产业园，正是在这样的契机下萌芽的。

作为浙江传统优势产业和重要民生产业，纺织产业已成为浙江工业总产值超万亿元的产业集群。数据显示，2022年，浙江省纺织行业规模以上企业达到8580家，从业人员超过100万人，实现产业规模超万亿元，占全国规模以上纺织行业营业收入的 21.3%，规模居全国第一。

在东西部协作的背景下，多年来，浙川两省、嘉兴宜宾两市、海盐秀洲港区和屏山县等地领导多次率党政代表团互访，商谈东西部协作、两地共同发展事宜。刘四维见证了纺织产业园区从无到有，再到发展形成规模的历程。产业园区要发展，首要的是招引有实力的企业来园区落户。屏山县派出多名干部到东部沿海等地区招商引资，刘四维就是其中一员。他被派驻到了浙江省海盐县，前后加起来长达两年半，浙江的政府、企业的务实肯干和先进理念，让他印象深刻。

在两地干部的牵线搭桥下，产业园很快迎来了首家落户园区的企业——来自嘉兴的纺织企业天之华集团在当地成立了宜宾天之华纺织科技有限公司（简称天之华纺织公司）。

海盐县和屏山县，相距 2000 多公里，企业为什么千里迢迢选择屏山？

回忆起当年的选择，天之华纺织公司董事长董坚强总结了几点屏山作为纺织产业转移地的优势：要素成本洼地、产业配套高地、人力资源富地。

具体来说，屏山县作为一座移民新城，不仅拥有辽阔且平坦的土地，还拥有向家坝电站"留存电"的特殊电价优势，算下来企业用电成本可降低约 50%；本地的宜宾丝丽雅集团有限公司可以提供粘胶长丝、涤纶短纤等纺织原料，这样原料成本也能节省下来。

董坚强在纺织业深耕多年，他很熟悉整个行业的发展趋势，也预判了产业提档升级转移到西部的发展优势。嘉兴的纺织产业自 20 世纪 80 年代兴起，但发展到 2017 年前后，不少企业面临着转型升级的瓶颈。拿他们公司来说，2017 年起公司土地资源紧张，能耗成本加大，导致发展增速放慢。接触到屏山招商团队的时候，董坚强正好有迁移部分厂区的想法。到屏山实地考察后，他算过一笔账：更优惠的包干电价、更便宜的用地、更丰富的劳动力，更利于企业产业升级。

但对于像董坚强这样的企业家而言，真正让其下定决心将企业落户屏山县的，除去这些客观因素，最关键的还是在海盐与屏山协作的背景下，两地政府部门共同构建的优良的营商环境。

园区刚开始招商时，浙江的企业家们曾组团来屏山考察。尽管看到的还只是一片荒地，但两地政府部门与企业同甘共苦的那份心，最终打动了企业家。紧邻天之华公司的是禾城纺织科技有限公司（简称禾城纺织公司），也来自嘉兴。公司负责人杨保卫回忆，当年企业刚入驻时，如今平坦畅通的浙川大道还没有建好，每逢下雨道路就泥泞不堪，给厂区运送货物带来了很多不便。屏山县经济开发区的领导干部们为了早日打通这条"运输要道"，常常深夜还守在现场，加班加点地盯着这条双向四车道的道路修建。这样的用心、用情，也让企业家们对在屏山的发展充满了信心。

为了招商引资，屏山县针对园区所有的项目都实行了"1+1+1"专员服务模式，即1名县领导牵头、1个工作班子协调落实、1名项目专员全程服务。企业入驻后，遇到各种难题时，政府帮助企业共同面对，想办法予以解决。比如在审批手续上，有的企业在办理的过程中遇到问题，负责审批的工作人员不会简单地告诉企业"不能办理"，而是会和企业一起"具体问题具体分析"，看看如何破解难题，帮助企业争取在最短的时间内完成审批手续，让企业真切地感受到政府部门的诚意和服务。良好的营商环境让许多原先观望的浙江企业纷纷选择来屏山投资创业。

曾经是"招商小分队"成员之一的刘四维回忆起在浙江招商的那段经历，感触最深的是浙川两地政府给予的强大支持。招商队以嘉兴市为中心，以纺织企业为主攻目标，在浙江设置多个招商点，选配骨干力量开展常态化、拉网式、点对点招商。在此过程中，嘉兴当地政府给予了极大支持，与屏山招商队组建联合招商队，与中国纱线网、中国纺织工业联合会等全国知名行业平台、商（协）会对接合作，赴珠三角、长三角等重点区域开展跨区域联合招商，效果显著。

快速发展的浙川纺织产业园，就是两地协作交出的一份亮眼的成绩单。近几年，两地产业协作的探索交流不断深化。除了纺织产业外，两地招商团队还在加强对接沟通，力争在更多领域进行项目招引和产业合作。

"从无到有"的背后，蕴含着东西部协作的动能，更蕴含着以市场为纽带，借助东部纺织产业转移契机，促进东西部协作共赢的新思维。

如今走进浙川纺织产业园，在天之华公司的涡流纺车间内，可以看到上百台机器整齐排列并高速运转着，原料棉条以最高每分钟550米的速度上下飞转，越变越细，最终成为一锭一锭的成品纱线。这是个高度自动化的生产车间，车间很大，但操作工人并不多。公司行政总监罗天育道出了公司的发展思路：企业从东部向西部转移的过程中，也要抓紧这个契机实现产业升级。这意味着公司并不是把东部淘汰的机器设备转移到了西部，而是引进全世界最先进的设备，实现产业升级。整体项目投资近30亿元，按照五期规划，到2023年已经有三期投产，全部建成后，将拥有500台（套）世界先进的涡流纺设备。届时，屏山将成为全国最大的涡流纺生产基地。

据统计，2023年，天之华公司在屏山的销售额达到15.8亿元，占据了全公司75%的销售份额，已经超过了嘉兴总部。不仅仅是天之华公司，许多落户产业园区的企业的发展速度也超出了当初的想象。禾城纺织公司当初刚到屏山投资时，与屏山县政府签约148亩土地，承诺投资5.8亿元。到2023年，整体投资规模已超过15.8亿元。

从无到有的纺织产业，不仅推动更多"屏山制造"产品走向长三角、珠三角，走向世界，也吸引了众多上下游产业链的企业入驻园区，抱团发展。截至2023年底的统计数据显示，园区引进的41家纺织企业中，多家企业已成为行业细分领域的冠军：四川润厚特种纤维有限公司是全国最大的特种包覆纱企业、宜宾弘曲线业有限公司是全国最大的缝纫线企业……未来，这里还将成为宜宾千亿纺织产业核心基地。

示范园的产业集聚效应正在日益凸显，不仅吸引了嘉兴的纺织产业项目入驻，更引来了广东、山东等地一批又一批高质量项目。如何让落户在屏山的项目更好发展？在新一轮浙川对口工作的大背景下，园区的发展背后有一支"浙江队伍"在出谋划策。来自浙江的挂职干部们在牵线搭桥帮助招引企业的同时，也把浙江打造产业园区的经验带到了屏山。

2021年，新一轮浙川对口工作启动，嘉兴市海盐县、秀洲区、嘉兴港区三地结对屏山。四川省宜宾市政府副秘书长、屏山县委常委、副县长（挂职）顾建忠来到屏山县后，心系产业园区的发展，几乎每个星期都会到园区的各家企业走访，了解企业发展过程中遇到的难处，积极协调处理。

考虑到园区发展已经初具规模，下一步需要更好地进行产业结构调整和规划，顾建忠将浙江的"标准地"制度引入了屏山：参照浙江"亩均论英雄"标准，亩均税收15万元以下的项目不引进，设备落后的企业不引进，确保园区的可持续发展。自两地结对协作以来，屏山县签约企业平均投资规模超5亿元，95％的企业采用日本、德国等国的先进设备，纺纱企业年平均产能超20万锭，建成企业年利润率达12％以上，超过全国平均水平1倍。

顾建忠将浙江"最多跑一次"改革经验带入屏山：园区成立由县主要审批部门入驻的行政审批服务中心，简化资料和审批流程，由审批人员全程代办各项审批手续，实行"一张单子跟到底"，让企业省心、省力。在高效的服务下，润厚纺织一期项目从动工到投产只花了4个月的时间，刷新了屏山县工业项目的建设速度。

作为高起点规划的园区，示范园内的企业95％采用了最先进的生产设备。为了帮助当地员工适应新设备，园区也经常协调组织员工们进行岗前培训。2022年6月，宜宾弘曲线业有限公司技术人员调试第一批缝纫线生产设备时，来自当地的100余名纺织工人也同时开启了为期2个月的岗前培训，为企业首批纺纱正式投产做准备。

挂职屏山的浙江干部们积极协调银行等金融部门，让企业在孵化期间能够获得更好的金融支持。

⋯⋯⋯⋯

正是各方的齐心协力，使得在极短的时间里，屏山县从一个没有支柱产业的新城，成为国内纺织产业发展的一片热土。这样快速的发展，也让当地老百姓的生活发生了巨大的改变。

得益于纺织产业的发展，家住屏山县书楼镇的龙梅收获了一份稳定的工作。她在园区纺织厂工作，月工资有 7000 多元。相比原先一家四口全靠丈夫一人外出务工挣钱，如今夫妻双方都有了收入，日子一下子有了奔头。她和丈夫终于下定决心在屏山县城里买了一套房，把两个读书的儿子都接到县城上学。龙梅相信，靠着自己的双手努力工作，一家人以后的日子会越来越好。

在屏山县，像龙梅这样因产业园而就业的人还有许多。产业园区的发展吸纳了周边地区的劳动力，进而带动了整个县域经济的发展。老县城搬迁时 3 万左右的人口如今已经发展到 9 万人，对此刘四维感触颇深。

当初搬迁时建造的一座跨江大桥已经远远不能满足县城的发展需要，第二座跨江大桥正在建设中。伴随着打造四川动力电池材料配套基地等项目的发展，园区招商也开始扩展到高新能源等更宽广的领域，浙川纺织产业园正逐步向浙川产业园转型。

浙江嘉兴和四川屏山之间，虽相隔山海，却由一根看不见的"纱线"，串起了浓浓的山海情谊。

2. "从头到尾都是宝"的牦牛生意经

甘孜州理塘县地处横断山脉中段、川西高原腹地，平均海拔 4300 多米，是个"云端之城"。很多人认识理塘县，源自藏族小伙丁真。蓝天白云之下，一望无际的草原上，丁真一脸灿烂的笑容打动了许多人。理塘的风光很美，但海拔高度和大山的阻隔、极其不便利的交通条件，也令这片土地在发展中受到许多限制。草原上的藏家儿女在一代代人的守望中求索前行。

高海拔的草原上，除了连绵不绝的雪山，还有成群结队悠闲漫步的牦牛。甘孜州是全国五大牧区之一，也是四川省最大的草原牧区和全国牦牛主产区之一，牦牛养殖产业是高原农牧民群众收入的主要来源。作为四川省草原畜牧业重点县，理塘县拥有草地资源 552.3 万亩，全县牦牛存栏 23 万余头。但因为养殖习惯、自然条件等因素，理塘牦牛产业发展存在着见效慢、出栏难、无法有效延伸产业链条等难题。

2021 年新一轮浙川对口工作中，杭州市钱塘区对口支援甘孜州理塘县，开始了"塘塘合作"。理塘县委常委、副县长（挂职）叶小明在理塘实地调研后认为，借助当地天然优势，培育支柱产业是发展当地产业的重点，于是他把视线投向了被称为高原"黑珍珠"的牦牛。

牦牛产业是个有潜力的特色产业，发展的关键是要尽快破解目前面临的难点。叶小明和其他来自浙江的挂职干部们到达理塘后就开始实地调研，最终理清了思路：把牦牛全产业链的打造作为产业帮扶、牧民增收的一项重点工作，发挥对口支援优势，补齐短板。

首先是"养"的问题。传统牦牛养殖，在高原自然条件下，牧民们不可避免地要面对牦牛"夏饱、秋肥、冬瘦、春死亡"的恶性循环。这种靠天吃饭的传统养殖模式让牧民们头疼，但始终没有好的应对方法。去过高原草原的人会发现，在一望无际的草原上，有一座座牧民搭建的木头房子。这些房子大部分时间都是空的，一旦到了冬天，酷寒就迫使牧民们将牦牛赶到这些木房子的棚子下过冬。但简易的棚子依然无法阻挡极寒的天气，许多牦牛因无法越冬而死亡，给牧民们造成了很大的损失。

科学养殖牦牛，是发展牦牛产业的第一步。在杭州市钱塘区的对口支援下，理塘县牦牛养殖从靠天吃饭开始向全流程现代养殖转变。

这种转变，31 岁的昂翁降措深有体会。昂翁降措家所在的禾然尼巴村距离理塘县城 20 公里，是个很小的村，全村不到 300 户人家。这个普通的小村，是雪域高原上典型的以畜牧为主的村落。全村牦牛存栏达 2.1 万头，几乎家家户户都靠放牧牦牛过生活。昂翁降措家里有 130 头牦牛。他从小就跟着父辈一起放牧牦牛，和牦牛一起长大。每年冬春是最难熬的季节，天寒地冻，总会有牦牛死去；即便不死，牦牛也会掉膘，瘦得皮包骨。年幼的昂翁降措记得，家里每年冬天都有牦牛死亡，每当遇到这种情况时，父亲总是满面愁容。

在叶小明等挂职干部的协调努力下，理塘县禾尼乡的塘塘合作牦牛园建起来了，为当地牧民们带来了科学有效的养殖方式。园区投入浙江对口援建资金，用于建设牛舍、牧草基地、精饲料库、检验检疫以及数据中心等设施，实现了牦牛短期育肥、饲草生产、免疫接种等"六统一"养殖模式。现代养殖手段的引进，让牧民们脱离了日复一日的体力劳作，牦牛们更是吃得香、睡得甜，摆脱了掉秤的烦恼。

牦牛园的负责人周斌曾算过一笔账：平均每天每头牦牛增重 0.6 — 0.75 公斤，经过 6 个月的短期育肥，体重达到 200 公斤后就可以出栏。与传统的养殖模式相比，周期缩短了两年。

现在走进理塘县禾尼乡的塘塘合作牦牛园，能明显地感受到这里的牦牛养殖与传统放牧有了极大的不同。首先，牦牛被科学喂养，通过"牧草—养畜—有机肥—牧草"的种养循环和"六统一"养殖模式，牦牛养殖实现了从分散游牧到集中规模饲养、科学管理、有序出栏的转变。"园区 + 集体牧场 + 合作社 + 养殖大户"的模式也让牦牛养殖更加集约化。园区的养殖条件好，牧民们乐意把牦牛放到园区寄养，园区每年给牧民每头牦牛 500 元分红。这样既能保障牦牛在冬春季节不死亡、不掉膘，也为牧民提供了更多的选择。

到了 2022 年，周斌又帮牧民算了一笔账：这一年，园区共为 120 户牧民寄养了 432 头牦牛，牧民年增收达 21.6 万元。多重而稳固的收益，既带动了牧民的生产积极性，又稳定了牧民的持续增收，牦牛园的规模也很快扩大。

挂职干部们还推出了"牦牛银行"模式，这种创新模式也让牧民、园区、消费者实现了"三赢"。"牦牛银行"，就是将牦牛托管给园区，牧民可以抽身去做更多放牧养牛以外的事情，同时也能保证牦牛养殖的收入。

三年来，浙江在理塘牦牛产业园区依托援建资金 4200 余万元，完成牧草培育加工、标准牛舍、防疫用房、数字农业中心等项目的建设，核心区覆盖3个乡镇，辐射带动19个乡镇，养殖规模和出栏量分别增加20%、30%，核心区牧民户均收入增长20%。

科学的养殖技术，让当地群众尝到了东西部产业协作的甜头。昂翁降措家的生活也得到了很大改善。以前他需要钱的时候就卖掉一头牦牛，现在随着塘塘合作牦牛园的建设，他每年不仅有"代养"牦牛的租金、牧草基地的分红，还有作为村民的股金，全家有了稳定的收入来源。如今两个孩子在县城上学，他自己也成为一名驻村队员。在禾然尼巴村2023年度村级合作社分红大会上，1600多位村民共计领到了分红资金39.12万元，昂翁降措家分到了7000多元。因为牦牛，禾然尼巴村创造了一项历史性突破："理塘县牦牛产业现代农业园"项目在2023年获评联合国全球减贫优秀案例。

但叶小明等挂职干部们没有停下思考。产业要做强，精深加工拓展更多产品是关键。牦牛"浑身都是宝"，从一头牛到一条产业链，这里还有文章可做。叶小明和挂职干部们继续挖掘产业链向纵深发展的可能性。

2023年，甘孜州牦牛精深加工塘塘研发中心正式落户理塘。自从研发中心成立以来，从与理塘县结对的钱塘区来了许多企业和专家团队，他们来理塘考察研究牦牛精深加工。叶小明带队到浙江海宁皮革行业协会等实地考察，积极对接国内牦牛皮相关设计、鞣制等单位、专家，寻求研发和技术支持。当年3月，研发中心在针对牦牛皮材料特性开发中高端产品市场需求的调研之后，开发出多款不同风格的产品，公务包、皮偶、潮玩等24款牦牛皮具产品和11款牦牛角文创产品亮相市场。

在"塘塘合作"的推动下，理塘县还成功引进了一家专门研发牦牛皮革产品的贸易公司。2023年9月，亚克甘孜牦牛文创产品体验店在位于理塘县城的千户藏寨景区开始试营业，游客们到甘孜旅游时，在文创产品体验店就能买到牦牛系列产品。自打体验店试营业以来，已经实现了30多万元的销售额。体验店的负责人杨士建很看好牦牛皮革市场，他认为，牦牛系列产品很有特色，未来的市场会更加壮大。也因此，他有个新的计划已经在酝酿中：在318国道沿线打造牦牛屋，并通过"一带一路"，利用中欧班列，把牦牛产品推广到欧盟市场。

如今，理塘的牦牛肉、牦牛奶、风干牛肉、牦牛皮文创产品等精深加工产品已经开始走向市场。用叶小明的话来说，这条路还要继续走下去，继续做足牦牛产业延链补链强链文章，让"高原黑珍珠"真正成为当地人的致富之宝。

塘塘合作牦牛园，正是"塘塘合作"推动理塘县产业化发展的小小缩影。

有关牦牛的产业协作故事，不仅发生在理塘县。同属甘孜州的石渠县，位于四川、青海、西藏三省（自治区）的接合处，地处青藏高原的东南边缘，是四川省面积最大、海拔最高、位置最偏远的县。在这座高海拔县城，石渠县委常委、副县长（挂职）郭欣玮也与叶小明一样不约而同地看准了牦牛产业。

石渠是四川的畜牧业大县，畜牧业是石渠的特色和优势产业。为了改变当地传统粗放式的养殖方式，郭欣玮带着其他挂职干部们协助当地援建了现代牦牛产业基地，实现牦牛的科学化和规模化养殖。整个项目建成以后，可以带动周边 1000 多户农牧民家庭增收致富，年人均增收在 6000 元以上。

四川省阿坝州的牦牛产业也在来自浙江的挂职干部们的"奇思妙想"中焕发了新的生机。

阿坝藏族羌族自治州与甘孜州一样，也是全国五大牧区之一，是川西北牧区的重要组成部分。阿坝州当地政府部门非常重视发展牦牛产业，提出了"到 2027 年，全州高原畜牧产业增加值达 106 亿元，年均增速 15%，占 GDP 比重 16%"的目标任务。如何加快打造高原畜牧百亿级产业集群，自然也成为在阿坝州挂职的浙江援派干部们在思考产业协作时关注的问题。

阿坝州人民政府副秘书长（挂职）钟方成确定了产业协作的方向：在做优生态理念、打响区域品牌、盘活产品市场等关键环节发力，吃生态饭、做牛文章，做强牦牛产业"王牌"。

从传统散养到专业养殖，这一点阿坝州与甘孜州理塘县的做法不约而同。在挂职干部们的推动下，阿坝州红原县的瓦切镇唐日牦牛养殖农民专业合作社成立了，并且有了标准化的牲畜暖棚，实行牦牛冷季分层补饲技术。

瓦切镇达俄村雅卓阳养殖农民专业合作社负责人龙让建措很开心，他看到牦牛终于有了自己的家。他眼里的"牦牛的家"，是一个形似帐篷的巨型暖棚。棚内用铁围栏划分出的一个个区域，分别挂着犊牦牛、青年牦牛、妊娠牦牛、待孕牦牛等蓝色"门牌"，棚里还安装了温湿度表，实行精细化养殖。牦牛冷季分层补饲技术，顾名思义，就是天冷了让牦牛进棚，天暖了再放回草原。这样既能降低冷季牦牛的掉膘率和死亡率，又能给草场恢复腾出时间。每年8月份的标准化牲畜暖棚里，就已经有一些牦牛在做"冷季适应性训练"。

四川省草原科学研究院牧草研究所所长游明鸿在牦牛养殖方面很专业，他介绍，通常这些牦牛进棚时的年龄在4岁、体重约200公斤；冷季在暖棚标准化集中育肥100天，可以增重约80公斤；在春季出栏，正是肉嫩味鲜的时候。他把这种养殖方式总结为"4218"模式，很快在阿坝州全州推广。

截至2023年，阿坝州已经有适度规模标准化牦牛养殖场612个，年标准化养殖规模达10万余头。在此基础上，全州已经建立暖棚3.3万个，越来越多的牦牛进棚过冬。而全州4个优良草种子生产基地、17个草产品加工点，再加上200万亩的人工草地保留面积，也有效缓解了草原的承载压力。

相比基本成熟的科学养殖模式，在川浙现代畜牧业高质量发展暨阿坝州牦牛产业发展大会上，牦牛专家们更加关注的是如何将牦牛产业链做强做大。中国工程院院士、中国农业大学营养与健康研究院院长任发政提出了"推进区域化品牌战略"的建议，用当地牦牛原料制作成特色产品，打造牦牛区域特色品牌，提高牦牛产业的附加值。

2023年8月24日，一场与牦牛产业有关的盛会——川浙现代畜牧业高质量发展暨阿坝州牦牛产业发展大会在阿坝州红原县召开，来自浙江、西藏、青海等6个省（自治区）的牦牛产业专业人士和近百家企业代表齐聚一堂，为阿坝州发展牦牛产业献计献策。

阿坝州若尔盖县唐克吐蕃高原生态畜牧业农民专业合作社的负责人班

玛仁郑也参加了这次大会。在此之前，合作社已经开始尝试开发更多的牦牛产品：运用肉类、奶类这两种牦牛原材料，研发出牛肉干、牦牛油火锅底料、牦牛奶、牦牛奶手工皂、牦牛乳清洗发露等多种产品。在班玛仁郑的设想中，接下来牦牛的皮类、粪类、毛类、骨类都是产品研发的方向，牦牛的精深加工产业大有可为。

念好"牛经"，盘活产品市场，浙江力量在其中发挥了巨大的作用。

早在2018年，阿坝州就与浙江携手开始"西牛东送"，已经有超过1.7万头阿坝牦牛和肉牛实现"东送"，交易金额超过2亿元。参与"西牛东送"项目的正是乐清市顺金肥牛饲养有限公司董事长管端顺。他认为，阿坝牦牛肉质结实、品质好，乐清及周边拥有较为完善的牛肉产业链，市场需求大，浙阿合作牦牛生意前景很好。通过浙阿牦牛全产业链合作洽谈会，阿坝州净土阿坝农业投资发展有限责任公司与浙江省乐清市顺金肥牛饲养有限公司就农产品供应销售合作项目进行现场签约。就在签约前一个月，乐清对口支援理县"西牛东送"产业合作项目培育的首批德系西门塔尔牛被送上了乐清人的餐桌。

借着新一轮浙川对口工作开展的契机，阿坝州正在不断改变畜牧生产布局"小而全""大而散"状况，积极"走出去"和"引进来"，加大对外交流合作，不断做大高原畜牧业。温州市得尔乐餐饮有限公司与阿坝州净土阿坝农业投资有限责任公司签订了预制菜开发战略合作协议。川浙两地还携手启动了"我有一头牦牛·养在阿坝州"公益认养活动，创新地将高原畜牧业发展和全域旅游推介结合起来。

"你好！是拉姆吗？我是来自浙江的玫茜，我公益认养了一头阿坝州的牦牛。你家乡的风景好美，我可以来做客吗？"

"好啊！欢迎你来阿坝！"

在川浙现代畜牧高质量发展暨阿坝州牦牛产业发展大会上，由浙江、四川阿坝两地携手举办的"我有一头牦牛·养在阿坝州"公益认养活动正式启动。在现场的电话连线中，阿坝州的拉姆向浙江温州女孩玫茜发出了热情邀约，玫茜的草原心愿通过"牦牛认养"得以实现。

这项公益活动策划团队的负责人钟峻岭感叹，每当看见牦牛在阿坝州的大草原上奔跑，他都被这片土地深深吸引和感动着，他用三年时间，走遍了阿坝州的 13 个县市，他骄傲地称自己是"新阿坝人"。

如何让净土阿坝的牦牛被世界看见？钟峻岭与浙江省驻阿坝州帮扶工作队及阿坝州农业农村局、阿坝州净土阿坝农业投资发展有限责任公司一起，在多次头脑风暴中，想到了"我有一头牦牛·养在阿坝州"这个创意，目的就是让中国家庭通过一个平台，接触、认知并传播阿坝州的畜牧产业。人们在"净土阿坝牦牛"线上小程序上认养一头牦牛，就可以获得阿坝州的高品质牦牛肉全年配送，与此同时还可以获得认养证书、牦牛公仔、雅克音乐节门票、阿坝州 5A 级景区门票等。每一份"公益认养"金额中的一部分还会用于阿坝州草原生态保护，守护牦牛栖息地。在这项活动的启动仪式上，首批 6 家单位——温州市籀园小学、温州市实验小学、浙江环球鞋业有限公司、自驾中国、安吉天韵旅游开发有限公司、桐乡市濮丰服饰股份有限公司参与了公益认养。

在阿坝州农业农村局局长李世林看来，这种模式可以让更多的人了解、关注阿坝州牦牛物种，参与到阿坝州生态保护中，同时更好地推动改变牦牛饲养方式，守护牦牛栖息地。通过公益认养，高原畜牧业发展与全域旅游推介结合起来，也会让更多的孩子来到川西北高原，参加以牦牛溯源为主题的自然科学教育研学活动，推动青少年交往交流交融。

诚如浙江省驻川工作组组长王峻所提出的要求，要聚焦阿坝州独特的区位优势和资源禀赋，锚定牦牛产业持续向好的发展前景，不断延伸牦牛产业发展链条，带动牦牛产业全面发展，为进一步深化浙川产业协作贡献浙商力量。来自浙江的挂职干部们也不断往这个方向努力。

三年间，浙江省驻阿坝州帮扶工作队锚定牦牛全产业链发展的思路，用集约化标准化养殖模式建成了一批现代牦牛产业园区，通过"种养一体、三产融合"，培育了一批农旅融合新业态，同时也借助浙江数字化转型发展的经验，打造了多个智慧化养殖试点中心；在销售端，通过"西部产业＋东部市场"的模式，西牛东送，不断壮大消费市场。

广袤无垠的草原上，"黑珍珠"牦牛正在变成当地百姓的"致富牛"。在浙川携手推动下，川西地区的牦牛产业正在迎来更好的发展机遇。

3. 共建"园中园"的裂变效应

作为四川省南充市南部县工业经济"心脏"的四川省南部县经济开发区（简称四川南部经开区），像一幅工业画卷，总是充满着发展的活力：一栋栋标准化厂房矗立着，一家家工业企业常常到了夜晚依然灯火通明。

说起南部县，许多浙江人并不陌生。早在1996年，浙江省温州市就开始对口帮扶南充市，南部县也留下了许多"温州印记"。温州是浙江民营经济发达地区之一，在过往的对口帮扶中，将东部产业梯度转移到西部是其一项重要帮扶措施。早在2004年，南部县就建设了"浙江·温州工业园"。新一轮浙川对口工作中，温州瑞安市与南充南部县结对，两地依然在产业协作上下功夫，组建了东西部协作的工作专班，制定了工作任务清单，还谋划建设了东西部产业园等一系列的产业项目。三年来，招引入驻的企业多达60多家，打造了浙川东西部协作产业园的样本。

机械制造是南部县传统优势产业，已有60余年发展历程，加之南部县是川东北地区重要的铸造基地、成渝地区汽车零部件配套生产基地、"成德绵南资"环形汽车产业带的重要组成部分，发展机械制造业拥有较好的产业基础。温州瑞安等地也有着同样的产业优势。在原有的产业优势基础上，南部县进一步招引东部优质企业入驻，集聚两地资源，做强做大产业。

浙江在南部县负责对口帮扶的挂职干部们开始行动起来了。

在南充市南部县"浙江·温州工业园"河东片区里，四川省浙南金属制品有限责任公司负责人苏扬正在忙碌着。他的公司2023年又追加了投资，准备自建厂房，计划在三年内建成投产。苏扬的公司属于 2021 年早期入园的那一批，当时他的决定在周围人看来属于"大胆"。

苏扬是温州瑞安人，读大学时他就立志将来要从事制造业。大学毕业后，他看好不锈钢市场，就一头扎了进去。凭着对市场的敏锐判断和勤奋，他很快在不锈钢市场里做出了一番成绩。随着公司的规模不断扩大，原来的厂房设备已经满足不了市场订单的需求，苏扬开始考虑另选场地新建厂房扩大规模。机缘巧合之下，新一轮浙川对口工作开始，瑞安市与南部县结对，他了解到南部县委常委、副县长（挂职）朱城和挂职干部们正在谋划打造浙川东西部协作产业园升级版，计划建设五个产业园区，形成结构互补、生态互促的产业"生态链"。苏扬很快来到了南部县考察。他发现西南地区不锈钢市场空间大、当地人力资源充足。用他的话说，最终下决心敢于在南部县快速扩大投资，也是看好东西部产业协作的前景以及当地良好的政务服务水平。

很快，苏扬的企业落户在南部县的产业园区里。当地提供了厂房免租两年的政策，全县涉及工业经济的各个部门主动提供服务，企业几乎是"拎包入驻"。苏扬感觉到自己的选择没有错。最让他感慨的是，有一次父母来南部县看他，看到企业红红火火的样子后，他们改变了原先的想法。苏扬坦言，此前父母其实更希望他能留在温州发展，并不太赞同他西迁，但当他们看到他在南部县把企业做得风生水起，便改变了态度，发自内心地支持他在这里好好干。

苏扬的公司从瑞安转移到南部，还有意外惊喜。

四川遂宁市大英县蓬莱镇的罗佳军早些年就到浙江打工，在温州工作了许多年，后来在苏扬公司的厂区里上班。当他听说公司要在南部县发展时，高兴得跳了起来。常年在外务工的他，心里最大的遗憾就是无法陪伴家人。以往他只能在过年时才能回老家团聚，公司搬迁到南部县后，他能趁着周末等假期回家陪伴家人。在苏扬公司，与罗佳军一样的四川籍员工还有许多，他们跟着公司回到了家乡，实现了在家门口工作的愿望。

工业兴则县域经济兴，南部县的发展战略落脚在"工业强县、产业兴县"。建设园区，增强配套，招引优质的企业入驻，推动工业经济发展，成为县里发展经济的主要做法。浙川东西部协作产业园是南部县建强园区平台的重要内容之一，也是南部对外开放的关键一子。朱城带着挂职干部，与四川南部经开区管委会一同打造高标准的园区，承接东部地区的产业转移。为了招引更多优质企业进驻，园区在全域规划设计时为企业"量身打造"了许多区块：园区内有科技研发中心、共享办公中心、企业服务中心、人力资源中心、员工食堂、职工宿舍、人才公寓、运动场、超市等，配套设施一应俱全，进驻的企业可以直接"拎包入驻"，安心发展。

为了让企业"引得进、留得住、做得好"，在东西部协作的背景下，朱城与其他来自浙江的挂职干部们与当地政府部门一同推进经济开发区治理与服务体制机制改革。这不仅实现了经开区管委会、商务经信局、经合外事局、经开集团公司四个服务机构整合集中办公，还为企业提供"一站式"面对面服务，在项目开工、要素保障、金融服务、就业用工、投产运行、安全环保等关键节点及时协调解决企业遇到的问题和困难。优越的营商环境也成为吸引投资的动力源。

2021年底，四川南部经开区工业总产值突破了560亿元大关。

三年过去了，最初规划的五个产业园区初具规模：浙江·温州工业园（河西片区）完成了对现有园区的环境提升和绿化改造，同时盘活了闲置工业用地，园区里的企业根据自身发展需要进行了扩建优化，不断朝着产业升级的方向进发；总用地230亩的浙川东西部产业园（浙江·温州工业园二期）建成，到2023年底已经有16家东部企业入驻发展；南部瑞安高端装备产业园（浙江·温州工业园三期）也开始招引企业进驻；瑞南精密铸造产业园的建成，为南部瑞安高端装备产业园提供了产业配套；温南预制菜产业园则借鉴温州瑞安在预制菜方面的经验，在结合南部县农产品的优势基础上，为当地的产业提供新的尝试。一条结构互补、生态互促的产业链已经初步成形，蓄势待发。

产业协作，带动了浙川两地的产业共同发展，这样的协作故事在新一轮浙川对口工作大背景下随处可见。

2023 年一个冬天的晚上，尽管已经是晚上 8 点多了，中国西部（广元）绿色家居产业城里的四川锐晶饰品科技有限公司（简称锐晶饰品公司）的生产车间还是灯火通明。车间里 100 条生产线满负荷运转，正在抓紧生产出口订单。公司总经理张良文在车间里检查生产。临近年底订单量大，员工们都在加班。

锐晶饰品公司来自"中国水晶之都"浙江省金华市浦江县。浦江县是全国最大的工艺水晶玻璃原材料集散地和工艺水晶玻璃制品加工地。从浦江县到昭化区，距离遥远，但将公司搬迁到西部，也是公司管理层经过慎重考虑后做的决定。浙江土地、人力资源比较紧张，四川省广元市有良好的园区环境和政策环境，公司最终决定到四川投资生产车间。

2022 年，锐晶饰品公司落户中国西部（广元）绿色家居产业城水晶产业城，公司的规划也紧随其后：总投资 3.5 亿元，新建生产线 200 条，投产后达到年产 3 亿包家居水晶饰品，提供就业岗位 450 个以上，吸纳当地的劳动力。张良文有些自豪，这个项目总规模是在浙江的 8 倍，建成后公司就可以形成"生产在四川、销售在浙江"的运营模式，其中 80% 的产品计划出口。

一个产业要发展，需要不断在产业链条延伸集聚上下功夫，由此产生的裂变效应也是产业发展的强大动力。当锐晶饰品公司落户昭化的水晶产业城时，与其一起入驻的还有 6 家水晶产业链上相关的企业。

这也是浙江在昭化区的挂职干部们的提前谋划。新一轮浙川对口工作开始以来，他们累计安排了 6000 万元协作资金，在中国西部（广元）绿色家居产业城与当地共建了原辅材料交易中心、水晶产业园两个"园中园"项目。广元市昭化区人民政府办公室党组成员、副主任（挂职）徐李蓬一开始就瞄准了产业链联合招商的路径，最初的设想并非招引个别企业，而是系统思维、顶层布局，直接招引一条水晶生产产业链入园。随着浙江乃至别的省份的水晶行业企业不断入驻，有的企业规模不断扩大，园区的水晶产业开始初具规模。

4. "白叶一号"感恩茶

春日里的阳光明媚起来，浙江省湖州市安吉县黄杜村的田间地头，白茶芽儿正嫩，迎着阳光泛出鲜亮的绿色。这个"中国白茶第一村"又将迎来一个繁忙的采茶季节。

1500公里外，与黄杜村同处北纬30°的四川省达州市大竹县白茶村，茶田里的白茶也长势正猛。村书记卢华林和村民们为了收获高品质的头茬白茶做足了准备，前一年冬天就早早把茶树细心养护起来。

随着采摘季的到来，四川省广元市青川县沙州镇青坪村的茶农强锡香更加忙碌了。她几乎每天都待在茶园里，察看茶苗长势，估算着头茬白茶的开采日子。

尽管相隔山海，但大竹白茶村、青川青坪村、安吉黄杜村的白茶都是同宗同源。一棵小小的茶苗，是如何翻越山海，从遥远的东海边来到西部的大山里的？一片小小的茶叶，又是如何使许多像白茶村、青坪村这样的村庄改变了面貌的？要解开这个谜底，就要从2018年4月说起。

"'吃水不忘挖井人'这句话讲得很好。弘扬先富帮后富的精神，对于打赢脱贫攻坚战很有意义。"2018年，安吉黄杜村的20名党员联名写信向习近平总书记作了汇报，提出向贫困地区捐赠1500万株"白叶一号"茶苗。一个月后，习近平总书记回信，对黄杜村党员为党分忧，先富帮后富的精神给予高度肯定。[1]增强饮水思源、不忘党恩的意识，弘扬为党分忧、先富帮后富的精神，对于打赢脱贫攻坚战很有意义。同年，1500万株"白

---

[1] 中共浙江省委组织部：《十七年了，习总书记为这片叶子说过三句话》，2020年4月1日，https://mp.weixin.qq.com/s/7ZeOi6UqjxnM7aV-n20Z4g，访问日期：2025年7月22日。

叶一号"茶苗从浙江安吉出发来到四川青川。从之江大地到巴山蜀水，两地人民历经多年，携手书写了"一片叶子富了一方百姓"的故事。

2018年，原本在外务工的强锡香回到青川县青坪村，从此她的人生也与茶叶结缘。从安吉"白叶一号"送到青川县的第一天开始，强锡香亲历并见证了"白叶一号"给家乡带来的改变。

"白叶一号"在四川落户并非一帆风顺。当第一批来自浙江安吉的捐赠白茶苗"白叶一号"运抵青川时，不少人心里还有疑惑：种茶叶，能致富吗？彼时担任青川县沙洲镇青坪村党支部书记、村委会主任的王永明心里也没底。因为村里早在30年前就种过茶叶，但最终这个产业没能让村民们致富。资料显示，2012年青川县茶叶种植面积为6.5万亩，人均增收仅450元。

20世纪90年代当地的种茶情况，也曾令浙江茶叶专家白堃元印象深刻。1997年，时任中国农科院茶叶研究所副所长的白堃元第一次来到对口帮扶的四川省广元市青川县、旺苍县时，当地群众人均年收入还不足1000元。他跑遍了全市每个乡镇，发现青川县虽然有悠久的产茶历史，但是茶叶种植、加工等方法十分粗放。种植方面，当地的茶树都被杂草包围着，根本看不到茶树；加工方面，村民的茶叶也大多是自家用，采摘后用家里的烧饭锅炒一炒，泡出来的茶汤像酱油一样。

这段失败的种茶经历，令青坪村的村民们在面对"白叶一号"时有些信心不足。但正如白堃元所判断的那样，青川山高雾多，气温较低，并且分布着明显的立体气候，加上水土富硒、富锌的优势，是一个具备种茶条件的地区；如果注意茶园选址，再提高种茶、采茶和加工技术，当地发展茶产业的市场前景就十分广阔。正是基于对青川发展茶产业的信心，此后20多年时间里，白堃元无数次往返于浙川两地，为青川当地的茶叶种植提供技术支持。

"白叶一号"的到来，得到了包括白堃元在内的许多茶叶专家的倾情帮助。为了让茶苗更好地在青川生长，捐赠茶苗的安吉县农技专家们也赶赴青川进行实地查看。浙江和青川两地气候、地理环境差异大，"白叶一号"刚到青川种植时，果然很快出现了"水土不服"的症状：白化后不转绿、茶树烂根、茶树植株生长势头不好，再加上种植管护时许多茶农还是沿用种植青川绿茶的老办法，"白叶一号"的"水土不服"迟迟无法治愈。

2020年，"白叶一号"在青川迎来首次开采，但产量非常少。更不巧的是，栽种的第一年冬天就遇上了极寒天气。尽管茶农们第一时间就给茶树盖上了地膜保暖，可刚熬过冬天，很快又来了一场冰雹，打坏了不少茶苗。在考察了当地的土壤、气候之后，安吉县农技专家钱义荣意识到白茶在当地的种植确实需要面临一个改良适应的过程。在他看来，这些都是可以克服的。捐赠茶苗的目的，就是用敢想敢拼的创业精神带动当地民众增收致富，遇到困难，那就努力想办法克服。

茶叶种植充满了挑战，来自各方的茶叶专家们都在竭尽所能。在浙江和青川的共同努力下，青川摸索出"白叶一号"栽培管护七项关键技术措施：重改土、促开沟、强采摘、精修剪、勤施肥、控杂草、防病虫。来自浙江的专家们的客观判断和迎难而上的劲头感染了当地村民，村民们跟着专家们总结出来的科学方法种植"白叶一号"，在理念、种植技术、品牌营销等各方面，茶农们边学边种、边种边学。

在青川当地，许多人和强锡香一样，把生活和茶紧紧结合在了一起。从茶苗的种植、管护、除草、施肥、挖排水沟，再到采摘，还要参加白茶管护知识培训，强锡香的生活被茶填满了。她不遗余力地向浙江和县里的农业专家学习请教"茶经"，经过持续的努力，如今她已经是村里小有名气的"行家里手"，还被村集体聘请为白茶基地管护负责人。

在茶农们和茶叶专家的齐心协力下，很快青川的茶叶品质得到了提升，大家的信心也足了。仅2018年10月至2019年春季，青川县就建成了受捐"白叶一号"茶苗基地1517亩。

随着新一轮浙川对口工作启动，发展壮大"白叶一号"产业成了来自浙江的挂职干部们的目标。

青川县委常委、副县长（挂职）何立剑来到青川后，几乎每隔一段时间就要到沙州等几个镇的"白叶一号"基地走访，察看茶叶的生长状况，了解茶农们种茶及管护情况。1800多公里外的杭州，是浙江主要的茶产区，茶农们种茶、护茶、制茶，已经形成一系列规范的种植技术与生产流程，这恰恰是发展壮大茶叶市场的先决条件。杭州与青川，地质条件不一样，自然气候条件不一样，炒制工艺也不一样，如何用浙江发展茶产业的经验顺畅帮助到青川，让"白叶一号"在青川"长出"更大效益？何立剑常常和挂职干部们一同讨论这个问题。大家一致认为，帮扶，就要帮在"智"上。

在浙江挂职干部们的牵线搭桥下，一支由安吉县黄杜村党员种植户、溪龙乡"茶博士"、中国农业科学院茶叶研究所及浙江省茶叶集团股份有限公司（简称浙茶集团）技术员为主的技术指导小组成立了。茶叶专家们无数次往返于浙江和四川之间，对茶园的选址、管护，茶苗的选育、移栽、养护，以及茶叶的采摘、加工、销售等每一个环节，都予以细致的指导服务。在这个过程中，技术指导小组也帮助当地培养出了一大批"带不走"的本土茶叶专家。

除此之外，何立剑还将目光投向了数字化管理。浙江尤其是杭州具备数字化的先发优势，用数字化的方法，能更精准地管护好茶园。

何文剑来到青川挂职工作的第一年，东西部协作项目安排了150万元资金，在青坪村"白叶一号"茶叶产业基地中选取150亩茶园，开展数字化种植管护试点，打造"白叶一号"数字驾驶舱。数字驾驶舱连接了22个摄像头，可以采集茶叶生长环境数据，展示每个地块茶园茶苗的情况，实现精准管护。青川的茶田里被安装上了监控以及检测茶田土壤温湿度、氮磷钾含量等的传感设备。白茶生长的土壤水分、氮磷钾含量、天气预报等关键技术参数汇总到人工智能平台，一旦实际参数低于或高于技术参数，后台就会直接以短信形式将预警信息推送给技术员、网格管理员。数字驾驶舱建成后，县乡两级技术员可以通过实时视频监控，准确察看茶苗长势、基地管护效果，并通过平台向基地网格管理员下达管护提升指令。不仅如此，茶农也能通过数字驾驶舱与浙江茶叶专家对话，不出门就可以学习浙江的技术，大大降低了长距离带来的沟通不便问题。

此后每一年，东西部协作项目都安排了资金支持"白叶一号"的发展：青川数字化种植覆盖了沙州、木鱼、蒿溪等多个乡镇；"白叶一号"茶苗生产过程植入了产品溯源系统，产品信息植入了销售网络……这些发展和进步也意味着"白叶一号"从传统的茶叶生产模式，逐步转变为高产、高效、低耗、优质、生态和安全的智慧农业模式。

功夫不负有心人。针对"白叶一号"的连续三年的检测显示，青川白茶的游离态氨基酸含量高达7.5%，是普通绿茶的2倍至3倍。这意味着，"白叶一号"在青川种植成功！

产量和质量上来了，接下来是如何让"一片叶子"转化为"金山银山"，真正让老百姓受益。

为了鼓励当地的脱贫户参与茶园的建设、管护和采摘加工等环节，浙江挂职干部和当地政府一同探索出了一套"返租倒包"经营模式。不同于过去以集体经济管护为主，"返租倒包"的核心是还园于民。在实现土地流转和茶苗折股的基础上，把茶园分包到户，让村民参与白茶的管护、采摘、加工等环节，把利益嵌入白茶产业链中，让村民们获得更多务工收益。这套办法一推出，就受到了茶农的欢迎。强锡香也抓住了这个难得的机遇，承包了200亩白茶。

2022年，青川受捐茶苗首次迎来大规模采摘，共采摘鲜叶近3600公斤，制成干茶近900公斤，实现销售额530余万元。强锡香承包的白茶园在初次采摘中，一下子销售了100多公斤鲜叶和几十公斤干茶，给家里增加了一笔不小的收入。

在青川，像强锡香这样因茶致富的家庭还有许许多多。青坪村村民文自金就算过一笔账：承包茶田之前，全家人靠着种玉米、小麦和油菜，年收入不到万元。自从参与"返租倒包"白茶管护模式，如今的收入让人惊喜：

第一笔收入是流转出去 20 亩土地，每亩 300 元钱，一年可以获得收益 6000 多元。第二笔是茶园管护费，一年可以获得 3.5 万元左右收入。此外还有在茶山的务工费以及茶园的分红收入。一年下来，总体收入翻了好几倍。

让白茶走向市场，销售端也在发力。何立剑带着挂职干部们想了各种办法。在品牌营销方面，浙茶集团与青川县签订了"白叶一号·携茶"注册商标无偿使用授权协议，通过电商平台和浙商群体共同推广"白叶一号"。浙江供销联社、杭州市供销社等也利用自身的销售网络持续推介。加上通过参加各类展会、开出销售门店、进入车站等各种方式，"白叶一号"的品牌被越来越多人熟知。

"白茶一号"如星星之火呈燎原之势，带动了青川整个茶产业的发展。截至 2023 年，在浙江的帮助下，青川县已陆续建成"白叶一号"标准化种植基地 7075.5 亩。如果全部进入盛产期，预计年产值可达 5.3 亿元以上，覆盖带动 900 余户茶农稳定增收。

青青白茶苗，浓浓帮扶情。经过这些年的努力，来自浙江安吉的"白叶一号"不仅在青川深深扎根，带富一方百姓，并且在四川遍地开花，成为四川茶业的一片"金叶子"。

四川广安市邻水县丰禾镇关口村的白茶基地里也有"白叶一号"的身影，1200 亩茶园在春日的阳光下生机盎然，这里已经成为广安市最大的白茶基地，产茶超过 2 万斤。每年的采茶时节，每天有 600 多名村民上山采茶，增加了他们的收入。近年来，邻水县的白茶基地继续扩大规模，计划再种植约 3000 亩白茶苗；并依托白茶基地，联动发展第一、二、三产业，建茶叶加工设备生产厂房，发展茶文旅产业，带动茶区茶农增收。

"白茶一号"不仅在平原扎根，还"飞越"山海来到了高原地区。随着新一轮浙川对口工作中浙江省安吉县与阿坝州金川县结对，2022 年，15 万株"白叶一号"茶苗来到川西高原，开始在金川县勒乌镇安顺村、安宁镇安宁村等地小规模试种……

一片小小的白茶叶子，正在改变着越来越多人的命运。

5. "穷山坳"里飘出玫瑰香

夹金山下，沃日河的水潺潺流过，位于青藏高原东部边缘的四川省阿坝藏族羌族自治州小金县冒水村弥漫着独特的玫瑰香，村前屋后绽放的玫瑰花随处可见。再远些的地方，阳光静静地洒在玫瑰基地的大棚上，棚里的温度渐渐升高，玫瑰花开得更加鲜艳。

每年5到6月份，是小金县的玫瑰采摘旺季。村民们天还未亮就背着竹篓出发，来到山坡上的高山玫瑰生态产业园采摘玫瑰花。一朵朵带着露珠的玫瑰花被采摘下来，制作成玫瑰花茶、玫瑰精油、玫瑰面膜，再经由汽车、火车、飞机走出大山，畅销全国各地，并出口日本、韩国、保加利亚等国家。

说起玫瑰，许多人第一时间会想到盛产玫瑰的保加利亚，却很少有人知道，不到10年，中国四川的小金县已经成为国内主要的玫瑰产地之一。

国际上通常认为，玫瑰种植的最高海拔是2400米，但海拔在2400米到3600米的小金县打破了这一说法。

小金县种上玫瑰花，其实源自一个美丽的意外。

人们熟悉小金县，大多是因为这里有个知名的旅游目的地：四姑娘山。当地多雪山高原，自然景色很美，但对种植生产而言，这样的气候环境却没那么"美好"。山地众多，老百姓主要种植土豆、玉米等山地农作物，但收成微薄。究其原因，一是缺水加上交通不便，种植难度和人工成本都很高；二是山里的野猪常常破坏庄稼地，老百姓经常是辛苦种地一年，到头来却颗粒无收。经年累月，老百姓连靠山吃山都成了奢望，没有像样的产业，缺少致富的路子。曾经的冒水村，就是个实打实的"穷山坳"。

好在这样的窘况，因为一朵玫瑰花而改变了。

最初注意到玫瑰花的，是冒水村党支部书记陈望慧。有一天，野猪又冲到地里损毁了庄稼，陈望慧站在被野猪拱坏的地边有些无奈。但她注意到，角落里有几株野玫瑰，花开得正艳，一点没被野猪祸害。陈望慧联想到小金县的许多山上都长着野玫瑰，每年的春末夏初，漫山遍野的野玫瑰花开放，一簇簇的。野猪会拱庄稼地，但从不去长着玫瑰花的地方。原来是因为玫瑰花有刺，野猪不敢靠近，于是山上的玫瑰花越来越茂盛。陈望慧突然冒出了一个念头：为什么不把山地利用起来种玫瑰呢？市场上有很多人买玫瑰花，还有人说"玫瑰精油相当于液体黄金"。与其让众多山地荒废，不如种玫瑰来得更有效益。

陈望慧很快把想法付诸现实。为了找到适合小金县种植的玫瑰，她跑遍了国内许多种植玫瑰的基地，考察了十多个玫瑰花品种，最终选择了大马士革玫瑰。这么选择，有她的理由：这种种植条件苛刻的优质玫瑰品种，被称为"玫瑰皇后"，市场附加值更高。小金县拥有独特的气候，海拔高，温差大，日照足，刚好适合大马士革玫瑰的生长。更让人惊喜的是，种植后大家发现，大马士革玫瑰在这样的环境里，生长周期可以变得更长，品质更好。在别的地方，大马士革玫瑰的花期只有 5 到 7 天，而在小金县，从第一朵花开到最后一朵花谢掉，花期长达 4 到 5 个月。花期越长，意味着花里所含的精油就越多。

当小金县冒水村种出大马士革玫瑰后，经过检测，相比其他地方万分之二的玫瑰精油率，冒水村的大马士革玫瑰精油率竟能达到万分之三。尤为可喜的是，小金县种出来的玫瑰花有一些关键成分要比其他地方的玫瑰含量更高，香味更加纯净和浓郁。此后，有懂行的人把小金县的玫瑰样品带到保加利亚进行比对。保加利亚最大的玫瑰庄园主看到小金玫瑰后一脸的惊讶：中国也能种出这么好的玫瑰？

选好了品种，陈望慧带头下地种植玫瑰！

村民喻福良第一个响应村里的号召，在海拔 3000 米的共和村开辟 4 亩地，种上了 900 多株玫瑰，每年收入近 5 万元，尝到了玫瑰带来的甜头。看到喻福良的成功，越来越多的村民开始种植玫瑰。几年下来，平均每户每年种植七八亩，收益可以达到八九万元。

村民们种植玫瑰花后很快发现，一般的农作物大多是一年生，每年收获一季后，来年又要重新种，而玫瑰是多年生灌木，种植后只要稍加养护，每年到了采摘季花又会开，种一株玫瑰花，可以收获几十年，源源不断。而且现在山区年轻力壮的青年都外出打工，相比种植其他农作物，修剪、采摘玫瑰花并不需要壮劳力，收获的季节，玫瑰花无论是采摘还是运输，也都很轻便，正好适合留守山村的中老年劳力。玫瑰，真正成了小金县的"致富花"。

渐渐地，小金县的玫瑰种出了规模，油用玫瑰、食用玫瑰……各种品种的玫瑰花被引进小山村，扎根在山坡、田间、屋后。从一个村到一个镇，再到整个小金县，十来年时间，玫瑰花的种植面积越来越广。走在小金县各个乡镇的村里，房前屋后、满山遍野到处都是玫瑰；特别是开花的季节，美得像人间仙境。小金县成了全世界海拔最高、花期最长的玫瑰产地。

地处海拔2500多米的小金县达维镇冒水村的四川金山玫瑰科技有限公司（简称金山玫瑰公司），是在小金县玫瑰产业发展中成长起来的玫瑰加工企业。2023年6月3日，金山玫瑰公司向保加利亚发送玫瑰精油1000克，完成了出口欧盟的第一单，实现了从高山峡谷走进欧洲"玫瑰之国"的跨越。公司总经理罗春强特别有感触，这朵突破海拔限制的高山玫瑰，真正给曾经贫穷的小山村带来了巨大的改变。

有关小金县玫瑰花的故事还在继续，尤其在新一轮浙川对口工作启动的契机之下，小金县的玫瑰产业迎来了更多"蝶变"。小金县委常委、副县长（挂职）翟金坚来自浙江德清县，来到这个玫瑰盛开的地方后，他开始想办法把玫瑰产业做大做强，开拓更大的市场。

2022年，在全力打造高原"共富村庄"的构想下，阿坝州小金县达维镇冒水村被列为小金县第一个浙川共建乡村振兴综合改革示范点。结合冒水村的产业现状，翟金坚和挂职干部们在东西部协作项目中安排资金2000万元，建设了小金县达维镇冒水村乡村振兴综合改革示范点，村风村貌开始改善，玫瑰产业的发展也得到了更好的扶持。挂职干部和当地村民们一起探索出一条因地制宜种植高原玫瑰的发展之路，带动周边 13 个乡镇 46 个村的 3300 余户村民，种植了 13200 亩玫瑰。

为了让村民们安心种植玫瑰，翟金坚和挂职干部们还想了许多开拓市场的法子：德清县与小金县开展业务合作，签订 3 年合作协议，从 2021 年 10 月开始协助小金县销售玫瑰产品，半年内销售量就突破了 100 万瓶；到了第二年，还引入了浙江欧诗漫集团与当地合作研发的玫瑰系列化妆品，进一步打开市场。

2022 年 6 月 22 日凌晨 4 点半，天还没有亮，小金县新桥乡共和村的花农刘成林戴着头灯，采下了当年的第一批玫瑰花。和他一样的花农们从凌晨采摘到清晨，并用传统的方式载歌载舞，庆祝玫瑰花的丰收，期许花期风调雨顺。这一天，由四川省小金县和浙江省德清县共同举办，主题为"共护共富"的小金玫瑰开采季活动，在漫山遍野的玫瑰花香中拉开了帷幕。在活动现场，"共护共富社区发展基金"宣布成立。小金县人民政府办公室副主任（挂职）陈巧华介绍，基金由德清县五四村和小金县冒水村联合发起成立，主要目的是保护以小金县冒水村、共和村为主的玫瑰基地的生态，同时用于社区共建和当地村民的教育培训。

对于小金县玫瑰产业的发展，陈巧华胸有成竹。在他们的推动下，浙江永续农业品牌研究院和小金县人民政府签订了战略协议，计划通过 70 万元的资金支持做强小金玫瑰品牌；同时，他们将邀请更多的客商，开展和小金玫瑰产业的进一步合作，把小金玫瑰产品做得更精、更细、更强，开辟出更大的东部市场。

如今，玫瑰产业已成为小金县五大主导产业之一。全县种植的 1.5 万亩高山玫瑰逐步形成集深加工、销售、观光旅游为一体的产业链。从种植玫瑰到衍生玫瑰花冠茶、玫瑰精油、玫瑰面膜等各种产品，再到"玫瑰旅游"，玫瑰之路越走越宽。这朵开放在高原的玫瑰花，正在为这片土地带来更多的希望。

玫瑰环绕的美丽村庄，吸引了游客的到来。村民袁长荣的生活就因玫瑰而变得幸福。从前一家人住在山上，吃水都靠人力挑；后来村子发展了玫瑰产业，他把家搬到了山下，盖起了木屋，将空余的房间改造成民宿，光靠民宿一年就有 10 多万元收入。现在像他一样吃上"旅游饭"的村民越来越多，玫瑰点缀下，家家都有美景，步行栈道、乡村图书馆、生态停车场等配套设施也日益完善，小山村吸引来八方游客。

村强、民富、景美、人和。当年的"穷山坳"里飘出了玫瑰香，村民们曾经盼望的生活正在变成现实。

6. 乘着飞机到四川的"浙川白鹅"

生活在浙东的大白鹅，有一天会坐上飞机，飞越千里，来到四川安家成长。这样的奇思妙想，借着浙川东西部协作的东风，成为现实。

每次看到小鹅破壳而出，陈淑芳都会有一些激动。她喜欢看湿漉漉的小鹅转来转去打量世界的样子，那是一个个全新的生命，"鹅生"还有很多可能。陈淑芳是宁波市农业科学研究院畜禽所副所长，多年培育浙东白鹅。她非常清楚，这是一个适应性强且见过世面的品种，虽然鹅苗看起来呆萌呆萌的，似乎弱不禁风，但才出壳就能坐飞机，非常坚强。而这一批新破壳毛绒小鹅们的"鹅生"，将在远离浙江的四川屏山县度过。

2023 年 4 月 25 日上午，伴随着一阵阵"嘎嘎"的鹅叫声，一辆满载鹅苗的运输车抵达位于屏山县书楼镇桤木村的浙川白鹅育雏基地。小鹅们的到来，意味着屏山县首个浙川白鹅育雏基地正式投入运营。基地的建设，源自浙川新一轮对口工作，结对屏山县的浙江挂职干部们依托东西部协作项目，支持建设了这个基地。基地占地面积约 6000 平方米，配备有供暖系统、照明系统和鹅粪自动收集系统，最多可同时容纳 16000 只幼鹅。2023年 3 月，基地建成后，这批鹅苗很快从浙江象山运送了过来。

基地负责人何晓荣很激动。标准化鹅舍早已准备充分，窗明几净，设备齐全，只待小鹅们入住。从卸鹅、入舍，再到健康检查，经过近 3 个小时的忙碌后，7000 只长途跋涉近 2000 公里的幼鹅成功入驻基地。幼鹅们的适应性很强，很快就一群群地挤在一起啄食菜叶。

按照前期饲养的经验，一只幼鹅从浙江运过来的时候大概重 100 克，经过近 20 天的饲养和照顾，就能长到 800 多克，到时候就可以分散送到当地农户手中进行散养；等到幼鹅长成大白鹅，再从农户手中收购，销往浙江等东部市场。基地通过"公司＋基地＋农户"的运作模式，向全镇农户提供幼鹅和养殖技术指导服务，幼鹅养殖 60 天左右就可以销往市场。预计可带动近 3000 户农户养殖浙川白鹅，达到致富增收效果。

浙东白鹅"嫁"到四川屏山的故事源于 2020 年，浙东象山白鹅培育专家陈淑芳有一次到北京开会，机缘巧合之下，遇到当时在四川宜宾市屏山县挂职的王金良。两人聊到大白鹅，一合计，都觉得屏山的环境很适合探索立体循环农业，可以尝试将浙东白鹅引到屏山县，发展林下养鹅模式。

2021 年 1 月，首批鹅苗乘飞机到达了屏山县。当年 6 月，新一轮浙川对口合作的挂职干部们来到了屏山，接力推动"白鹅入川"。

为了探索浙东白鹅的养殖规律，试验性养殖开始了。养殖户在专家的指导下，在不同季节、不同海拔进行试验，通过收集生长数据，浙东白鹅在西部山地的养殖规律被逐步摸透了。试验性养殖证明，浙东白鹅完全可以在屏山养殖，并且因为屏山更加优越的自然生态环境，养殖出来的白鹅肉质和口感都更好了。

此外，通过东西部协作平台，浙江挂职干部们也尝试着物色养殖更多的白鹅品种。他们在象山、武汉、重庆等地考察选种后，最终选择了象山白鹅这个品种；并且与西南大学签订了合作协议，组建了由"知名专家、外地实战专家、本地土专家"组成的养殖技术专家工作站，免费开设了各个环节的养殖技术培训，为当地培养了一批成熟的白鹅养殖专业户。

试验性养殖成功后，依托新一轮浙川对口工作平台，浙东白鹅在屏山全县规模化推广养殖。为了感念东西部两地情谊，屏山老百姓把养殖的浙东白鹅亲切地称呼为"浙川白鹅"。

此前从未有人将浙东白鹅养殖与屏山县盛产的茵红李联系在一起。屏山县大约有 20 万亩的果园，引进浙东白鹅可以构建起山地生态循环农业。在李子树下进行生态养殖白鹅，能否成功？浙江在屏山县的挂职干部们有了更大的谋划：将浙川白鹅与屏山茵红李相结合，发展立体农业经济。茵红李在屏山广泛种植，林下养殖白鹅可以替代人工给果园除草，鹅粪还田又可以给果树增加有机肥。白鹅既解决了果园除草问题，有机肥又提升了茵红李品质。在初期的试验养殖中发现，浙东白鹅经济效益显著，生长周期短，品质优良，试验养殖每只利润可达到 50 元左右。茵红李采收后到次年挂果采收之前，可以养鹅 3 批次，如此一来，果园空闲地每年可增收 2000 元 / 亩，大大增加了农民的收入。

养殖端逐步形成稳定规模，销售端如何发力？挂职干部们又开始想法子，2023 年考察引入了一家浙川白鹅的加工企业浙江味德丰食品科技有限公司。招引的这家公司入驻屏山后，可以在当地完成浙川白鹅的检疫、屠宰，再加工成卤鹅等产品进行销售，实现了东鹅西养，浙味入川。2023 年 5 月，味德丰·屏山旗舰店正式营业，浙川白鹅走上了浙川两地老百姓的餐桌。在 2023 年 12 月 7 日举办的浙江农业博览会现场，浙川白鹅受到了浙江消费者的热捧。

通过东西部协作，一条白鹅全产业链在屏山县悄然形成。2023 年，屏山全县白鹅养殖年出栏约 30.1 万羽，实现了销售额超 3000 万元；已建成年孵化 150 万羽的白鹅孵化基地 1 个、种鹅养殖基地 2 个、自动化育雏基地 2 个，以及村集体专业化商品鹅养殖基地 22 个，走出了一条巩固脱贫成果、增加群众收入的致富路。

更加可喜的是，浙川白鹅在屏山的致富模式，也在四川多地开花结果。2021 年 7 月，在东西部协作背景下，凉山州盐源县向浙江引进了浙东白鹅。

四川凉山州同样拥有苹果、脐橙等各类果树，丰富的林下资源加上适宜的气候环境，也是白鹅生态放养的绝佳之地。看到屏山的成功经验后，利用协作结对优势，象山文杰大白鹅公司与凉山州西昌华农禽业有限公司达成合作，首批 2000 羽鹅苗先行试养后，逐步向全州推广。

果园养鹅这种立体种植模式的好处不只体现在提高收入上，还能帮助果园节省除草的人工、机器、柴油、除草剂等成本，每亩可以节省 200 元以上；加上鹅粪留地，经过专业测算，林下养鹅后，每亩地土壤中可以增加纯氮 18 公斤、纯磷 16 公斤、纯钾 16 公斤，有利于肥地壮果，从而降低苹果种植成本。

种植端生态"种植 + 养殖"，带动了"林下经济"。老百姓们尝到了甜头后，纷纷开始在苹果树下养鹅。仅 2021 年当年，盐源县养殖浙东白鹅就超过了 5000 只，销售收入达 40 万元。

凉山州盐源县卫城镇罗家村果农蔡仲军就搭上了这趟东西部协作的快车，他也加入到发展"林下经济"的队伍中来，在自家 10 亩苹果园内分 3 批养殖象山白鹅 3000 只。尽管前期由于经验不足、设施设备落后，白鹅先后死亡 300 多只，亏了 15 万元，但在有农技专家指导下，蔡仲军很快掌握了养殖的技巧，白鹅长势很快好起来，70 天后的重量就达到了 8—9 斤，一年下来收入超 23 万元，除去成本，比往年增收 8 万元。蔡仲军家种植苹果 10 亩，年产值 11 万元左右，除去日常人工、农药、化肥等基本开销，净利润约 7 万元。这笔账算下来，蔡仲军发现养鹅比种植苹果效益还高。

不止凉山州，浙川白鹅也在乐山马边县等地安家落户，这只从海边来的鹅，真正在西部大山里安了家，成为一只"致富鹅"。

助力结对地区巩固拓展脱贫攻坚成果同乡村振兴有效衔接，通过产业合作推动浙川两省携手融入新发展格局，这个美好的愿景，正随着一个个浙川协作产业的兴起与产业园区的落地而变成现实。

第三章

跨越山海的
消费帮扶路

东海之滨，浙江省宁波市一家果蔬批发市场里，来自四川省凉山州的苹果很受欢迎。清甜脆口的滋味，源自 2000 公里外 3000 多米海拔的凉山州盐源县充足的阳光，也源自宁波与凉山结对的那份热爱。

2022 年 12 月 23 日至 24 日，中央农村工作会议在北京举行，中共中央总书记、国家主席、中央军委主席习近平出席会议并发表重要讲话时指出，要把"土特产"这 3 个字琢磨透，依托农业农村特色资源，推动乡村产业全链条升级，增强市场竞争力和可持续发展能力。

随着新一轮浙川对口工作的开展，来自浙江的挂职干部们精心谋划，根据结对县的农特产品优势，发挥所长，对接市场，通过"生产端、运输端、销售端"三端一齐发力，打造了全链条的消费帮扶新模式，书写了一篇篇消费帮扶的好文章。2021 年以来，浙江采购、销售对口地区消费帮扶产品金额达 365 亿元。2021 年、2022 年国家通报的消费帮扶助力乡村振兴典型优秀案例中，浙江共有 16 个案例入选，每年入选案例数量均居全国各省（市、区）第一。

1. 3000 米海拔结出第一颗香香李

高原地区的农业种植，往往受限于高海拔，只能种植青稞、玉米、土豆等农作物，品种单一，如果再依靠传统的农耕方式，农产品的产量和品质都不高，给农户带来的经济效益也比较低。

新一轮浙川对口工作中，通过消费帮扶，打通四川优质农特产品和东部浙江乃至长三角市场之间的通道，带动农户增收的同时，也让消费者能获得更优质的农特产品，是浙江援派干部们倾注诸多心血的一项工作。

从生产端来看，帮助当地生产出优质的农特产品，是关键的第一步。来自浙江的挂职干部们因地制宜想了许多办法，通过输入技术、管理、理念，帮助当地解决"产品附加值低"的问题。以水果类农特产品为例，在浙川东西部协作项目、资金、技术等的助力下，四川高原水果在生产种植方面不断提升，果品品质和产量均具备了更强的市场竞争力，为打入更大的市场打下了扎实的基础。

四川省阿坝州成功培育出高原香香李，就是一个生动的范例。

高原种植水果，是一件充满挑战的事。从海拔看，大部分水果种植海拔上限在 2000 米左右，只能适应温带气候。随着海拔升高，果树种植的难度呈指数增加，3000 米以上冰冻季节漫长，如果不借助大棚种植等设备技术，果树几乎不可能成活结果。

但突破海拔极限，在高原上种植果树等经济作物，一直是农业种植领域的研究方向，如近年来在青藏高原上种植酸枣树等尝试。高原水果种植一旦成功，对原本只能种植青稞、玉米、土豆等少量农作物的高海拔地区来说，意义非同凡响。

一直以来，如何在保证粮食安全前提下，丰富农作物品类，提高土地产出的经济效益，是高原地区面临的现实考题；并且从市场前景来看，高原水果在口感、品质上都具备先天的优势：3000 米海拔以上的高原地区很少有虫害，在种植过程中不需要用农药驱虫，再加上充足的光照，极大的昼夜温差等有利条件，像苹果、李子等高原水果在口感上通常也比低海拔地区的水果更好。

2015 年，浙江省嘉兴市南湖区对口支援四川省阿坝州若尔盖县。若尔盖县地处青藏高原东北边缘，平均海拔在 3500 米左右，是个典型的高海拔县。因为冰冻期漫长，当地主要种植的农作物是耐寒的青稞，极少有别的经济作物。加上缺乏系统管理和先进农业技术，青稞等农作物产量较低，大多只能自产自销，无法产生更多经济效益。传统的农业发展模式制约着若尔盖县的农业发展，这也是许多高海拔地区农业发展面临的共同困境。在参与对口帮扶的浙江挂职干部们看来，如果能够发展果树种植等林业经济，也意味着给当地农户们蹚出一条新的致富路。

为了发展当地的果树种植业，在两地政府部门的支持和挂职干部们的对接下，当地引进了浙江的果树种植专家和企业家，开始了在若尔盖草原上果树种植的探索之路。章纪钱，就是当年对口支援若尔盖县的挂职干部们"请进来"的浙江果树种植专家。

章纪钱出生在温州乐清的仙溪，当地在20世纪80年代开始发展苗木种植。章家很早的时候就从事苗木经营，章纪钱从小跟着父母学果树栽培种植，耳濡目染，熟稔各种果树嫁接技术。章纪钱的父母颇有远见，在从事水果苗木培育的同时，也把目光投向了国际上的水果品种。他们通过引进国外优良的果树品种，在仙溪当地嫁接、试种成功后，再推向全国各地，把苗木产业做得风生水起。长大后的章纪钱子承父业，也开始从事苗木培育，但他的兴趣点在果树栽培上。

早在1999年，章纪钱就曾把老家乐清种植成熟的车厘子引种到了四川省阿坝州汶川县，此后在阿坝州当地农业部门的支持下，他又将车厘子果苗种植拓展到了理县和茂县。2008年汶川遭遇地震，在灾后重建的过程中，章纪钱在温州援建单位的支持下开始探索青脆李的种植，也获得了成功。如今到了水果成熟季，成都的水果店里，来自汶川、理县等地的车厘子、青脆李都成了热销产品。

2017年，章纪钱抱着尝试的心态来到若尔盖县铁布镇，以每亩450元的价格流转800余亩土地，成立了兴农枣李园农民专业合作社，开启了高原香香李种植项目。

抗低温，是果树成活的关键。这也是章纪钱把项目选址在若尔盖县铁布镇的原因。因为这个小镇有着比较优越的小气候，尽管海拔在2200—3300米之间，但地处白龙江上游高山峡谷地带，受季风影响，形成了独特的立体生态环境，雨量适中，被称为若尔盖草原上的"高原小江南"。让大家充满信心的，是当地山坡上生长着一种野生李子树，可以耐住冰冻期存活下来，并且能结果。尽管结的果子又小又酸涩，无法食用，但至少证明了一点：李树能够在这个区域生存，并且经过培育优化，结出好吃的李子并非不可能。

在李子树种的选择上，章纪钱想到了用当地野生的李子树嫁接培育的法子：挑选生长在浙江乐清、果子口感较好的李子树枝条，嫁接到铁布镇的野生李子树上，尝试培育出一种既能够抵抗高原气候，又能结出可口果子的新树种。

但在阿坝州若尔盖草原上种植李子树，实际的试验过程充满了挑战：嫁接的李子树好不容易成活了，开春一场冰冻导致果树死亡；或者果树终于熬过了冬春低温季节，但到了结果的季节，迟迟结不出果子；或者即便结出了果实，但口味依然酸涩，无法食用……面对一次次种植，一次次失败，章纪钱选择坚持。每年冬天，当地最低气温达到零下 22℃，天寒地冻，他和合作社的果农们一起窝在果园两间小房子里，烧着炭火抵抗低温，以便随时查看果树的情况。此前，若尔盖草原上种植李子是一个空白。这也意味着，没有前人的经验可以借鉴，并且还有一种最糟糕的情况：种植试验失败。但章纪钱还是坚持下来了，他的坚持也感动了许多人。浙江当地许多从事果树种植的专家和行家听说他在高原上试验种植李子，都献计献策。前前后后试种了 10 个品种，经历了无数次失败之后，章纪钱终于等来了希望：玉皇李的品种适应性强，加上野生李子树抗寒，在尝试把玉皇李和野生李进行砧木嫁接和杂交试验后，终于成功培育出了新的品种"高原香香李"。这种李树可以在海拔 3000 米左右的雪山高原上开花结果，并且口感又香又甜。

高原香香李的试种成功，填补了若尔盖县水果种植产业的空白。但试种成功之后，香香李要走向消费市场，还要面对规模化种植、品牌打造、市场开拓等挑战。

2021年新一轮浙川对口工作启动，在来自浙江的挂职干部们的接力帮扶下，若尔盖县的高原香香李产业开始往规模种植和市场推广发力。当年9月，兴农枣李园的3.6万株高原香香李终于开始挂果。果农们起早贪黑地采摘，最终一共收获了2万多公斤的香香李。高原上的香香李个头特别结实，用鼻子靠近闻一闻，能闻到一股独特的清香味；吃起来特别甜，甜度要比低海拔的李子更高。

香香李的种植，也带动了周边村民的致富增收。截至2021年底，兴农枣李园农民专业合作社吸纳了周边115名村民就业，人均增收8000元，高出全县平均水平12%。在新一轮浙川对口工作挂职若尔盖县的浙江援派干部们的推动协调下，依托东西部协作项目和资金，帮助当地香香李实现规模化种植，并对接市场销路，让高原的好水果真正打入东部市场。

正如当初大家预判的，高原香香李的优点很多：3000多米的海拔种植几乎没有病虫害的烦恼，而且温差大带来的高糖分让李子口感更好；也因为海拔差异，李子的成熟期晚，可以错峰上市，卖出高价。

万事俱备，接下来就是打开市场销路。挂职若尔盖县人民政府办公室副主任的浙江援派干部俞锋认为，高品质的高原香香李要想在市场上走得远，必须做好区域品牌的推广。在他的协调对接下，引入了浙江优秀的设计团队参与香香李的品牌包装设计。同时，他带着挂职干部们和成都、嘉兴当地水果批发市场对接，打通物流等各个环节，打响了香香李的品牌。

香香李成了香饽饽，2021年，首推就在成都等地的水果市场大受欢迎，而且价格是普通李子的好几倍，当年销售收益超过40万元。香香李种植很快在当地产生了示范带动效应，果农们扩大了种植规模。截至2023年底，仅兴农枣李园的果树种植面积就达到了2000多亩，其中有800多亩高原香香李。到了收获季节，满园飘香。章纪钱估算，等果树达到盛产期，预计可以采摘15万公斤新鲜李子，果园年收入可以达到百万元以上。

发展农业不能一条腿走路，应该农文旅结合发展。在俞锋等挂职干部们的出谋划策下，兴农枣李园进一步发展，把采摘、农业观光、餐饮等和果园结合，吸纳当地村民就业，让一颗李子发挥出最大的作用，帮助村民们一起增收致富。到 2023 年，枣李园里除了李子，还种上了薰衣草、向日葵、格桑花等，开始探索"农业＋旅游"的模式。一方面，兴农枣李园号召当地的村民们一起加入到种植队伍中来，包括章纪钱在内的果园带头人手把手教村民们栽培果树。另一方面，他们也开始探索"公司＋合作社＋农户"的模式。果园提供种苗培育和技术支持，发动村民们一起种植；到了采摘季，合作社向果农们回购收获的水果，再通过加工销售获得更高的收益。通过"一条龙"产业链的打造，越来越多的果农享受到了香香李带来的改变。扎波足是附近麦昌寨村的村民，原先在外打工，如今他在家门口的枣李园找到了工作，不仅收入没有降低，还能照顾家里，可谓一举两得。

现在，香香李果树的知名度打出来了。沉甸甸的李子还挂在果园枝头的时候，合作社已经收到了许多城市的订单，有的水果老板早早就预订了香香李，就是看中了高原水果的销路好。

阿坝州地域辽阔，但土地的利用率一直不高；受限于气候和种植技术等，当地百姓只能依赖青稞、土豆等亩产效益并不高的作物。像香香李这样小众精品水果的成功种植，对于优化高原地区的作物结构非常有利。阿坝州理县，县委常委、副县长（挂职）朱小恭听闻香香李在若尔盖高原种植成功，也找到了章纪钱，开始在理县推广种植香香李。

在浙江省驻阿坝州帮扶工作队队长钟方成看来，在阿坝州地区推广种植香香李这样高经济附加值的果树种植，是探索高原农业发展的一种有效尝试，关键是做好生产端和市场端的精准对接，挖掘市场潜力，这将帮助更多高原优质农特产品走向更大的消费市场。

在发展高原农业的过程中，来自浙江的挂职干部们一方面加强两地政府、企业、市场等前后方的工作对接，另一方面也很重视对口帮扶过程中与浙江各地挂职干部们的横向沟通，互通有无，遇到好的经验模式互相借鉴推广。

在现代农业发展过程中，技术往往起到了画龙点睛的作用。高原香香李的种植成功关键，也是依赖于嫁接技术上的突破，拓展了3000米海拔高度农业作物的种植范畴。浙江在农业科技创新方面有很大的优势，拥有多个国家级和省级重点实验室、农业科技园区和农业企业研究院，近年来通过实施"科技强农、机械强农"行动，全省的农业科技进步贡献率和农作物耕种收综合机械化率不断提升。

挂职干部们在实践中形成了一个共识：要发展高原农业，必须借助科技手段，改变传统的农耕作业方式，适应现代农业发展的需要。2022年，在俞锋等挂职干部的牵线搭桥下，结对若尔盖县的嘉兴市南湖区安排了123万元援助资金，帮若尔盖县建成了59个农业种植大棚。有了大棚，各种农产品的种植就突破了高海拔的限制。当年7月，铁布镇德玛村新建的大棚里，试种羊肚菌就有了成效。村民色科成了羊肚菌种植园的工人。整个7月，他每天都在一排排白色钢结构的标准化大棚里忙碌，采摘一批批长得壮壮的羊肚菌。俞锋粗略算了一笔账，大棚试种的羊肚菌的亩均收入超过3万元，完全可以进一步推广种植。而且羊肚菌收获后，马上开始种植白萝卜，轮种能获得更多收益。色科也有了自己的计划，除了继续在种植园工作，来年他打算自己也种植几亩羊肚菌，给家里添点收入。

若尔盖县的标准化大棚种植成功的同时，在200多公里外的松潘县川主寺镇上，无土栽培的大棚也在加紧建设中。若尔盖县和川主寺镇的海拔都在3000米左右，而且两个镇的气候也很相似。两个县的挂职干部想到了一块儿，几乎同一时间启动了蔬菜大棚建设的项目。阿坝州松潘县委常委、副县长（挂职）吴建华测算过，智能大棚建成后，蔬菜种植的产值可以提高3到5倍。正是基于对大棚蔬菜种植前景的看好，县里通过东西部协作项目安排了浙江援建资金，建设了8800平方米高标准联动保温大棚和4800平方米智能化无土栽培大棚。2022年9月，标准化大棚建成后，马上开始投用种植蔬菜。

与此同时，吴建华还想办法引入了浙江的技术团队，参与川主寺镇无土栽培大棚的运营。这家来自浙江嘉兴的智慧农业经营团队，具备前沿的无土栽培技术和 NFT 浅液流有机种植技术，团队将先进的种植模式带到了松潘县：模拟自然种植，精准添加矿物质与小分子蛋白质等，实现在循环封闭的环境下种植农作物。相比传统农业，通过这种模式运行，可以提升土地利用率，降低运营费用，同时提高产值 3 到 5 倍，节水 70% 到 95%，更加生态环保。等到下一步将植物生长计算机控制系统等技术引进来，大棚蔬菜种植将更加智能科学。

有关高原农业的畅想和计划还有很多，在挂职干部们的推动下，运营团队和当地农户们正在计划着把草莓、西瓜、辣椒、青菜等果蔬新品种引进来。拿草莓来说，杭州市农科院培育的粉玉系列白草莓品种属于草莓中的顶级果，因为口味好，在江浙一带的市场卖价高达 240 元 / 公斤。如果在松潘县试种成功，也能带来可观的经济效益。

当高原农业遇上现代科技，碰撞出了越来越多美丽的协作故事。

2. 4000 米高原农业狂想曲

理塘县，是一座矗立在四川省甘孜藏族自治州西南部高原上的"天空之城"，平均海拔超过 4000 米。从县城出发一路向西南，穿过草原，就可以看到海拔 6204 米的格聂山终年白雪皑皑，在阳光照射下熠熠生辉。放眼望去，雪山被草原环抱，风光如画。

钱塘，有着"自古繁华"的热闹。钱塘江水滚滚，携带着浙江人勇立潮头的热情，奔腾不息。

这是两座相距近 2000 公里，海拔相差 4000 多米的城市。但再远的距离、再高的海拔差，都阻挡不了"塘塘合作"双向奔赴的热忱。

一瓶小小的蜂蜜水，甜甜的，像极了两座城的甜蜜情谊。

事情源自理塘县的养蜂历史。当地的养蜂历史可以追溯到 480 年前。

这个高海拔的县城紫外线强、日照充足，出产一种特有的高原蜂蜜。在这片雪域高原上，生长着不少特色药用植物，生活在高原的中华蜂在酿造原生态蜂蜜时，更好地保留了藏地药材的营养。许多人开车行驶在"此生必驾"的318路线上，经过理塘的高速服务区时，就会看到许多智能蜂箱整齐地排列，蜜蜂嗡嗡声不绝于耳。但理塘县呷洼尼依养蜂合作社的负责人陈小娟却很苦恼，因为理塘蜂蜜虽好，却没有好的市场推广路径，加上储存期短、高原物流不便等，面临着"深山藏宝无人问"的滞销境地。

2021年6月，刚到这片雪域高原的浙江挂职干部叶小明得知了这个情况，他开始思考如何让好品质的理塘蜂蜜打开市场销路。最终，他把目光投向了浙江的科技团队。

在推动农业现代化发展过程中，科技是核心力量。然而现实的情况是，有些相对落后的地区很难单纯依靠本地力量为发展注入科技动力。在新一轮的浙川对口工作中，杭州市钱塘区结对甘孜州理塘县。为了帮助发展理塘的蜂蜜产业，在叶小明等挂职干部的牵线搭桥下，理塘县引入了一支来自杭州的"科技队伍"。这支队伍是由杭州市科协牵头打通多个领域的专家资源组建而成，结合理塘县的实际需要，两地合作成立了"塘塘候鸟专家"队伍，同时在理塘县建立了"塘塘候鸟专家"服务中心。"候鸟专家"，顾名思义，就像候鸟一样往返于钱塘和理塘两地，为理塘县带去先进的科技和成熟的经验，帮助理塘发展。

理塘蜂蜜的东拓之路，就得益于"塘塘候鸟专家"的帮助。杭州有许多具备丰富市场经验的农业相关企业，其中就有好几位从事农业相关领域的企业家是"塘塘候鸟专家"，得知理塘蜂蜜困境的需求时，他们很快行动起来。帮助理塘蜂蜜市场化推广，是当务之急。理塘的蜂蜜品质优良，但还处于初级农产品销售的阶段，要想进入更大的市场，缺乏包装推广和品牌开发。"塘塘候鸟专家团队"了解到理塘蜂蜜的生产环境和品质后，敏锐地意识到这样一款优质的产品在市场上具备很强的竞争力，眼下缺乏的是找到一种市场能够接受的方式。经过市场调研，专家团队很快与理塘建立了合作。

为了打响理塘蜂蜜的品牌，来自浙江的设计团队专门升级了蜂蜜水的设计。巧妙的设计让人眼前一亮：蜂蜜与水在包装上采用分隔方式，当瓶盖被打开时，通过空气压强作用，原本分离的高原蜂蜜便迅速下沉并与水融合在一起，轻轻摇一摇，就成了一瓶即饮式的柠檬蜂蜜水，既好玩又好喝，清凉解渴。来自4000米海拔的原生态天然蜂蜜，成功打入了东部的消费市场。这款蜂蜜水在浙江地区特别是杭州市场推广后很快爆火。

回想起初到理塘县的时候，叶小明就暗暗下了决心，要带着挂职干部和专技人才们一起在这个雪域高原干出一番事业来。钱塘区和理塘县都带着"塘"字，"塘塘合作"的缘分也许从一开始就冥冥中注定了。

在高原发展农业，本身就因为自然环境的局限性而挑战重重。但对于理塘县而言，发展农业又是能够让当地老百姓增收致富的一条重要道路。发展高原农业，也成了挂职干部们帮助当地发展的抓手。

通过东西部协作，理塘蜂蜜初试获得成功，走出了一条发展的路子，更加坚定了叶小明等挂职干部们的信心。他们和"塘塘候鸟专家们"又将视线投向了发展更多农产品。

经过考察，地处高原河谷地带的上木拉乡成为新的"试验地"。在理塘县范围内，海拔3600米的上木拉乡属于"低海拔地区"，而且有一条无量河穿过，滋养出相对肥沃的土壤，可以说是整个理塘县最适合发展农业的地方。

高原的农业种植受到自然环境限制，普遍比较单一，最常见的农作物就是青稞和土豆，但这两种农作物的附加值都很低。2022年，作为"塘塘候鸟专家"的杭州市食品营养学会理事长沈立荣赠送了50公斤藏红花种球到理塘。理塘县首次引种藏红花，地点就选在了上木拉乡。

很多人都觉得藏红花顾名思义，肯定是生长在高海拔的藏地的一种药用植物。但实际上，藏红花并不适合生长在高原上，而且它还是一种很娇贵的植物，常年气温要维持在10℃至25℃之间，湿度要维持在85%以上。

　　试种开始了，果然困难重重。当地农户连续两季种植藏红花，最终都没有开出花来，试种宣告失败。这也打击了农户的信心，他们一度准备放弃。他们都认为在这么高海拔的地区，藏红花根本不可能种植成功。但沈立荣和杭州的许多农业专家没有放弃。为了让藏红花能在上木拉乡开出花来，沈立荣跑到藏红花最早推广试验的三都镇南华村取经。像候鸟一样来回在杭州和理塘奔波的农技专家们也给了上木拉乡的种植户信心，线上交流的机制建立起来，种植户们遇到任何问题，都可以在线咨询杭州的专家们。

　　想要在上木拉乡种植藏红花，只能大棚种植。在东西部协作的支持下，一座座温室大棚建起来了，藏红花的种球也种植下去了，棚内的温度和湿度都可以精细化地调控，这给了藏红花种植户很大的底气。终于在2023年9月22日这一天，大棚里开出了第一朵藏红花，试种成功！

　　就像理塘县上木拉乡党委书记格绒次乃说的，他从来没有想过，理塘县能开出藏红花，而且第一朵花会开在上木拉乡。变不可能为可能，穿越山海来到四川的浙江挂职干部们，总能创造那么美好的奇迹。

　　2024年4月底，理塘的平均气温依然只有个位数，但上木拉乡的藏红花温室大棚里已是一派春色。小小的藏红花，带给当地人更多发展农业的希望。现在，当地的种植户们开始自己繁育种球。尽管距离大规模种植并走向市场还有许多路要走，但种植户们充满了希望和信心。

　　共融的思维也在这片高原碰撞出奇妙的火花。

　　要打造一个好的农特产品，必须带着发现的眼光去看待市场需求。藏红花试种成功，给了理塘蜂蜜水的产品研发和营销更多启发。看到首推的蜂蜜水市场反响很好，陈小娟没有了后顾之忧，她和社员们可以集中精力培育高品质的高原蜂蜜。专家团队也坚定了继续开拓理塘蜂蜜水品牌的信心。理塘蜂蜜的研发之路还在继续。为了丰富理塘蜂蜜的口感，开发团队计划将藏红花融入蜂蜜水中，推出全新的藏红花蜂蜜水，此外还准备引进湖北恩施富硒水等元素，让理塘蜂蜜产品的品类更加丰富，争取开拓更大的市场。

　　来自海拔4000米高原的理塘蜂蜜，经过东部地区的技术包装升级和市场推广，从初级农产品摇身一变成了致富蜜糖。

2024 年刚开年，理塘县的气温依然零下。这个季节的理塘县让人最难熬，海拔高，植被少，空气愈发稀薄，高反也会更严重。但叶小明和挂职干部们依然奔忙在产业园区里。距离挂职结束不足半年时间，他们想抓紧时间帮助园区里的入驻企业开拓更大的市场，签下更多的订单。在他们的努力下，四川优质农特产品绽放市场活力的故事，时刻在发生着。

3. 江海铁联运大通道

有了好的产品，还需要开拓市场，其中关键的一环就是快捷通达的物流系统。来自浙江的挂职干部们从物流端发力，通过构建高效便捷的通道，解决了东西部货物物流成本高的问题。

四川省达州市是一座藏在秦巴山区的城市，也是中国公路运输主枢纽城市和秦巴地区物资集散地。

浙江省舟山市，我国第一个以群岛建制的地级市。宁波舟山港年货物吞吐量位居全球第一，集装箱吞吐量位居世界第三，也是著名的海洋经济先导区。一边是山，拥有发达的铁路网络以及丰富的资源；一边是海，拥有独特的港口区位优势。新一轮浙川对口工作开展以来，这两座相距 1800公里的山海之城突破了空间地理限制，架起了一条贯通江海的大通道。

2021 年 6 月，作为新一轮浙川对口工作中的一名援派干部，林海伟从舟山来到达州，担任达州市人民政府副秘书长、宣汉县委常委、副县长（挂职）。来达州前，他是舟山市港航和口岸管理局的副局长，对港航领域的工作比较熟悉。如何发挥舟山所能，满足达州所需；如何将舟山的工作经验与达州当地发展相结合，是他刚到达州时苦苦思考的事。

经过调研，他发现达州产业、经济、社会发展的基础好，如果建立资源要素互通的物流大通道，将对浙川两地货运提供极大的便利。

随着调研的深入，林海伟有了更深层次的考虑。舟山是东部沿海重要的开放门户，大量物资经由这里进出口，作为长江经济带联通陆上丝绸之路的重要节点的达州，尽管公路、铁路交通网络十分发达，但一直苦于没有大江大河与港口码头，导致整体的航运架构并不完善。浙江与四川，同为长江经济带沿线重要省份，如果将四川腹地达州的铁路交通网、长江黄金通道各港口打通，再与宁波舟山港的港口优势相结合，形成江海铁联运的物流大通道，就可以大大提升东西部资源要素互通，织密一张贯通中国东西部的物流大网！

在一次次调研的过程中，浙江省驻达州市帮扶工作队将目光锁定在了长江这条大通道上。四川有产品，达州、宜宾、泸州在长江都有港口，浙江有市场以及面向海外的通道，可否利用两省的优势资源，搭建更便捷的物流通道？这个设想很大胆，但前景也很广阔。浙江省驻川工作组组长王峻对这个项目给予了大力支持。他与包括林海伟在内的浙江挂职干部们一同走遍了长江沿岸的各个港口，一路从万州港随着长江而下，直到宁波舟山港，与各个港口部门对接。让他们感到欣慰的是，沿路各个港口都给予这个方案很大的支持，大家都看好这条大通道打通后的重要意义。

但从想到做，困难千万重。王峻不断往来四川和浙江，协调两地省级层面的工作，同时深入调研四川长江沿线的港口，问指标、选货品、探路径。与此同时，也邀请航运专家评估打通这条物流大通道的可能性：从市场需要来看，达州是工业城市，若江海铁联运通道搭建完成，工业产品可经由这个通道抵达海外；而达州乃至川东北、秦巴地区所需的进口原材料也可以从这里运进来。这意味着，这条大通道的建立，是通道沿线所有城市的共同契机。尽管这条物流线涉及的城市多、节点多、机构多，但在挂职干部们的努力下，将每一个难啃的节点都解决了。

经过几个月的努力，两市正式共建东西部陆海联运物流大通道的项目进入了实质阶段。浙江省驻达州市帮扶工作队作为总牵头，舟山与达州两地港航和口岸部门提供业务指导，另由市场公司进行团队专业化运作，一条统筹海运、江海和铁路运输，并能常态化高效运行的"江海铁"联运物流大通道被打通了。

2021年9月23日，四川达州，一趟满载着近3000吨进口粮食的110只标箱专列抵达。这是舟山港出运抵达州的首单"江海铁联运"业务，标志着舟山与达州的陆海联运物流大通道试行成功。

从舟港公司的记录里可以看到这批进口粮食的运行轨迹：由大型散货船从国外运抵舟山老塘山港卸货；8月29日，由内贸海船装载着2.6万吨粮食进江；9月中旬，抵达重庆市万州港后，该批粮食"散改集"，通过铁路运到达州市。舟山港的港口优势、成熟的粮食作业能力以及"海进江"物流通道，为满足达州市及周边地区企业的进口粮食需求开辟了新路径。

达州市口岸物流办副主任李单非常清楚这条通道的重要性。以前达州东向出海主要是公路运输，成本较高且不利于大宗货物运输，现在通过陆海联运大通道，大宗货物运输成本大幅降低，企业可实现降本增效30%。达州本地的化工产品、石材、户外家具、休闲服饰等货物通过班列运输至舟山，再出口至欧美、日韩等国家。

四川路海国际联运有限公司市场部经理杨露算了一笔细致的时间账：达州、万州距离近，货物走铁路到重庆万州港下水，再抵达舟山港，最快只需5—7天。她也看中了这条通道带来的商机，因此其公司目前运营的所有货运线路中，宁波舟山港的海江铁联运的货运量占了公司整体货运量的90%以上，由此带来了巨大的运输成本优势。

陆海联运大通道的打通，不仅让企业受益，也为两地深化贸易、产业合作架起了新桥梁。

陆海联运大通道打通后，如何继续降本增效？如何让这条通道长久地使用？浙江挂职干部们继续升级"江海直达"货船，形成了东西一站式双向循环的模式。此前达州—舟山铁江海联运还属于初级版，因为涉及航道问题，运输过程中需要江船换海船，这样既耗费时间又有一定的货损。于是在积累了前期试航经验的基础上，在帮扶工作队的协调下，舟山牵头研究投运了中国首制服务长江中游的"江海直达散货船型"：用一种能搭载1.4万吨货物的船型，替代原本"海船＋江船"的两种传统运输船型，成功让人力成本再下降40%、节能12%、货损减少3‰。船型的调整，实现了船只在通过江西九江、湖北部分港口以及湖南岳阳等中游码头时不必换船，与长江班列做到无缝对接，"江海直达"。舟山大宗散货可以更快抵达川渝地区，川渝地区出海货物也将更快地被送出。截至2023年底，达舟物流大通道已"班轮式常态化"运行，累计运抵达州进口粮食已超18万吨，铁矿石超180万吨，货值超10亿元。

如今，浙川两省正在共同打造万（州）达（州）—舟山国际物流信息港，共建中欧班列秦巴组货基地，逐步构建起"舟山—达州"江海铁全程物流体系，达州市宣汉县产品14天就能到达舟山市，整体物流效率提高近1/3，成本降低20%。陆海联运大通道的升级版依然在进行中：东西两端始发地建设也在全力推动，西部仓储以秦巴物流园为中心，布局完善达州铁路新场站和货物堆场，共建万州新田港，提升秦巴地区货源集聚和储运能力。

在林海伟看来，陆海联运大通道不仅仅只辐射舟山与达州，两地政府委托长江航运研究中心，正努力推动浙川物流大通道的建设，未来这条贯通长江的大通道将服务更多沿线城市，发挥出更大作用。

4. "两地仓"搭起浙川物流桥梁

2023年5月末的一天，四川省凉山州的"甬凉消费协作中心仓"里，凉山州山里淘农业发展有限公司总经理太嘉林和工人们正忙着清点发往浙江省宁波市的农特产品。

凉山州的农特产品销往宁波，需要跨越2500公里。过去的运输方式是：货物从大凉山深处各个县出发，穿过重重大山到达成都集散地。这个过程通常很漫长，导致损耗高、物流成本高，结果销售价格也高，尽管有好的物产，但市场竞争力并不强。

凉山州的山货出山，为何那么难？

这要从凉山州自身的区位条件说起。地处四川西南部的凉山州地形崎岖，全州总面积 6.04 万平方公里，相当于 6 个宁波市大小。但地域广阔的同时，也因为连绵不尽的大山而交通不便，各个地区的物资分散，组织起来很不容易，当地物产出山面临很大困境。拿进入东部市场来举例，由于凉山各地农特产品总体发货量不够大，所有农产品发往浙江都需要先到成都、杭州等地中转，货物流转和时间成本制约着当地产业的发展。

挂职凉山州委组织部干部一科的应雨航初到凉山州，就感觉到了物流的不便。习惯了浙江一小时经济圈的他，发现凉山州的交通几乎是 4 到 5 小时起步，而且道路条件也不好，常常路的一侧是悬崖，另一侧是随时有落石的峭壁。到凉山州工作后，有一次应雨航给宁波的家人寄了一箱苹果，苹果的快递费几乎和苹果本身一样贵，而且时间漫长，普通物流需要近一个星期的时间。应雨航意识到，如此高的物流成本和低的运输时效，凉山的货物即便运到宁波乃至浙江市场，其竞争力也变得非常弱，在商品经济时代，几乎很难有商家愿意承接这样的货物。在后续的调研中，应雨航所在的浙江省驻凉山州帮扶工作队的挂职干部们发现，在凉山州，山货出山难是个普遍现象：盐源的苹果、西昌的葡萄、会理的石榴、木里的核桃……尽管这些"凉山好物"既有品质也有特色，但终归是"养在深闺人未识"。破解凉山州山货出山难问题，迫在眉睫。

在凉山州人民政府副秘书长（挂职）、浙江省驻凉山州帮扶工作队队长陈坚军的推动下，2021 年 9 月初，宁波市商务局会同浙江省驻凉山州帮扶工作队、宁波市对口支援和区域合作局等单位，创新探索了"两地仓项目"，推进"凉货甬销"。

"两地仓"的模式，最初是借鉴了宁波海外仓的经验。整个模式原理是在凉山州建立"产地仓"，集结凉山州各地区的货品，在宁波建立"销地仓"；"产地仓"的货品集结成规模后，组织物流直送"销地仓"，节省中间环节，降低成本，提高效率。

这个模式很快在凉山与宁波两地落地。凉山州西昌市建起了占地 2000 平方米的"产地中心仓"。与此同时，为了方便凉山州各地的货品配置，凉山州多地设置了 11 个分仓；同一时间，在 2000 多公里外，依托宁波中通物流集团基地设置占地 5000 平方米的宁波"销地中心仓"。两个仓之间依托物流数据平台，实现"一件拼车"直运，货物通过干线运输到宁波中心仓后，直接进入存储、分拣、打包、配送等环节。如此一来，最大限度地降低物流成本、缩短物流时间，甚至以往极难运输的生鲜产品也开始在两地流通。

在宁波中通物流集团董事长励祥敏看来，"两地仓"的建立也推动了两地物流方式的变革。凉山州与宁波市之间相当于搭建了一条快速通道，原本 5—7 天的运输时间被减少到了 50 小时之内，货物运输费用也降低了 50% 以上。

通过"两地仓"，凉山州盐源县开通了盐源苹果冷链专线，整车装货至宁波，现场质检打包分装，再由冷库保存，并发往宁波各区县市场。这样一来，盐源苹果在宁波乃至浙江市场的销路越来越好。从过去市场需要多少苹果就发多少货，变成了提前把苹果运到冷藏仓库，客户需要时马上就能发货，进一步改善了东部市场消费者的体验感。盐源苹果、西昌葡萄等凉山特产在东部市场开始走俏。

全方位的消费帮扶给凉山州带来了全景式的变化。在"两地仓"模式运行近三年时间里，凉山州腹地的风土物产依托高效的物流体系，走出大山，进入了东部乃至全国大市场。据统计，三年里凉山州超 25 亿元价值的农特产品被宁波市场消化，带动凉山州近 40 万百姓增收。

"两地仓"的建立作为东西部消费协作的一项重要内容，既提升了东部消费者的获得感，又提升了凉山脱贫地区老百姓种养的积极性。通过"两地仓"，从市场端发力，追溯回源头；从全产业链发力助力凉山发展。在推动"两地仓"促进消费帮扶的路子上，陈坚军和挂职干部们做了许多工作。比如，通过宁波的"甬工惠"平台推广销售凉山州特产，越来越多的凉山特产受到宁波市民的认可。根据数据显示，宁波市 19.5 亿元财政帮扶资金中，50% 以上用于对凉山的产业引领，助力凉山脱贫地区产业链条不断完善、壮大；同步推动民营资本走进凉山寻求发展机会，148 家企业落地，实际投资超 110 亿元。

2024 年除夕前一天，四川省凉山州的"甬凉消费协作中心仓"的货架上只见零星货物。凉山州国舜物流有限责任公司、"两地仓"西昌中心仓负责人向宏终于松了一口气，春节前该发的货物已经基本发完了。此前他们遇到了"幸福的烦恼"：备年货的那段时间，仓库平面全部堆满，运输车辆停满了整个停车场，货物来了甚至都没地方装卸。突然的"爆仓"超出了许多人的预料，后来通过连夜紧急搭建立体货架，才解决了货品没处放的问题。春节假期一结束，刚复工的两地仓宁波中心仓内，5000 平方米的 5 层立体货架上，满满当当都是来自凉山的"甄选"好物，"两地仓"又开始忙碌起来。

一头连着田间地头，一头连着市场餐桌，在凉山州实践成功的"两地仓"模式很快在四川多地推广开来。2022 年以来，乐山、广元、南充也分别与浙江绍兴、杭州、温州、台州结对，启动"两地仓"建设。在"两地仓"助力下，2021 年、2022 年，浙江省采购、帮助销售四川特色农产品和手工艺品累计达 284 亿元。

2022 年 11 月，浙江省驻乐山市帮扶工作队在沐川县盘活了闲置 7 年的 2.4 万平方米冻库作为产地枢纽仓，在邻近县、中心乡镇建成了 7 个二级仓、5 个三级仓，同时在绍兴市越城区建立销地仓，配置 4 辆大型冷链物流车，开辟物流干线，实行两地"对开"。绍兴古称"越州"，乐山古称"嘉州"，东西部协作公共品牌"越嘉有味"应运而生，"越嘉有味"两地仓也在乐山与绍兴之间搭建起了消费帮扶的物流大通道。比如，乐山最早的"峨眉问春"茶 1 月就上市了，每斤价格 500 多元，而绍兴市场最早的"乌牛早"茶要到 3 月才能上市，每斤价格达数千元。利用这个时间差，将"峨眉问春"销往绍兴甚至浙江市场，效果就很好。再比如绍兴市民喜爱吃笋，但当地一年只有两个月产鲜笋，而乐山有将近 10 个月可以产鲜笋，通过将乐山鲜笋直销绍兴，绍兴市民可以买到高性价比的乐山农产品，乐山农户也能获得较高收益。

此外，乐山在产地枢纽仓设立了农产品检验检测中心，制定了腊肉、果冻橙等 18 种农产品的标准。以沃柑为例，根据水果尺寸，分为 5 分果、6 分果、7 分果，并分别定价，同时建立了农残快检室，做好品控，做强品牌，在推动消费帮扶的过程中，也为当地的农特产品品牌推广做了有益的尝试。

"两地仓"分仓的"毛细血管"也延伸到了村里。2023 年 2 月，乐山市沐川县选取了 6 个"一村一品"的特色产业村，成立"两地仓"分仓；同时采取村集体经济自办、村企联办、跨村联办等方式，试点成立了"强村公司"。高笋乡光明村就是其中之一。光明村种植了 1100 余亩柑橘、800 余亩黄金梨和 2500 余亩茶叶。高笋分仓落户光明村后，村集体成立了硒米出川"强村公司"。当年 3 月 28 日，硒米出川"强村公司"发出首批价值 10 万元的富硒米，送往浙江省绍兴市诸暨市的百联超市，实现四川偏远山区农产品直达浙江商超。2023 年底，通过"两地仓"，光明村销售了 1 万斤柑橘到绍兴。

同年，杭州、广元两地在产销合作基础上落成"两地仓"，运行顺畅。广元建立产地仓，同时在杭州市拱墅区、上城区建立销地仓。截至 2023 年底，产地仓已入库 500 多个品种、2000 多种产品。从 2023 年数据来看，发往杭州的货物量每年增长率在 20% 左右，甚至使产销"两地仓"都不够用。

受益于东西部协作帮扶，凉山、乐山、广元等地与结对帮扶地区建立起农产品流通的"血管支流"。浙川"两地仓"在不断升级过程中，甚至不再局限于市、县之间的对口帮扶关系，而探索更多的合作模式。比如 2023 年开始尝试的在杭州建立总仓，就是为了深度整合优化产销资源，不断缩短物流周期、降低物流成本，实现商品双向互通、双向受益的一种有效尝试。

在四川巴中，浙川物流双向互通有了更进一步的探索。从 2022 年开始，借力新一轮浙川对口工作，义巴国际商品城在巴中市巴州区开业运营，两地开通了义乌—巴州直达物流专线，秦巴山区腹地的巴中与世界小商品之都义乌完成了物流通道的搭建。这条物流专线通道，频率是一周发三趟，以巴中为中心，同时辐射达州、广元、南充等整个川东北地区。两地通过运营公司，既能把巴中的农产品运到义乌，也能把义乌物美价廉的小商品运到巴中，填补了农村物流"最初一公里"和"最后一公里"的空白。

在新一轮浙川对口工作中，为了打通物流通道，构建起系统的物流网络，来自浙江的挂职干部们都在努力：在汶川创建了阿坝州共建共管川青甘物流园区，在宁波凉山等地建设产销"两地仓"，在巴中建立了物流仓配一体化中心等创新做法，打通物流瓶颈，破解了偏远地区物产"出川难"问题。

浙川产品双向互通，构建市场大循环的浪潮已然澎湃而起。

5. 遍地开花的"消费帮扶展销馆"

消费帮扶，最终落脚点在市场开拓上。从销售端来看，挂职干部们纷纷以整合市场销售资源为突破口，解决"销量低"的问题。

2023年8月18日，一场大型的消费帮扶活动——"稳增收树品牌促振兴"2023浙江对口地区农优产品消费帮扶集中展销活动在杭州举办。活动当天，代表浙川消费帮扶新平台的"浙里天府·四川优特产品展示展销中心"也在杭州余杭山海共富展销馆揭幕。活动现场，杭州现代天顺优选农业科技有限公司与天府优选品牌运营公司进行了产销合作签约；双方将致力于升级生产链、畅通流通链、拓展销售链、提升价值链，打造全链条全过程消费帮扶模式，进一步推动四川产品深度融入浙江乃至全国大市场。

作为"天府之国"的四川，物产资源丰富，而作为市场经济活跃的浙江，则有着广阔的消费市场前景，发挥浙川两地的比较优势，打通浙川两地的消费帮扶大通道，让更多四川优质农特产品及手工艺品进入东部市场，成为新一轮浙川对口工作中的一项重要工作。

自 2021 年新一轮浙川对口工作开展以来，浙江省结对四川省 68 个县，在双方的共同努力下，在消费帮扶领域取得了丰硕的协作成果。"塘塘合作"的牦牛皮带、被誉为致富茶的安吉"白茶一号"、清甜的盐源苹果……这些跨山越海的"出川好货"受到了东部消费市场的欢迎。

浙江省驻川工作组干部王刚辉介绍，2023 年 8 月 18 日，浙江对口地区农优产品消费帮扶集中展销活动暨平台启动仪式在浙江杭州举办。当天，四川"浙里天府"展销馆同步开馆，意味着四川全省优质特色农产品在浙江有了更多的展示舞台。以展销馆为平台，通过线下展销、集采对接、活动推广、线上直播、集中培训等多种方式，把四川全省优质特色农产品的销售渠道做强。展销馆的开设也是打造"川货入浙"跨越式发展平台以及构建浙川两地消费市场的新渠道，这对推动"川字号"农产品进入长三角市场，打响"川字号"品牌有着重要的意义。

有了展销馆，浙江市场的消费端能量可以得到更大的释放。普通消费者与批发市场经营者都可以通过展销馆直接对接到四川优质的农特产品。在展销馆，能现场看样品下单：单品、组合套装都可以自由选择，省去了采购方往返浙江四川看品选品的时间和精力；同时，展销馆的产品因为是源头直采，省去了许多中间商环节，更加具备竞争力。这种一头连着田地果园，一头连着消费者餐桌的消费帮扶路子，将政府、市场、社会力量协同调动起来，形成了可持续发展的模式。

四川"浙里天府"展销馆，就像浙川两地"双向奔赴""携手前行"的一个缩影。在全体浙江挂职干部的协调推动下，对口帮扶的四川 68 个县都在浙江建成了线下展销馆、专柜等。这些消费帮扶展销馆、专柜连点成线成片，在浙江织成了一张系统的消费帮扶网。通过这张大网，来自四川的各种好产品顺利打入了东部市场，走进了浙江乃至长三角地区的千家万户。

借助消费帮扶线下点位系统的铺设，还激发了线上线下联动的消费动力。线下消费网点具备一定的货品仓储能力，消费帮扶线上售卖的产品也可以通过线下消费展示网点提货、发货等形式，更快速便捷地到达消费者手中。

每年过年，宁波的朱女士一家都要在家附近的四川消费帮扶展销馆订购腊肉。她知道消费帮扶展销馆还是朋友介绍的，第一次去时，她选购了来自凉山州的腊肉，结果家人都爱上了这个味道。于是后来她养成了在消费帮扶展销馆买四川农特产品的习惯，从腊肉到彝族菌菇、米粮，如今她成了四川农特产品的忠实粉丝。像朱女士这样的消费者还有许多。借着新一轮浙川对口工作，政府、市场、社会力量一齐发力，消费帮扶的力度也进一步加大。

在政府多部门推动下，除了各类消费帮扶展销馆、专柜在浙江落地，四川优质农特产品逐步扩大了在浙江的市场，加上消费帮扶相关优惠政策的出台，进一步推动了"川货入浙"。

2024年1月30日至31日，春节临近，年味渐浓。随着"四川优特产品消费帮扶进浙江省行政中心"活动的举办，由浙江省驻川工作组、四川省乡村振兴局主办，浙江耕心农业开发有限公司承办的"2023年度浙川东西部协作消费帮扶进机关活动"圆满落下帷幕。这是一项系列的消费帮扶进机关活动，前期已经在湖州、金华、舟山等多地，以及浙江省人力资源和社会保障厅、浙江省农业农村厅、浙江省文化和旅游厅等多个单位开展，受到了一致好评。

活动现场，来自四川对口地区的百余款优特产品亮相：甘孜牦牛肉、高原柠檬蜂蜜水、大凉山盐源苹果、青稞啤酒、生态菌菇、农家土蜂蜜、糯米肠等，可谓年味满满。除了产品展示展销外，活动现场还设置了品尝体验专区，让大家品尝到了来自四川的"舌尖上的美味"：嚼劲十足的牛肉干，软糯香甜的芝麻丸，咸香满口的小桃酥……加上活动现场的打折购、满赠等多重惊喜福利，大家提前感受到了年味和别样的温暖。杭州的王女士在现场采购了满满两大袋四川土特产后特别开心，她希望这个活动能持续举办，不仅可以满足大家采购年货的需求，还能让更多人了解四川风物的美好。

6. "九龙出山"打响区域品牌

千年前的某一天，一队驮着茶饼的马队沿着茶马古道来到了今天的四川省甘孜州九龙县。也许是马队在当地歇脚驻留的时候掉落的古茶种子在当地生根发芽，九龙县因此成为甘孜州唯一的茶产地。说是唯一，皆因九龙县当地的气候很特别。位于四川省西部、青藏高原东南缘的甘孜州九龙县，海拔高，气温低，同时日晒充足，为茶树生长提供了独特的自然环境。在此后漫长的岁月中，茶树在雅砻江峡谷生长繁衍，大片高原古茶树成为历史上茶马古道沿途的奇观。时至今日，县内还留存着大约14.7万余株树龄在100—700年的老茶树。

让人啧啧称奇的是，当地魁多镇海拔2830米的高山上生长着一棵茶树，被业界认为很可能是目前全世界海拔最高的茶树之一。"高山云雾出好茶"，魁多镇雨水充沛、云雾缭绕的气候最适合高山茶的生长，甘孜州最大的茶产区就在这里，茶叶基本分布在海拔2200—2800米的高山地带，突破了国内外种茶不超过海拔2000米的定论。当地经过独有的蒸煮发酵工艺而制成的绒巴茶也是藏区特有的茶产品，千百年来成为高原人民生活中不可或缺的饮品。近千年的岁月里，九龙也成为川、滇、藏"茶马古道"的进藏驿站节点。

然而随着茶马古道逐渐淡出高原人们的生活，低海拔、高产量、低成本的砖茶不断进入市场，九龙县的茶产业遭受了冲击，市场开始衰落，当地原有的茶厂也关闭了。在茶产业基础薄弱、品牌推广和市场培育力量匮乏等现实因素叠加下，九龙县面临着有好茶，但无品牌、缺市场的现状；茶农们因为种茶收益不断减少，甚至不惜砍掉茶树，改种别的作物。曾经是茶马古道上重要物资的九龙绒巴茶逐渐沉寂。

2021年,新一轮浙川对口工作启动,杭州市西湖区对口帮扶甘孜州九龙县。相隔2000多公里的西湖区和九龙县都是茶产区,西湖龙井更是无人不晓。当九龙绒巴茶遇上西湖龙井,一场让人倍感温暖的帮扶行动就此拉开了序幕。

九龙茶因为独特的气候与当地纯净无污染的环境,集齐了"高原、雪域、古树、非遗、环保、有机"等众多茶叶难得的特点,在九龙县的浙江挂职干部们确定了一个思路:借用西湖龙井的发展经验,开拓九龙茶产业市场,打造九龙茶叶区域品牌,并通过挖掘当地的茶文化内涵,探索茶文旅融合发展的可能性。

发展茶产业,九龙县当地的十余万株百年以上树龄的老茶树是一笔宝贵的资源。如何保护这些古茶树,成了亟待解决的问题。

包兴伟是浙茶集团的茶叶专家,同时也是九曲红梅的非遗传承人。作为西湖区助力九龙打造茶产业邀请的茶叶专家中的一位,2021年6月到2023年底,他待在九龙的时间就超过了半年,其中很大一部分时间是上山下乡,对当地的古茶树进行全面彻底的普查。通过普查数据,包兴伟及其团队成员,与来自浙江的挂职干部以及当地的政府部门一起,针对县域内的古茶树进行了梳理和保护,规划制定了《古茶树保护条例》,这个条例成为当地古茶树保护的参考规程。

与此同时,在政府搭桥下,四川省农科院茶叶研究所、四川农业大学合作成立了专家站,通过打造"雪域茶研所"技术平台,共同开展茶叶种质资源繁种育苗、高产栽培等技术研究,助力保护当地茶树种质资源。

2023年举办的成都国际茶博会上,杭州西湖区与九龙县协作的茶叶成果——康巴天骄·绒巴雪域红获得了全国红茶斗茶大赛的金奖,在林林总总的红茶中一举夺魁。这款红茶,凝结了九龙与西湖的协作成果,是用九龙产的高山品质茶叶,加上西湖九曲红梅的工艺制作而成的。开发这款茶的正是包兴伟。

因为温差大，白天日照充足，到了晚上一下子降温，就可以把更多茶的内含物积累起来，所以像九龙这样高海拔地区生长的茶叶，氨基酸含量特别高，通俗的理解就是喝进嘴里会有一种特别的鲜味。这是低海拔地区的茶叶无法比拟的。包兴伟想到了用九曲红梅的工艺加工这种高品质茶叶的方法，这样制作出来的红茶口味更加醇厚，汤色也更加澄红明亮。对于这次获得金奖，包兴伟并不意外，他从事这个行业多年，非常清楚好茶加好工艺，出来的茶差不了。对他而言，2023 年是绒巴雪域茶面市的第一年，接下来更重要的是开拓销售市场。对于这一点，他信心十足。2023年，这款茶最贵卖到了每斤 5000 元，市场前景非常好。

以品牌引领九龙茶的消费，促进九龙茶产业长远发展，挂职干部们想到了借力西湖龙井的法子，尝试着把长在江南的西湖龙井移到九龙县高原上种植。为了确保茶苗可以更好地适应高原环境，2022 年 8 月，杭州市西湖区农业农村局派出了茶叶首席专家团来到九龙县实地调研对接，先期引进了约 500 株龙井茶苗，在九龙县高原地区试种。经过养护和培育，等到存活率比较高时，九龙县与西湖区两地签订了茶苗协议，"西湖龙井上高原"的计划正式实施。

2023 年 2 月底，5 万株龙井 43 茶苗乘坐着"专车"从西湖龙井育苗基地出发，翻越千里，来到九龙县魁多镇九龙生态茶叶现代农业产业园"安家"。这批茶，由包兴伟所在的浙茶集团下属全资子公司九龙绒巴茶有限公司负责指导生产和销售，村集体负责种植和养护，茶农负责流转土地获取稳定收益。这种"公司＋农户＋村经济组织"的模式，借力西湖龙井的品牌优势，在推动九龙茶产业开拓更多销售市场的同时，也能够帮助九龙茶农增加收入。杭州西湖的"绿叶"变成了九龙高原的"金叶"。

在九龙县委常委、副县长（挂职）邵建华的协调努力下，九龙茶尝试着"走出去"，当地的茶叶区域公共品牌"九龙天乡"在市场开拓上取得了很大的突破：借力"西博会""茶博会"等平台，打入了东部乃至全国大市场。通过西湖区数字经济和电商平台、青白江国际物流港等销售渠道，九龙天乡旗舰店在抖音、淘宝、农银 e 管家、832 扶贫商城等平台上开起来了。仅 2021 年，"九龙天乡"茶叶就实现了近 600 万元的销售额。此外，"九龙天乡"还与杭州西湖龙井携手打响了九龙出山的第一款产品。2022年，"九龙天乡"与杭州"九曲红梅"结为"双九姊妹茶"，被列为中国第八届国际茶业博览会"品茶斗水"指定用茶。

三年前，援派干部邵建华初上高原，就给自己的援派生涯定下了推动九龙县茶产业发展的目标。三年期满之际，5 万株龙井 43 茶苗乘坐"专车"奔赴高原，让西湖龙井有了异乡"亲姐妹"；通过"数字化茶园管理系统平台"科技赋能，九龙县茶产业发展和管理更加健康有序；国际国内各大展销会推介会上，"九龙天乡"成为与"西湖龙井"一样频繁出现的身影，品牌效应凸显；"全国海拔最高特色茶叶小镇"和"全国海拔最高第一茶村"成功创立；九龙县茶产业园区全年总产值达到 6200 余万元，预计实现旅游及关联产业收入 500 余万元，综合效益非常可观。

邵建华的目标，实现了！

7. 一颗"红心"猕猴桃走四方

2023 年，国家知识产权局公布了第二批地理标志运用促进重点联系指导名录，四川省共有 3 项入选，其中就有"苍溪红心猕猴桃"。

四川省广元市苍溪县被誉为世界红心猕猴桃发源地、中国红心猕猴桃第一县；苍溪红心猕猴桃则是公认的全国发现最早、面积最大、品种最多的水果品种之一。基于这样的产业优势，苍溪县历届政府始终坚持把猕猴桃产业作为具备 100 亿元产值目标、富民强县的支柱产业来抓。2023 年，苍溪县种植红心猕猴桃 39.5 万亩，年产鲜果 12.6 万吨，年综合产值达到60.66 亿元，苍溪红心猕猴桃产业对全县经济增长的贡献率达 13%。

苍溪猕猴桃已经具备了比较好的市场基础，做强品牌是突破其发展瓶颈的关键。

新一轮浙川对口工作中，杭州市余杭区和苍溪县结对。除了挂职干部，余杭区还先后选派了 9 批专业技术人才到苍溪，其中包括 1 名阿里巴巴乡村振兴特派员。帮助苍溪"红心猕猴桃"在市场上打响品牌，获得更广阔的发展前景，成了新一轮浙川对口工作中浙江挂职苍溪县的干部们的重要任务。

杭州市余杭区凭借数字经济先发优势发展电商产业，经过 10 多年的发展，电商已经成为杭州乃至浙江的"金名片"。截至 2023 年年中，余杭区各类电商市场主体超 5 万个，从业人数超 12 万人，电子商务已成为余杭创业创新最为活跃的重要组成部分。

如何借力余杭区的电商经济，撬动苍溪猕猴桃的市场？在苍溪县的浙江挂职干部们想到了一个东西部协作的法子。在苍溪县委常委、副县长（挂职）刘俊峰的带动下，苍溪县开始积极引入余杭区数字经济的经验，不断尝试在电商领域推广猕猴桃等苍溪农特产品。

很快，搭载电商"快车"的苍溪特产销售渠道开始铺设开来："京东特产苍溪馆"开设起来了，全国最大的电商营销中心和首个阿里巴巴"客服县"也都建成了。苍溪县当地政府也加大了打造数字经济发展的力度，多次在县委全会上对推进数字转型赋能、发展数字经济特色产业作出战略部署。浙川形成了一股合力，朝着打造苍溪数字资源汇聚地和技术创新引领区的目标努力。

一颗"红心猕猴桃"，不但走俏四方，还搭建起了合作共赢的平台。2023 年 8 月 25 日晚上，红心猕猴桃高质量发展大会暨 2023 第九届苍溪红心猕猴桃采摘节开幕式在苍溪举行。尽管当天下着雨，但现场依然很热闹。借着这次机会，苍溪县还举办了"苍溪红心猕猴桃招商营销大会"，招引到 27 个项目，协议总金额达到 51.52 亿元。

2023 年 12 月 28 日，"苍"越杭广·"溪"望有您 —— 苍溪县第二届东西部协作电商发展大会暨杭广东西部协作数字产业园开园活动在苍溪举办。这个极具苍溪特色的杭广东西部协作数字产业园占地5000平方米，集合了人才培育、企业孵化、电商直播和杭广东西部协作展示的功能。园区投入使用后，引入了阿里巴巴（苍溪）客户体验中心、淘宝教育产教融合基地、菜鸟云客服等许多子项目，到2023年底，已经有20多家县内外电商企业入驻，提供了1000多个就业岗位。

一到猕猴桃采摘季，夜晚的产业园区就灯火通明。电商直播间里，主播们正在镜头前忙碌着。浙江卫视主持人沈涛和拥有百万粉丝的淘宝头部主播唐笑等人也被邀请到苍溪的直播间，帮助苍溪红心猕猴桃在天猫旗舰店销售。仅一次红心猕猴桃采摘节直播活动，上架的红心猕猴桃、苍溪梨、岳东挂面等90个苍溪当地的农特产品，就取得了售出89568单、销售总额达258万元的好成绩。

"优质农特产品＋电商渠道"，帮助苍溪猕猴桃，打开东部乃至全国市场，这种模式迸发出来的市场能量让大家吃了定心丸。

电商经济在加快红心猕猴桃发展的同时，也给苍溪这片热土带来了更多可能性。

8. 离太阳最近的苹果成"浙江新宠"

2021年8月30日，四川省凉山州盐源县川源科技有限公司里一片忙碌景象，工人们正忙着分拣苹果，30吨盐源苹果被打包装车，即将发往长三角地区最大的水果批发市场——浙江嘉兴水果市场。

此时，距离盐源县委常委、副县长（挂职）朱叶锋等人到达盐源才3个月。作为新一轮浙川对口工作中来自浙江的挂职干部，朱叶锋等人初到大凉山就开始出谋划策为盐源的苹果开拓销路。正是在他们的牵线促成下，首批30吨盐源苹果走进了东部市场。

盐源县地处川滇交界处，平均海拔2300—3000米，昼夜温差很大，光照充足，紫外线强，被当地人形容为"一山分四季，十里不同天"。正是因为这样得天独厚的地理优势和气候特征，这里出产的苹果经历着白天着色、夜晚果肉化糖的成长过程，吃起来甜度高、果肉脆，被称为"离太阳最近、离城市最远的苹果"。

朱叶锋刚到盐源不久就做了一番调研。他发现盐源苹果栽培面积有 42 万亩，从业人员近 10 万人，年产量 59 万吨，产值超 30 亿元，分别占四川省苹果栽培面积和产量的 65% 和 75%，是全国高原地区苹果第一县。由此可见，苹果是当地重要的农业产业。但在产业发展过程中面临许多问题：规划布局不合理、扶持机制有待完善、经济效益薄弱等。

朱叶锋和挂职干部汪涵选择了"筑巢引凤"的办法。他们走访了浙江的多家企业，招引有实力的企业到盐源发展。在此过程中，他们凭借细致周到的服务，帮助企业落实政策、解决难题，并且快捷高效地完成相关流程，最终促成了来自浙江的 3000 万元投资项目 —— 川源科技有限公司落户盐源县。项目落地后，又推动建起现代农产品仓储冷链物流服务中心和农特产品的分拣中心。当年 8 月 30 日，第一批 30 吨盐源苹果发往浙江市场，这也标志着川源公司开始顺畅运营。按照计划，川源公司将以每天 30 吨的规模向嘉兴水果市场供货，预计超过 2000 吨盐源苹果将逐步进入浙江市场。

不仅要"引进来"，还要"走出去"。朱叶锋和汪涵还积极引导盐源企业赴东部对接销售渠道，拓展农特产品市场，铺设东西部贯通的销售网络。他们的规划并不局限于盐源苹果。在他们的努力下，仅 2021 年，就有 3 家浙企到盐源投资农特产品种植、加工和销售业务；盐源当地多家农特产品企业、合作社也来到宁波拓展销售渠道；首批 19 吨高品质的凉山土豆、60 吨花椒打入了华东市场。

受交通条件、产品价格、营商观念等因素的制约，盐源优质的农特产品还无法完全以市场化形式打入全国市场，因此朱叶锋把消费协作工作的重点放在了市场化体系构建上，在此基础上继续推动盐源苹果、花椒、核桃、土豆等农特产品的市场化发展。

在新一轮浙川对口工作中结对的凉山州盐源县和宁波市鄞州区，开启了"盐源所需、鄞州所能"模式。鄞州区选择盐源苹果作为重点扶持产业，每年一到盐源苹果的上市季节，许多宁波市民就会等着尝鲜。两地的联系也因为盐源苹果而变得更加紧密。宁波市民李琴就是忠实的"盐源苹果粉"，每年她都会在第一时间下单购买。她往往一口气买上许多箱，自己吃的同时也分享给亲戚朋友。自打第一次吃到盐源的糖心苹果，她就爱上了这一口滋味。

随着盐源苹果被越来越多人知晓，其在宁波乃至长三角的销路也越来越好。从前，盐源苹果国内市场主要销往云南、广西等地的大中城市，国际市场则集中在越南、缅甸等东南亚国家。自从打通盐源苹果和东部地区的销售"快通道"，特别是在挂职干部们的努力下，通过在宁波建仓储、进商超、进大型批发市场等方式，仅 2021 年，就有超过 8000 吨苹果进入了浙江水果市场。盐源苹果首次出现在春节前就脱销的情况。数据显示，2021 年，鄞盐东西部协作消费帮扶 5794 万元，其中仅苹果类产品的销售收入就超过 3610 万元，占比 60% 以上。

一头是销售端，一头是供应端，要想一个产业健康发展，两端都得管好。挂职干部们选择了"两手都要抓"，逐步探索形成了苹果全产业链发展格局。

2022 年 1 月 14 日，甬盐苹果渣生物饲料项目签订仪式在凉山州盐源县举行。盐源县人民政府、凉山州绿色家园管理委员会、宁波均豪农业科技有限公司共同签署了《甬盐苹果渣生物饲料项目招商战略框架协议》，这也是盐源县 2022 年首个正式落地的东西部产业合作项目。甬盐苹果渣生物饲料项目的落地，就是为了把苹果残渣变为原材料，变废为宝，彻底打通盐源苹果全产业链的"最后一公里"，促成盐源苹果酒落地，帮助小果、残次果产出高于大果、特大果的附加值。盐源苹果饲料投产后，年产能将达到 2.5 万吨，年产值将超过 7000 万元。苹果饲料生产项目在建设过程中还有一个温暖的细节：在当地设置了就业援建车间，这样一来就可以带动盐源农村劳动力就近就业，帮助当地脱贫的老百姓致富增收。

为了让盐源苹果种植更加科学化，提高果品的附加值，朱叶锋和汪涵等挂职干部坚持通过产业协作来延伸盐源的农产品产业链。

此前，盐源当地在苹果产业链条的延伸上已经做了许多探索。盐源苹果存在 40% 左右的小果、残次果。2020 年之前，盐源县尝试过把一些剩果加工成苹果醋、苹果浓缩汁等，但投放市场后效果并不理想，转换为经济收入的能力比较低下。为了打破地域、运输、技术等因素制约，2021 年开始，朱叶锋和汪涵想办法开发更多苹果产品。在经过市场考察后，他们锁定了苹果酒市场。果酒因为其营养、健康、自然、环保、兼容等特点，在消费市场呈现出高速增长态势。瞄准这一趋势，朱叶锋和汪涵推动引入了宁波市鄞州区的一家果酒企业，通过"技术输出"的模式，帮助盐源搭建苹果酒生产线。从项目签约到首批苹果酒出酒，仅仅用时 51 天。2022 年，鄞州再向盐源苹果酒项目注入资金 200 万元，用于投资建厂及扩大产能；年底实现苹果酒产量 30 万斤，产值 6000 万元，直接带动了 250 多户果农增收 20% 以上。随着苹果全产业链的打通、做强，它每年将带动盐源县 10 万名苹果从业人员致富增收，扣除苹果价格波动因素，从业人员人均增收 10% 以上。

利用盐源苹果产业优势，因地制宜实行苹果全产业链发展模式，这个"离太阳最近"的苹果，为东西部协作产业合作提供了"盐源样板"。

像这样的浙川消费帮扶故事还有许许多多。每天，浙川两地的物流通道上，无数"川字号"农副产品乘着飞机和轮船、坐着汽车和火车由川入浙，进入千家万户，在两省之间搭建起了经济互促的通道。

三年间，浙江共计帮助四川销售农畜牧产品和特色手工艺产品 365 亿元。"浙川消费帮扶"这张金名片，在浙江挂职干部们的努力下被不断擦亮，也为带动脱贫群众增收，推进脱贫地区可持续发展，为乡村振兴提供了有效助力。

第四章

安居乐业的
幸福生活

安居乐业，是中国人心目中美好生活的样子，也是千百年来刻在基因里的追求。

在新一轮浙川对口工作中，让对口帮扶地区老百姓安居乐业，幸福生活，是来自浙江的挂职干部们一直以来的心愿，他们也为了这个目标不断努力。

"劳务协作"作为能发挥造血功能，最能促进人力资本增值的重要方式，已成为巩固脱贫攻坚成果的关键措施。浙江与四川，具备东西部劳动力需求差异和资源优化配置的条件。在互惠互利、共同发展的基础上，挂职干部们发挥所长，在劳务协作上不断发力，帮助对口地区老百姓转移就业、就近就业，朝着安居乐业的梦想不断进发。2021 年以来，累计引导 30 余万名农村劳动力在浙江稳岗就业。与此同时，挂职干部们还创新探索了许多让老百姓安居乐业的好法子，如在家门口就业、给留守儿童打造"第二个家"等，让大人安心就业，让孩子快乐成长。

授人以鱼，不如授人以渔。浙川对口工作中，挂职干部们也同样关注着残疾人、低收入人群、妇女、老人等弱势群体。让这些群体学会技能并有一个稳定的工作，融入当地的产业发展中去，实现幸福生活，才是长久之计。为了拓宽弱势群体就业之路，挂职干部们纷纷使出妙招，"帮帮摊""巾帼工坊"等一系列的创新做法随之涌现。

1. 来自"世界小商品之都"的订单

早上，徐恒芬把 7 岁的儿子送进家附近的幼儿园之后，就来到离家不到 100 米远的车间上班，开始了一天的工作。徐恒芬的家在村里第 12 栋居民楼，她上班的来料加工车间就在旁边的第 14 栋楼，上下班不到百米路。能够在家门口找到这份工作，她特别开心。徐恒芬有三个孩子，两个女儿都在读大学，儿子才刚上小学一年级，家里还有一位年已八旬的婆婆。原先因为接送孩子，加上照顾老人，她的时间很碎片化，找不到合适的单位上班，只好待业在家，全家经济收入只能靠孩子父亲在外地打工。

脱贫攻坚期间，四川省巴中市巴州区建成了 676 个易地搬迁集中安置点，集中安置了 2.9 万户 10.2 万人，其中脱贫户有 7424 户 2.5 万人。打赢脱贫攻坚战后，如何让这些易地搬迁集中安置的老百姓有可持续发展的就业渠道，真正巩固脱贫攻坚成果，成了最重要的事。

徐恒芬上班的车间，就是一个为易地搬迁集中安置点而创立的就近就业项目；而这个车间得以顺利开设，得益于新一轮浙川对口工作中浙江金华市结对帮扶四川巴中市的契机。

义乌是世界小商品之都，商贸发达，有着极大的市场需求；而作为务工人口大县，巴州区有大量留守的老人和妇女儿童等群体。将双方优势互补，能够吸纳家庭妇女等劳动力灵活就业，使她们既能照顾家庭又能利用空余时间工作增加收入。于是，在浙江省驻巴中市帮扶工作队与当地政府部门共同的努力下，来料加工厂应运而生。

徐恒芬所在的来料加工厂，位于化成镇赵家湾村的总部车间所在地。为了方便老百姓就近就业，总部车间的来料加工厂都被规划在与居住区相邻的地方。

2022 年 9 月，村里首批来料加工厂开始运营。因为 10 多年前在浙江宁波一家服装厂上过班，徐恒芬有车缝的经验，她马上报名了来料加工厂的车缝车间。车间可以灵活上班，徐恒芬送完孩子后就到车间上班，其间家里老人有需要也可以随时回家照看，顾家、挣钱都实现了。更让她开心的是，在东西部协作资金的帮扶下，来料加工厂还配套了食堂、供孩子游玩休息的休憩室等，帮助像她一样上班的员工解决了许多生活上的难处。有些离得远的员工，可以住在来料车间配套的宿舍里，享受包吃包住的待遇。

遇上孩子寒暑假不用接送，徐恒芬一个月最多能挣到近5000元钱。每个人的收入每月公示，具体做了多少工时、收入多少都在墙壁展板上显示得明明白白。用徐恒芬的话来说，每个月准时发工资，自己挣的钱用来日常开销，孩子父亲挣的钱都能攒下来，这样的日子过得特别踏实。

2024年5月，距离挂职结束不足一个月时间，巴中市巴州区人民政府办公室副主任（挂职）龚林浩再次来到来料加工车间。看见忙碌的车间景象，他心生感慨：车间里的空调是他们帮助安装的，搬货用的货梯也是他们跑到义乌发动企业捐赠的。这里留下了他们无数奋斗的回忆。

为了更好地推进这种就近就业的模式，挂职干部推动当地政府出台了《巴州区东西部协作易地搬迁集中安置点就近就业项目评定及补助实施细则》。在支持车间经纪人方面，每个员工都能获得1000元一次性吸纳就业补贴，1万元一次性创业补贴，4万元—40万元不等的发展激励补助。

陈冬是来料加工厂的经纪人，也是村里最早尝螃蟹的人。经纪人需要承担起对接东部企业订单，管理来料车间工人的任务。在挂职干部的推动下，陈冬和其他许多经纪人获得了到浙江培训的机会。最初他对义乌的小商品市场不熟悉，挂职干部就带着他一起到浙江跑市场、对接企业。慢慢地，陈冬的来料加工厂上了轨道，自开始运营以来，已经有近60万元的利润。2023年他给自己定了个目标，年利润要突破百万元。

巴州区人社局局长李明志对这种模式充满了信心。他列出了一组数据：据统计，截至2024年5月，当地已经建成以化成镇为总部的17个来料加工厂，其中87%是易地搬迁，主要承接义乌及发达地区的服装、内衣、中国结、电子元件等来料加工，年总产值达到 2 亿元以上，带动 1200 多名当地百姓就近就业，总体工资性收入达到 3000 余万元，人均年收入达到 2.5 万元，高出全区农村居民人均纯收入 47%。

来自"世界小商品之都"的订单，让许多巴中老百姓实现了"家门口"上班的心愿。

2. "巾帼工坊"里的"她们"

在帮助对口帮扶地区老百姓就业这条路上，来自浙江的挂职干部们可谓妙招频出。

来料加工车间、工厂、基地等帮助许多人实现在家门口上班挣钱，挂职巴中市巴州区、甘孜州丹巴县的干部们则更进一步，想出了让老百姓直接在家里就能挣钱的办法。这种模式，就是"巾帼工坊"。2022 年，在浙江省金华市、义乌市妇联和巴州区妇联的支持帮助下，"巾帼工坊"正式成立，负责制作中国结、线钩、微钩等手工制品，销往义乌市场。

在巴中市巴州区"巾帼工坊"一楼生产车间里，只见工人们左手绕线，右手持线钩针，灵活的双手制作出一朵朵线钩花。随后，工人们将这些线钩花绑扎成花束，再精美包装。

家住巴州区的张玲有两个孩子，儿子读初中，女儿刚上小学，为了照顾两个孩子，她没办法出去工作。她听说市区开起了"巾帼工坊"，可以免费领材料带回家做中国结、手工编织腰带等物件，按件计费，正好适合她这样的宝妈，于是她交了 100 元订金（退出工坊或者满 6 个月后，订金全额退还），加入了这支绣娘队伍。经过培训练习，现在她不到 10 分钟就可以编织完成一个小中国结。根据难易程度，编织的中国结每个费用从 5 角到 18 元不等；技术更熟练的绣娘会选择工艺更加复杂的钩线针织，在单位时间里可以挣到更多的钱。张玲每隔两个星期都会到工坊领取编织的材料，同时把在家编织好的中国结带回工坊；一个月下来，她能挣到2000多元钱补贴家用。

张玲所在的工坊，截至2024年初，已经有700多人加入，绝大部分都是日常需要照看孩子的全职宝妈，以及残疾人、脱贫户等。别看这个小小的工坊，每年光制作手串的数量就有100多万串，每个月人均收入在1500—2300元之间。

工坊负责人张婷也有两个孩子。她了解到家乡有许多全职宝妈为了照顾孩子而无法工作，没有收入来源。在义乌、巴州两地妇联的帮助下，她曾到义乌学习编织中国结的技术。开始运营巾帼工坊后，她便开始考虑帮助更多家庭女性谋一份工作。在她的精心运营下，巾帼工坊通过线上直播与线下活动的多重宣传，逐渐在巴中当地打响了名声，参与的人越来越多。

有人问张婷，会不会发愁订单数量不够多？张婷一点都不担心。因为来自浙江义乌的订单量都特别大，而且很稳定；尤其是遇到妇女节、母亲节等节庆日，常常会来不及赶工。除了将产品发回义乌等待销售，张婷也在尝试通过工坊自身开拓市场，增加销售渠道。经过两年多的探索，张婷的巾帼工坊不断壮大，占据了巴中本地市场的一部分份额；她还谋划着继续丰富巾帼工坊制作的手工产品，进一步开拓周边市场。

最开始，巾帼工坊只负责编织中国结，产品结构单一。发展到后来，工坊里不仅有产品陈列室，还有产品研发室。陈列室里摆放着工坊创新制作的饰品、玩偶、装饰画、装饰盆栽、台灯等作品，琳琅满目。有的产品还被带到义乌等地参展，吸引更多订单过来。2024年开始，张婷着手研究微钩制作的胸针、耳环、戒指、发卡等饰品，这类产品在展会上销量很不错，有客商下单批量制作。她想多接一些订单，以此扩大工坊规模，吸纳更多的人到工坊来就业。

如今巾帼工坊的规模越来越大，承接的业务也越来越多。这些中国结等手工艺品除了在国内销售，还远销到东南亚和欧洲各国。看到家乡的宝妈们都能在家工作并能兼顾到孩子，张婷感到莫大的满足。

同样的模式，甘孜州丹巴县也在推行，带动了当地许多藏族妇女增收。

丹巴县委常委、副县长（挂职）叶悠霞是这批援派干部中唯一一位女干部。初到丹巴这个大渡河畔的川西县城，她就感受到了浓郁的民族地区特色。当地因为交通不便利，经济条件相对落后，有许多妇女、脱贫户等人员待业在家。她想到了浙江金华义乌等地的市场优势，与巴州区的挂职干部们不约而同地想到了一处，通过对接金华企业，获得了大量中国结等订单，鼓励丹巴县待业在家的妇女、残疾人、脱贫户通过来料加工挣钱，增加收入。

在叶悠霞看来，这种来料加工的模式很有潜力，除了经济价值，还有更大的社会意义：这种方式不仅让一个家庭的母亲有了挣钱的能力，使其变得更加自信，也能够影响到孩子，提升整个家庭的幸福感。

在推进中国结来料加工的过程中，叶悠霞有了更多思考：通过编织中国结让当地妇女、残疾人、脱贫户增加收入，是不是可以进一步提升他们的获得感和自信心？她想到了一个办法：带着手艺好的人到浙江参加手工艺大赛，去看看更广阔的天地。

2023 年，第三届"乡村振兴智创未来"巾帼共富创新创业直播大赛总决赛在浙江义乌拉开帷幕，叶悠霞带着丹巴县的 10 名绣娘参加了比赛。这场大赛竞争激烈，来自全国各地的 3000 多名选手通过短视频选拔赛和线上直播比赛，最终 102 名选手脱颖而出，进入总决赛。

让人振奋的是，这次比赛丹巴县取得了优异的成绩：参赛的 6 名藏家绣娘进入 20 强，其中张月美荣获二等奖，三郎仁青、张继平、泽郎夏姆、唐雪兰、康色荣获三等奖！获奖的绣娘们变得更加自信了。她们获奖的消息很快传回了丹巴县，吸引了越来越多的人加入到编织中国结的队伍里来。

叶悠霞很开心，她有了进一步的计划：整合资源，通过"手工编织＋直播销售"的方式开拓更多销售渠道，将来料加工的模式逐渐转变为具备自身开拓市场能力的产业模式，让这种手工艺加工产业在当地扎下根来。

3. "帮帮摊"帮助残疾人自力更生

2022年8月，浙江挂职干部在广元市剑阁县推出了一个叫"帮帮摊"的项目，很快一石激起千层浪，吸引了许多残疾人的加入。

帮帮摊，顾名思义：帮助摆摊。但其并不是普通的摆摊卖货，最开始它面向的是残疾人、低收入人群等一些特殊对象。在就业方面，这几类人群往往存在缺乏就业技能、缺乏资金等问题。在广元市人民政府副秘书长、剑阁县委常委、副县长（挂职）周展的带领下，浙江省驻广元市帮扶工作队从浙江引进的第三方专业经营平台来到了剑阁县，在当地注册成立公司，以公益为主，按市场化方式运营，组织培训当地的残疾人、低收入人群发展地摊经济和小店经济。摊主在完成原始资金积累后，有条件的还可以通过租赁方式开办实体店面，从"帮帮摊"转型升级为"帮帮店"。

经营公司有一个优势，因为从浙江优质的企业批量拿货，可以拿到远远低于普通批发价的价格，然后再按照进货价直接批发给"帮帮摊"摊主售卖，中间不赚取差价，经营公司则通过规模经营降低了运费成本，从而实现盈利，形成一套可持续发展的模式。

昝旭东就是早期加入运营"帮帮驿站"的那批人之一。他常年在浙江市场寻找性价比最高的产品，为"帮帮摊"主们提供货源。在他的驿站里，衣服鞋帽等产品都挂出来展示，摊主们可以自由选择。比如，普通的一顶遮阳帽，在广元当地最大的批发市场，进货价要6—8元，但在"帮帮驿站"里，进货价只有4元。再比如冬天非常火爆的一款羽绒手套，当地批发价要15元，驿站里的批发价低至5元，成为最受"帮帮摊"摊主们欢迎的产品。他利用货源的优势，为"帮帮摊"摊主们支撑起了利润空间。37岁的宋娟就是其中一个受益者。个子矮小的她曾经很难找到工作，为生计发愁。参与了"帮帮摊"项目后，她刚开始摆摊一天就能赚100多元，这是她过去不敢想象的。

通过"帮帮摊"，摊主可以先卖货后付款，销售不好的货可以随时调换，商品的销售价比当地市场同类产品价格低一半多，而且进货和销售之间没有中间商，赚取的利润都归"帮帮摊"摊主，这帮助他们真正实现了摆摊卖货自力更生。

"帮帮驿站"里有一个培训空间，速写板上列着一系列帮助"帮帮摊"摊主们销售的方法。昝旭东发现，许多"帮帮摊"摊主社交能力弱，没有做生意的经验。他就用最平实易懂的方式，教这些摊主如何把货物卖好。比如在卖遮阳帽的时候遇到客人还价，可以告诉客人价格已经很优惠了，再搭着送一双袜子，客人很可能就下单了。进货价1元左右的袜子不会给摊主造成很大的负担，客人也会很开心，由此促成生意，一举两得。诸如此类的销售技巧看上去很普通，但确确实实帮到了许多第一次做生意的"帮帮摊"摊主们。

昝旭东还在"帮帮驿站"旁边开设了"帮帮店"，从浙江对接到来料加工的订单，吸纳更多残疾人、低收入人群灵活就业。36岁的马发英就在这家"帮帮店"里上班，很大程度上解决了家庭困难。马发英有两个孩子，自从小儿子在28个月大时被查出脑积水的问题，家庭就陷入了困境。为了给孩子治病，马发英不再外出工作。但光康复打针就需要好几千元，这样的长期康复治疗费用不是这个家庭能够承受得住的。马发英很发愁，一方面她和丈夫下定决心无论多难都不放弃对孩子的治疗，另一方面又确实苦于没有更好的经济收入来源。正当夫妻俩急得团团转时，他们听说了"帮帮摊（店）"的消息，可以灵活上班，工资收入也不错。马发英很快报名成为"帮帮店"的员工。她很努力，每天一早先把孩子送到幼儿园，再赶到店里做车缝工作；等到下午4点去接孩子放学，再到医院做康复治疗。每个月有2000多元的收入，正好能够覆盖掉康复理疗的费用，大大减轻了家庭的压力。她计划着，等到孩子再大一些，情况稳定点，她可以白天在代加工车间里上班，晚上再去摆个"帮帮摊"，收入能增加更多。

从2022年6月启动到2023年底，剑阁县培育出了186个这样的"帮帮摊",月销售额破百万元,带动增收效果特别明显。总结"帮帮摊"的经验,可以归结为"创新"。如"白天车间做代工,早晚出门摆地摊",一人就业两份收入,很大程度上解决了困难人群收入低的问题。这其中,离不开挂职干部们的努力。他们积极对接浙川两地纺织企业开办"帮帮车间",让帮扶车间逐渐向"卫星工厂"转变;聘请缝纫技师给车间工人培训技能,指导他们向技术工人转变,劳动附加值更高了。有一组直观的数据:"帮帮车间"可以实现人均月收入2000元以上;"帮帮摊"可以实现人均月增收3000元以上。

"帮帮摊"的效果立竿见影,一经推出就得到了当地老百姓的欢迎,有的甚至"夫妻齐上阵,全家总动员"。在各方努力下,一些小的"帮帮摊"也慢慢壮大,具备了成为"帮帮店"的条件。挂职干部们又添了一把火,出台了各项就业创业优惠扶持政策,鼓励支持摊主在完成原始资金积累后,租赁、开办实体店面,按照统一店面形象从"帮帮摊"转型升级为"帮帮店";同时,运营方也为这些店长期免费提供经营活动指导。"帮帮店"的经营规模和经营水平不断提升,带动户均月增收近6000元。

"帮帮摊"在剑阁试点成功后,很快被纳入浙川东西部协作14个"组团式"帮扶重点项目之一,这套经验做法在凉山州雷波县、乐山市沐川县、巴中市通江县等6个县区推广。

"帮帮摊",帮助残疾人、低收入人群过上了更美好的生活,是东西部残疾人帮扶协作的一个缩影。

4. "青e就业",数字赋能就业

实现脱贫攻坚和乡村振兴有效衔接,是新一轮浙川对口工作的重要任务之一。在青川县委常委、副县长(挂职)何立剑看来,乡村振兴,不仅要让老有所养,幼有所教,更要实现劳有所得。为了这个目标,他带着挂职干部们创造性地推出了"青 e 就业"的法子。

聊起"青 e 就业"的创新做法，何立剑介绍这还是源自他在杭州市西溪街道工作时的经验，当时他参与了数字化平台"西溪民情志"的设计开发。来到青川县后，经过调研，他发现青川各地虽然已经建立了劳务专业合作社，但运行依然存在问题。一些村干部对合作社里有多少脱贫户、派了多少工、发了多少钱都没有详细的记录。他意识到，这对于合作社助力群众就近就业增收非常不利，于是决定把杭州的数字化经验搬到青川来，帮助老百姓解决实际问题。

何立剑和其他挂职干部一起参与设计了"青 e 就业"的每一个功能模块，前后花了一个多月时间。"青 e 就业"的设计理念很清晰，首先是搭建一个"青 e 就业"数字化应用平台，通过平台整合青川全县村级劳务专业合作社等信息，同时设置社员信息管理、用工需求发布等 12 个功能模块，实现企业出单、合作社派单、劳动力接单全过程线上办理，提高用工派工效率。截至 2023 年年底，平台已经录入 1049 家企业、1.6 万余名社员信息。这些企业与社员可以通过平台实时在线上根据需求匹配，实现快速达成就业的目的。

数字化的便利也通过这个平台展现出来。在实际操作中，系统会通过"一键人岗匹配"，向务工地点半径 5 公里内的群众发出用工信息，简化求职申请、现场面试等中间环节，重点对防止返贫监测对象、因灾需救助人口等困难人群有针对性地发布务工信息，并根据群众年龄自动选择派单方式。平台推出不到两年，已经累计派工 17.73 万人次，实现劳务收入 2300 余万元。

为了激励更多人进入这个平台，何立剑和其他挂职干部从一开始就设计好了考核激励的机制。平台在开发过程中实行"橙""红"二色预警机制，通过对派单量进行排名，设立"明星专合社"排行榜，围绕上工率、平均薪酬等情况进行考核认定、线上评价，对得分高、信用度好的专合社进行奖补。据统计，2023 年 1—8 月，"橙""红"二色预警 120 余次，评选市、县级明星专合社 58 个，发放奖补资金 70 万元。

这种将企业出单、合作社派单、劳动力接单等过程全部集成到线上的创新模式，大大减少了群众打零工的时间成本。经过实践，通过"青e就业"，确确实实让当地上万名农村劳动力实现了"轻易就业"，这也成为数字赋能劳务协作的一项有效措施。

青川县骑马乡茗鼎劳务专业合作社社员周金翠切身感受到了平台带来的方便。今年44岁的周金翠，一直靠打零工赚钱，找工作是她最头疼的事情。以前接零工，她都只能靠自己到处去打听，一个月能接到两次就算不错了。现在有了平台，她坐在家里回个短信就能找到合适的工作，每个月能接到的活比过去翻了一倍，赚的钱也多了一倍。比如通过平台，她可以及时接收派工信息，春季采茶时，她就收到一条用工信息——用工单位：新民社区茶叶基地；用工地点：青川县瓮家坝村；用工人数：8人；工作内容：茶叶施肥。报名参加请回复1，拒绝请回复0。周金翠看到后很快报了名，第二天她就开始在茶叶基地里忙活了。

为了解决群众找工难，青川县此前已经在不断尝试各种办法了。早在2021年，青川县成立了178家劳务专业合作社，作为用工单位和农村闲散劳动力之间的沟通平台。不过合作社成立初期，沟通成本高、信息不对称的问题依然存在。茗鼎劳务专业合作社负责人白培道就很苦恼，他的合作社有215名社员。企业有用工需求，他和工作人员要根据企业开出的条件一个个去联系社员参加，途径是打电话和发微信群。但打电话比较费时费力，发微信群也不便于管理，整体效率比较低。自从有了"青e就业"平台，这个信息不对称的难题就破解了。通过这个平台，白培道的合作社派工只需要动动手指，群发一遍信息就行了。平台能够根据岗位条件和社员工种自动匹配，向半径3公里内的社员发出信息，而且还能够根据社员的年龄自动选择派单方式。年纪轻的，发短信通知；年纪大的，直接打语音电话，真正实现了"青e（轻易）就业"。

何立剑等挂职干部还针对零工保险权益缺失这块空白做了许多努力。在他和其他挂职干部的共同推动下，企业通过平台为每一位零工人员购买了工伤保险，这样即便是打零工，零工人员也能有相应的劳动权益保障。

让何立剑自豪的是，这项突破在全国都属于走在前列。

如今，"青e就业"平台已经在青川县全面推广使用。通过"青e就业"PC端驾驶舱，可以看到全县19个乡镇178家合作社被集成在一张地图上。只要点击名称，就能看到每个乡镇和合作社的社员人数、企业数量、上工人数、务工收入等数据；社员的性别、工种、年龄、学历等通过图表展现。首页右上角是派单量、上工量、平均薪酬位居前列的合作社榜单，左下角的预警区则是对长期没有派工的合作社发出黄橙红三色预警。排行榜和预警区可以倒逼全县合作社发挥桥梁纽带作用，避免其流于形式。在首页右下角，还有一个"明星社员"排行榜。用工结束后，企业还可以对务工人员进行线上评价。对打分高、报名积极的社员平台会优先派单，从而有效提高了社员的工作积极性。

2024年5月，即将结束挂职工作的何立剑又听到了一个好消息，"青e就业"的模式引起了四川省级部门的关注，省里已经开展相关研究，有望在全省进一步推广，让更多人受益。

5. 助残，授人以鱼不如授人以渔

残疾人在就业方面往往面临着不少的困难。让残疾人能够通过各种方式实现自力更生，成为浙川对口工作中一项重要且富有意义的工作。

家住广元市青川县沙州镇青坪村的王子容因为肢体三级残疾，一直干不了重活，也无法外出打工，只能在家种点庄稼，养家糊口的重担落在了丈夫一个人肩上，一家六口的生活捉襟见肘。47岁的她最大的心愿，就是能够凭自己的能力挣钱，帮助改善家庭条件。但如何挣钱，是摆在她面前的一道难题。直到"白叶一号"茶叶种植在当地兴起，她看到了希望。2018年，540万株"白叶一号"茶苗从浙江安吉落户广元青川，带动了当地村民们种植。王子容在浙江挂职干部的帮助下，向浙江的茶叶种植专家学习了种茶的技术，并且在白茶基地找到了一份工作。现在，王子容的家庭因为"白叶一号"扭转了经济困境。她不仅可以每年领到 17.5 亩白茶的股权分红，同时自己还拥有了 3 亩绿茶茶园。随着"白叶一号"进入丰产期，茶叶带来的收入也在不断增加。2022 年，她的家庭年收入已达 8 万多元。

36 岁的徐贤军是乐山峨边县人，作为一名残疾人大学生，他选择回到家乡工作。2021 年，峨边县借鉴绍兴残疾人之家经验，依托东西部协作资金建成了乐山首个残疾人之家。2023 年，在此基础上升级成为残疾人综合服务中心。中心涵盖了为残疾人提供就业、日间照料庇护、文化体育、法律咨询等服务，吸纳了 9 名残疾人就业。徐贤军如今就在残疾人综合服务中心工作，通过这份工作，他也帮助了更多当地的残疾人。

东西部协作助残事业的不断推进，不仅让四川当地的残疾人获得更好的创业就业的条件，在浙川的互动交流中，浙江的残疾人也参与到这项事业中来。

2021 年，在乐山市人民政府副秘书长、沐川县委常委、副县长（挂职）陈军卫的推动下，来自绍兴的"盲人企业家"董泉信走进了峨边。从事食品经营生意多年的他敏感地捕捉到了峨边乌金猪背后的生意。峨边乌金猪平时大多放养在山上，漫山遍野跑，生长周期要 14 个月，其肉质更加好，是当地有名的好猪肉。

在浙江省驻乐山市帮扶工作队的帮助下，董泉信将好山好水养出的峨边乌金猪卖到了绍兴市场，很快就获得了极好的市场反馈：2000 多头生猪销售一空！与此同时，他通过由峨边农户订养、代养，再以高于市场价的价格收购的方式，带动了当地许多农户增收。现在，董泉信正在不断丰富峨边乌金猪产品。他利用农户代养模式，发动峨边当地老百姓在家养乌金猪。农户散养的模式能够更好地保证乌金猪的品质。这些乌金猪被放养在山林之间，日常运动量足够大，加上吃的是有别于规模化饲养的饲料，猪肉的口感和品质都有了很大提升。董泉信以峨边的乌金猪加上绍兴的香肠工艺，开发出峨边乌金猪香肠，卖出了比普通猪肉香肠高得多的价格，而且颇受市场欢迎。这更坚定了董泉信的信心，在这条路上继续探索下去。

在峨边东西部协作农产品加工示范园区里，像董泉信这样的浙川东西部协作企业家还有许多。这些企业聚焦残疾人消费帮扶，依托"峨边之窗""两地仓"，推动了峨边枇杷、翠冠梨、猕猴桃等农特产品"出川入绍"，截至2023年底，带动了300多名残疾人增收。

在挂职干部们的推动下，他们整合了东西部协作资金、衔接资金、4个村产业发展基金，建成了4000平方米的乌天麻工厂化繁育和立体化种植示范园区，提供了50个就业岗位，帮助9名残疾人就近务工增收，辐射带动了周边400多户群众（其中包含5名残疾人）发展庭院经济和乌天麻林下种植。

2023年5月16—18日，东西部残疾人帮扶协作工作现场会在四川省广元市剑阁县召开。中国残联、国家乡村振兴局以及全国各地残联领导及代表们齐聚一堂，交流总结东西部协作工作中的经验以及未来规划。会上公布了一组浙川共同推进残疾人事业的数据：自2021年以来，共落地浙川东西部残疾人帮扶协作资金8600多万元，实施帮扶项目360多个，受益残疾人超过5.75万人；2023年预计还将实施帮扶项目167个，安排资金4442.2万元，帮扶残疾人超过3.43万人。

此外，浙川残联系统组织了600多名基层残疾人工作者互动交流、调研学习，提升了他们的工作能力和服务水平；通过康复救助工程，为8100多名残疾儿童和成年残疾人提供了精准康复和辅具适配服务；通过兜底保障工程，为300多名残疾人提供了托养服务，为3250名残疾人提供了生活救助，为6100多名残疾人购买了社会保险；通过教育资助工程，为707名残疾人和残疾人子女提供了助学资助；通过实用技术培训工程，帮助6100多名困难残疾人拥有了一技之长；通过就业创业工程，帮助7800多名困难残疾人实现了稳定增收；通过家庭无障碍改造工程，方便了1100余户困难重度残疾人更好融入生产生活；通过基础设施完善工程，为四川省24个县级残联完善了康复中心和托养中心设施设备等。

每一项数据背后，都饱含着对残疾人无限的关爱，也凝聚着无数人的心血和努力。

6. 康复一个儿童，幸福一家人

在浙川对口工作的推进中，助残事业也在不断深化。

除了帮助残疾人就业创业实现自力更生，浙江挂职干部们对残疾儿童也投入了更多的关爱和心血。

大渡河畔的乐山峨边彝族自治县残疾儿童康复中心二楼，实习护士赵露苹正陪着一位小男孩一起玩益智积木，小男孩拿起一块又一块积木，好奇地问上面的图案是什么，赵露苹很耐心地一一解答。

这是小凉山区建成的首家残疾儿童康复中心，依托东西部协作资金，由峨边县残联和县中医院组建，按国家一级残疾儿童康复中心标准建设。中心面积约 1600 平方米，设置了治疗室、感统室、引导式教育训练室等康复治疗室，能为言语、听力、肢体障碍以及脑瘫、孤独症等儿童提供专业康复服务，规模可以容纳 50 余人同时进行康复治疗。这家康复中心在 2022 年 10 月投入运营，填补了小凉山地区残疾儿童专业康复机构的空白。中心目前已经收治了 25 名残疾儿童，真正帮助到了峨边以及周边地区的残疾儿童家庭。未来，残疾儿童康复中心计划覆盖峨边，辐射全市，目标是打造一个管理规范、人才荟萃、技术先进、功能齐全的特色康复机构，为残疾儿童提供更便捷、更优质的康复服务。

5 岁的小可（化名）患有孤独症，此前一直在乐山市区做康复治疗。但从峨边到乐山城区路途较远，每周都要来回折腾好几次，耗时又耗力。峨边有了专业的儿童康复中心后，小可的父母选择就近在峨边给小可做康复治疗，方便了许多。

同样在儿童康复中心坚持做治疗的小乐（化名），她的奶奶提起儿童康复中心直接竖起了大拇指。在小乐奶奶看来，作为当地首家残疾儿童康复中心，这里硬件设施完善，专业团队强大，医师和护士们十分有耐心。在这里治疗的短短半年时间里，孩子的改变和进步是全家有目共睹的。现在小乐已经学会主动打招呼，生活方面也能自理，家里打算把她正式送去幼儿园学习了。

在建设残疾儿童康复中心的过程中，峨边县委常委、副县长（挂职）宣晓冬和峨边县府办副主任（挂职）周建民都特别用心。在他们的协调下，绍兴市中心医院从事10多年康复理疗的专家岑汉樑来到了峨边儿童康复中心，他的主要任务是帮助康复中心组建一支专业可靠的儿童理疗队伍。岑汉樑带着理疗中心的医生和志愿者老师一起，帮助每一个残疾儿童制定了有针对性的康复方案。在传帮带的过程中，他帮助医生和志愿者老师提高专业水平和能力。看着来做康复治疗的孩子们一个个往好的方向发展，岑汉樑发自内心地高兴。让他印象特别深刻的是一个5岁脑瘫儿童小沙（化名）。小沙刚来的时候情况不是特别乐观，几乎对外界的刺激没什么反应，岑汉樑给他制定了精细的治疗方案。考虑到小沙家离峨边县城有些远，康复中心还针对类似的家庭设置了宿舍，家长带着患病的孩子可以免费住在宿舍里接受治疗，免去了来回奔波的辛苦。医院食堂也同时向残疾儿童和家长们开放，方便他们安心在中心治疗。小沙的情况逐渐好转，恢复明显。岑汉樑不断鼓励小沙的家长要坚持康复治疗。因为通常残疾儿童作为残疾人群中更为特殊的群体，年龄小、可塑性强，康复效果最明显，最具有康复价值。特别是6岁以下，是残疾儿童康复的"黄金期"，被称为"抢救性康复期"，通过专业的早期康复干预，能够最大程度地改善和提高残疾儿童生活自理、认知感知、语言交往、学习运动、身体机能和社会适应等能力，最大限度地降低残疾程度，从根本上改善他们的生存与发展状况，有效减轻家庭和社会的负担。

康复中心开始运营后，主要接收了肢体残疾、脑瘫、精神发育迟缓、言语发育迟缓、孤独症等患儿，其专业治疗得到了家长们的认可。康复中心在细节上下功夫，用孩子们喜欢的方式进行教育和治疗。在引导式训练室里，日常有幼儿教师上课，孩子们除了康复治疗外，其他时候都在这里学习。康教结合，康复和学习两不误，是中心的特色区域。训练室参照幼儿园的标准装修，课程设置也和普通幼儿园一样，让残疾儿童在集体环境中得到更好发展，为将来回归家庭、回归社会打下基础。

除了日常的工作，岑汉樑还利用周末时间下乡义诊，帮助排摸当地农村的残疾人、残疾儿童的情况。他希望可以在一年半的援派时间里做更多的事，帮助到更多的人。他的这份用心用情，也是整支援派队伍的缩影。

2023年9月6日，残疾儿童康复工作东西部协作现场培训会在峨边召开，浙江省驻川工作组组长王峻在会上深情地说，残疾人事业是高尚而神圣的事业，而残疾儿童作为残疾人群中更为特殊的群体，更加需要全社会给予充分的尊重、关心和帮助，推动残疾儿童康复工作意义重大。他提出要以这次会议为契机，将推进残疾儿童康复事业纳入工作重点，遵循"政府主导、社会参与"的原则，不断创新残疾儿童康复服务供给方式，激发社会力量积极参与，促进服务供给方式多渠道、多方式发展，使更多的残疾儿童获得康复的机会和专业机构的指导，争取每一位残疾儿童都"应救尽救"。

自新一轮对口工作开展以来，在浙江省驻川工作组的牵头带领下，来自浙江的挂职干部们在推进残疾人帮扶工作上倾注了大量心血，创新"量体裁衣"式的残疾人服务，打造了一批具有较强借鉴和示范意义的项目，成功探索出一批行之有效的工作模式，不断推进残疾人事业的发展。

在政策保障方面：浙川两省残联签订《浙川残联系统东西部协作和对口支援协议》，印发了《关于做好新一轮残疾人对口帮扶工作的通知》《关于做好东西部残疾人帮扶协作工作的通知》，推动了两地残疾人帮扶工作走深走实。巴中市出台救助文件，实现救治标准、送训补贴、慈善募捐支持等5个方面突破，被省残联在全省推广。广安市将脑瘫儿童年龄放宽至14岁，并按照救助标准上限对残疾儿童进行康复救助。峨边将出生至6岁残疾儿童的康复补助限额从每年2万元提高到3万元。

在康复治疗方面：屏山县依托东西部协作资金建成川南首个残疾儿童康复托养中心，用"聚爱方舟"筑牢残疾儿童家庭防返贫基石。平昌县残疾儿童康复托养中心的发展规模、专业水平、服务能级均已走在川东北前列。中心现有 100 多名 12 岁以下的在训残疾儿童，康复建档率达 100%。目前已有 8 名残疾儿童康复，回归家庭和学校。凉山州、阿坝州、马边县累计为 1000 余名儿童提供手术矫治。

在帮助就业方面：以"浙川协作、助残共兴"盲人按摩培训项目培训残疾人 120 名为起点，浙川两省扩展实施了"浙川协作·助残共兴"系列工程，打造了浙川东西部残疾人帮扶协作的金字招牌。广元市"帮帮摊""帮帮店"项目带动 230 多名残疾人及其家属就业，人均月增收 3000 元以上；绵阳市、宜宾市等地开展盲人按摩培训，不断拓宽残疾人就业路径；阿坝州通过"汶兴结对"，利用来料加工帮助残疾人创业增收。

在数字赋能方面：峨边县积极借助浙江力量，打造产后康复中心，从源头上控制残疾的发生；屏山县研发多级协同网络医疗服务平台，为偏远山区孕产妇及新生儿家庭提供医疗健康服务，降低新生儿发病率……

在凝心聚力中，浙川东西部协作残疾人帮扶事业的"金名片"愈加熠熠生辉。

7. 留守儿童的"第二个家"

四川省宣汉县的唐丽萍打算外出打工，给家里添一份收入。这个决定，是她听说了女儿刘丹所在的学校实行留守儿童周末寄宿制后做的。自从女儿出生，她就在家照顾女儿，等到女儿上小学，尽管她曾动过外出找份工作的念头，但总是因为担心女儿周末和节假日放假没有人照顾而不了了之。2021 年，刘丹就读的新红中心校开始实行留守儿童周末寄宿制，她周末也可以寄宿在学校里，有学校安排的各种课外活动，也有老师帮忙照顾学习生活。唐丽萍自此没了后顾之忧。

宣汉县属于四川省的人口大县，也是劳务输出大县，据统计，县里户籍人口达到 127.82 万人，常年外出务工人员达到 28 万人，也因此有着不小的留守儿童群体，人数达到 2.7 万余人。许多务工家庭有着和唐丽萍同样的纠结，既想出远门挣钱，又担心周末和放假期间孩子无人照顾。

如何从根本上破解留守儿童在学习、生活、安全等方面面临的问题，成了一个全县都非常关注的话题。新一轮浙川对口工作启动后，达州市政府副秘书长、宣汉县委常委、副县长（挂职）林海伟也关注到了这个问题。如何让留守的孩子有更高质量的周末假期，也让孩子的父母们能够安心工作？林海伟和帮扶工作队的干部们实地调研了当地多所学校，终于想到了一个破解之法：创新建设留守儿童周末假日寄宿学校试点。

为了帮助学校为留守儿童建起温馨的"家"，宣汉县当地政府部门、创建学校与在宣汉的挂职干部们通力合作，充分利用农村中小学原有的校舍、师资等资源，组建起了一支管理队伍，让留守儿童们在周末和节假日期间能够享受到升级版的寄宿生活，从而帮助他们在父母远离的情况下也能健康快乐成长。

值得一提的是，这种模式也是全国首创性的探索。但设想很美好，实际操作起来难度不小。不像日常教学日，学生们在学校学习住宿已经有一套非常成熟的管理制度，周末假日学生们在校寄宿，既要管理好他们的安全、学习、生活等各方面，又要让他们感受到轻松氛围，享受假期的各项课余活动。这就需要设计制定一系列的"节假日管理方案"，方案要覆盖孩子们的作业管理、吃饭、课外活动、睡觉等方方面面，可谓全方位 360° 托管。

为了顺利推进留守儿童周末假日寄宿学校试点，林海伟和挂职干部们想了许多办法。在硬件上，挂职干部们把支持宣汉创建留守儿童周末假日寄宿学校作为"惠民生、解民难，促进脱贫与乡村振兴有效衔接"的重点项目，积极推动每所创建学校完善留守儿童寄宿的宿舍、厨房、餐厅、热水洗浴、活动阵地以及必要的安全设施。

　　此外，考虑到这项工作需要联动许多部门，帮扶工作队也连同宣汉当地政府部门一起推进这项工作。在工作队的推动下，当地县委、县政府把创建工作作为解决人民群众急难愁盼问题的重要举措，及时出台了《关于推动留守儿童周末假日寄宿学校高质量发展的意见》。宣汉县各个政府部门也紧密配合起来：县财政局会同县教育局、县民政局为创建学校补助了运行费用，县人社局、就业局为每所创建学校提供了 2 个公益性岗位，用来聘请童伴妈妈和餐厨人员。与此同时，试点创建学校自身也在积极行动，利用农村公立学校原有的校舍、场地、师资，科学安排了师资，聘请了童伴妈妈和餐厨人员，为学生寄宿提供各项保障。

　　在多方努力下，2021 年先行试点的 4 所学校都成功创建为留守儿童周末假日寄宿学校。孩子们周末和各节假日可以在学校学习生活，实现了最初设想的"全方位保障留守儿童周末假日寄宿期间住得好、吃得好、学得好、玩得好（寓教于乐）、安全好"的愿景。

　　令唐丽萍更惊喜的是，自从女儿刘丹周末节假日寄宿在学校后，学习成绩也提升了一大截，这让在外打工的她觉得工作起来更有干劲了。事实证明，留守儿童周末假日寄宿学校作为浙川东西部协作的一项创新实践，也蕴含了更广泛的社会意义。

　　留守儿童周末假日寄宿学校的实行，并非简单意义上的"让学生周末节假日有地方托管"。因此创建留守儿童周末假日寄宿学校，不仅仅是在硬件上提供便利，更多的是在软件上着力。如何让孩子们度过充实有意义的周末和节假日，其中处处是细节，也处处需要用心。

　　"妈妈，今天老师教了窗花剪纸，等你们过年回来，我要给你们展示才艺。平时还有童伴妈妈照顾我，你们不用担心我，安心在外打工挣钱……"

　　"刚开始学书法，虽然写的毛笔字还不好看，但多练习会越写越好吧。"

　　参加宣汉县三河学校假日寄宿的孩子们总是很期待周末和父母视频的时刻，通过视频连线，他们绘声绘色地和父母分享在寄宿学校的生活。

　　"准备——1,2,3,开始！"随着老师赵耀的口令，音乐在三河学校"童伴之家"教室里响起，孩子们拿着双响筒、铃鼓、摇铃等乐器跟随节奏摆动起来，摇头晃脑地沉浸其中。

周末的午后，宣汉县清溪宏文学校操场上，孩子们正在老师的指导下进行篮球传球训练，肆意地奔跑在操场上，尽情享受着运动带来的乐趣……

孩子们周末假日的生活，可谓丰富多彩。

为了让留守儿童们能够感受到美好的校园寄宿生活，除了学校，社会各界力量也纷纷行动起来。

在宣汉的挂职干部和专技人才们经常想着法子给留守儿童周末假日提供健康有益的活动，比如组织义诊、艺体培训和心理辅导。"看到孩子们用清澈的眼神望着我们，用热烈的掌声欢迎我们，那一刻，我的眼眶湿润了。我深深感受到了来自孩子们的爱与和善。少年强则国家强，通过这样的方式帮助孩子们更好地成长，我心里特别开心。"来自浙江舟山的援派医生许庆华在结束新红中心留守儿童假日寄宿学校送教送医活动后，在日记本上记下了这样一段话。

宣汉县直属机关工委和县教育局一起策划组织了"生活关爱、德育关爱、法治关爱、学习关爱、兴趣关爱、亲情关爱、安全关爱、心理关爱和助困关爱"等九大关爱活动。宣汉县关工委和县教育局从科学的角度开发设置了活动课程和作息时间，分学段、分学科、分小组对学生们进行作业辅导，开展艺体类、劳动实践类、品德培育类以及心理辅导类等活动。

四川省书法家协会会员，80岁高龄的"五老"志愿者郑国平，带着自己编写的适合中小学生学习的《书法入门》教程，随同"五老"书画辅导团来到了实行周末假日寄宿的学校，前前后后为1000多名学生辅导书法。县"五老"宣讲团成员陈联德，县关工委常务副主任冉碧英组团来到学校宣讲"宣汉红色故事"。县关爱明天艺术团也来到学校组织文艺表演。

来自各方的力量和爱汇聚在一起，为留守儿童倾情打造出了"第二个温暖的家"，在这个"家"里，孩子们被爱伴着成长，周末假日的生活变得愈发明亮起来。

爱，是最好的教育。

用赵耀老师的话来说，自从留守儿童周末假日寄宿学校开办以来，孩子们的变化太大了！有些孩子刚参加音乐、剪纸等活动时，比较内敛自卑，但一学期过去了，他们的性格逐渐变得开朗起来，自信心得到了很大的提升，脸上的笑容也越来越多了。

因为留守儿童周末假日寄宿学校的实行，家住宣汉县三河乡大山村的学生陈盈盈变得更加阳光开朗，也更期待周末的到来了。从前每每临近周末她总会发愁，父母在外务工，周末放假时，她要走上两个多小时的路才能到家。现在周末就住在学校里，这里已经成为她的第二个"家"，不仅学习和生活都有老师陪伴，还有许多丰富多彩的活动可以参加。就像盈盈的妈妈石美山说的，孩子都是家长的心头肉，学校有了周末假日寄宿，解决了他们在外工作的最大的后顾之忧。

试点学校之一的清坪中心校校长叶青认为，创建留守儿童周末假日寄宿学校，能够实现全学期每个周末和各小长假对留守儿童的全天候关爱保护，相应保护了未成年人的安全，有效促进了保护未成年人"两法"（《中华人民共和国未成年人保护法》和《中华人民共和国预防未成年人犯罪法》）的贯彻落实。

在林海伟看来，留守儿童周末假日寄宿学校的做法不仅是一项有意义的民生之举，也是帮助务工家长安心就业的稳岗之策，促进了农村劳务收入的增长，这样的模式很具备借鉴意义。

越来越多的学校加入了创建留守儿童周末假日寄宿学校的行列。正所谓千年蒲城，巴人热土，一所所"爱心学校"如雨后春笋般快速发展，守护着"留守的花朵们"。

如今，留守儿童周末假日寄宿学校试点经验已在全县多所农村学校推广。从 2021 年最先在 4 所学校试点，到 2022 年下学期，全县已创建 14 所农村留守儿童周末假日寄宿学校，上千名留守儿童得到全学期全时段托管关爱服务。截至 2023 年底，挂职干部们已经先后安排东西部协作资金 426

万元，累计建成 32 所留守儿童周末假日寄宿学校，覆盖留守儿童 13144 人，其中周末寄宿托管 2620 人。2025 年，这项创新措施将在全县符合条件的农村中小学校实现全覆盖。这也意味着，更多的留守儿童将在节假日拥有第二个温馨的"家"。

心有所念，必有回响。

2023 年 10 月 27 日，在宣汉县的挂职干部们组织了一次东西部协作支教支医援派行动，他们来到宣汉县塔河镇中心校，看望慰问周末寄宿在校的留守儿童和陪护教师。援派干部人才们用自发的爱心捐款 4800 元购买了书籍和体育用品并赠送给学校。

宣汉县塔河镇中心校是 2023 年新增建设的留守儿童周末假日寄宿学校。新一轮浙川对口工作启动以来，浙江省驻达州市帮扶工作队通过东西部协作项目安排了 378 万元资金，不断加强周末假日寄宿学校建设，持续完善农村留守儿童关爱服务体系，覆盖留守儿童 1 万余名。

即将离开学校时，帮扶工作队收到了一封"沉甸甸"的信。这封信，来自九年级（2）班的向金柠同学。

舟山定海的叔叔阿姨们：

你们好！

我是塔河镇中心校九年级（2）班的向金柠，是一个留守在大山里，努力求学、渴望走出大山的孩子。十月的风已经有了几丝凉意，校园里香樟树也已红了几片叶子，此时的我内心却炽热而坚定。因为，我以及我们所有留守儿童都被爱笼罩着，被希望环抱着。这爱和希望，正是你们给予的。

因为我们的父母为了生活，无奈地选择外出务工，我们便成了孤独的留守儿童；却又因为你们的暖心关怀，我们又是幸福的留守儿童。是的，学校为了我们这群孩子可谓用心良苦，每一个举措都大爱可鉴，比如各类政策性的资助、老师亲自到家里送温暖、不计报酬地为我们辅导功课，尤其"周末假日寄宿活动"，让我们这群孩子有了"家"的幸福感。

关于"周末假日寄宿活动"我有很多感想，也有很多想和大家分享的话。

一开始，我觉得寄宿生活很艰苦，身心无依无靠，因为没有家人在身边，一切事情都得自己干，内心的空虚、孤独更是让我们忧从中来。可是，留守的日子渐多，我的内心似乎更加充盈起来。在这里，我们学会了很多生活技能，有整理内务、厨艺操练等。虽然这些对我们这样的农村孩子来说算不上什么高深的技能，但在学校老师的精心组织和耐心指导下，我们把这些技能做得更加熟练，逐渐拥有了立足社会最基本的扎实的劳动能力，也在这些活动中锤炼了自力更生、艰苦奋斗的精神品质。一床床豆腐块似的被子、一个个米香四溢的粽子、一个个热气腾腾的包子、一行行整齐划一的秧苗……这是我们劳动的果实，也是我们未来生活不可或缺的本领。

在这里，我们可以更加自由地选择自己的爱好、训练自己的特长。音乐、体育、美术等各种活动都会在周末热烈地举办。你喜欢体育，可以在体育老师的带领下学习篮球技能，参加篮球比赛；你喜欢美术，可以在美术老师的指导下学习国画、油画等；你还可以在书法老师的教导下学习硬笔书法、软笔书法。锻炼身体、提高审美、涵养性情，我们在这些活动中慢慢地发生着变化，生发着美好！

在这里，我们有身体可以倚靠的臂弯，有心灵可以寄托的港湾。父母在外，我们这群孩子，说真的，自己都觉得可怜哪；特别是周末，看着同学们一个个结束一周的学习生活后背上书包兴冲冲回家的场景，我的心里不由得一阵酸楚。还好，幸好，有这样一个大爱的平台，有这样一群大爱的老师，我们落寞的心灵有了温暖的归宿。我们想念父母时，老师就成了我们的家人。他们带着我们走向乡间的田野，细数每一条河、每一座山，就像父亲拉着我们的手去收获秋天的收成；他们在我们迷茫时拉着我们促膝长谈，就像母亲家长里短、情理至深的唠叨与叮嘱；他们询问着我们每一个人的梦想，就像父亲和母亲对我们梦想的殷切期盼。

在这里，在这些日子里，我有了许多的变化，变得性格开朗起来，变得志向笃定起来，变得内心强大起来，我想，我的人生也会因此变得更加精彩。

　　我要深深地感谢在成长路上为我们助力的每一个人。感谢"留守儿童周末假日活动"这个平台的大爱关怀，感谢学校领导、老师的无私陪伴，感谢父母千里之外的牵挂与叮嘱，感谢同学们的包容与帮助。一路芬芳，感恩遇见，感谢有你！

四川省达州市宣汉县塔河镇中心校　向金柠
2023 年 10 月

第五章

"千万工程"经验的生动实践

推进中国式现代化，必须坚持不懈夯实农业基础，推进乡村全面振兴。习近平总书记在浙江工作时亲自谋划推动"千村示范、万村整治"工程，从农村环境整治入手，由点及面、迭代升级，持续努力造就了万千美丽乡村，造福了万千农民群众，创造了推进乡村全面振兴的成功经验和实践示范。

2021年，随着新一轮对口工作的开展，王峻带领挂职干部和专技人才从东海之滨奔赴巴山蜀水，在这片土地上开始了为期三年的援派生涯。

时任松阳县委书记的王峻在工作期间，带领着松阳县走出了一条文化引领的乡村振兴之路。如今，松阳县是中国传统村落保护发展示范县、全国传统村落保护利用试验区、"拯救老屋行动"项目整县推进试点县。

作为一个对乡村振兴有着丰富经验的实践者，在四川工作期间，王峻带领援派干部们积极推进打造乡村振兴示范点，将"千万工程"浙江经验带到了四川。

三年间，浙江借助浙川对口工作的契机，在四川68个结对帮扶县逐步推广"千万工程"经验，提升了当地乡村居住环境，发展了特色产业，也培育出了一批批专业人才，在推进乡村产业振兴、人才振兴、文化振兴、生态振兴、组织振兴上发挥了巨大的作用。两地共同建成了125个乡村振兴示范点，其中46个被评为四川省级乡村振兴示范村。

美好的乡村图景正逐步变为现实：这是一种既深刻保持传统乡村文明原真性，又开放兼收现代文明创造性的新型社区。从居住群体上看：这里有祖辈守望村落和田野的传统村民，也有曾离开村落外出发展又回归的村民，还有从城市回归乡村田园生活的新型村民。从文化视角上看：这里有传统农耕文化，也有从城市带来的现代生活理念、科学技术应用，也将会产生传统文化和现代文明碰撞交融而带来的新文化。从经济形态上看：原本单一的农业经济将演变为农业与农产品加工业、休闲旅游业、文化创意产业等相融合发展的新型经济业态。

四川大地上，一个又一个浙川两地共建的宜居宜业、和美乡村逐步成形；巴山蜀水间，一幅乡村振兴的优美画卷也在徐徐展开。

1. 云朵上的羌寨千里飘茶香

四川省绵阳市北川羌族自治县石椅村，因为村里一座天然双人石椅而得名，也被人们称为"石椅羌寨"。从绵阳城区出发，沿 347 国道向北川县曲山镇进发，车程 1 小时左右，随着海拔上升，这个"云朵上的山寨"就会次第出现在眼前。作为全国少数民族特色村寨，石椅村依然保留着浓郁的羌文化，村子里可以看到传统的羌寨碉楼、祭祀台，村民们也都保留着穿羌族服饰、跳羌族歌舞、喝咂酒等传统，尤其逢"庆羌年""祭山会""领歌节"，也是石椅村最热闹的时候。

2023 年 1 月 18 日这一天，石椅村洋溢着比节日还热闹的气氛，习近平总书记在北京通过视频连线看望慰问基层干部群众，向全国各族人民致以新春的美好祝福。村民们告诉总书记，靠着优美的自然风光、独特的民族风情，石椅村的农产品和农家乐旅游越来越红火。

石椅村从贫困到致富，离不开北川特色农产品——苔子茶。北川产茶历史悠久，茶文化底蕴厚重。苔子茶是北川独特气候环境中孕育出来的一种茶。早在唐宋时期，北川就有一种茶树叫苔茶，抗干旱、抗寒，还抗病虫害，富含对人体有益的锌、钾、硒等化学元素，闻起来有一股嫩栗香，喝起来味鲜甘爽，齿颊留香，在唐朝的时候被列为"贡茶"。"醉对数丛红芍药，渴尝一碗绿昌明"，唐代诗人白居易这样称赞这种茶。

早在 1975 年的时候，北川县就动员群众开垦荒坡地种茶。到了 1979 年，作为四川省北川县特产，"北川珍眉"茶叶出口美国，开四川茶叶出口先河。然而，2008年受"5·12"汶川特大地震影响，北川茶叶生产几乎陷于停滞。2009年，恢复重建的北川开始成立茶叶种植合作社。截至2023年，全县已有超过9万余亩茶园，茶叶综合产值达4.5亿元。北川苔子茶也发展成北川支柱农业产业之一，每年茶农鲜茶叶销售金额5800多万元，是农民收入的重要来源。同时，它还带动了北川11个产茶乡镇900多户建档立卡贫困茶农脱贫致富。

近几年来，如何让北川苔子茶品牌走得更远，让更多人熟知，成了北川乃至绵阳茶产业发展过程中面临的挑战。如何用小小一片叶子，撬动大大的产业？新一轮浙川对口工作启动后，绵阳市政府副秘书长，北川县委常委、副县长（挂职）陈雪良就开始思考这个问题。借着东西部协作的契机，在他的协调推动下，2023年4月24日，首届浙川茶产业融合发展大会暨绵阳·北川第十届羌茶节在北川县擂鼓镇盖头村茶园举行。浙江省驻川工作组组长王峻在大会上提出，浙江省和四川省都是"茶叶大省"，两省茶产业具有高度的互补优势，具备深厚的合作基础与协同发展的良好条件。

新一轮对口工作开展以来，两地在种植栽培、制茶加工、市场拓展、消费帮扶等方面不断深入合作，取得了积极成效。他希望通过这样的以"茶产业"为主题的大会活动，进一步搭建两省全方位多层次宽领域的合作交流平台，继续发挥两省比较优势，积极推动两地茶产业技术互学、市场互通、人员互动、品牌共建、资源共享，推动两省茶产业高质量发展。

一口醇香鲜爽的北川苔子茶，串起了浙川两地的深厚情谊。活动当天，茶界专家云集，举办地擂鼓镇盖头山茶叶主题公园里，茶田满目葱茏，海拔千米的茶田笼罩在雾岚中，绿色的茶叶芽尖上能看到晶莹的露珠，如同北川的茶产业，一派生机盎然。这个公园，也是浙川协作·文旅产业示范区，2021年以来，浙江省驻绵阳市帮扶工作队安排东西部协作资金1500余万元，同时引入中国农业科学院茶叶研究所、浙江农林大学等力量，成立了绵阳茶学院以及北川、平武分院，在盖头山建设茶文旅融合基地，成功建成省级三星级现代农业园区。

在以"东西协作话三茶·浙川携手促振兴"为主题的首届浙川茶产业融合发展大会上,浙川两地相关部门、科研院所、行业协会及茶企负责人相聚在一起,深入交流探讨"三茶统筹·推动茶产业高质量发展""如何支持浙川两省茶产业融合发展"等茶产业的课题,许多到会的茶叶专家和茶产业从业者为持续扩大国家地理标志保护产品"北川苔子茶"的品牌影响力,持续挖掘羌茶文化资源,促进浙川的融合发展,提出了许多建设性的措施和建议。在大会现场签约环节中,浙川茶产业合作、石椅片区农文旅开发及运营、擂鼓文旅融合乡村振兴示范点等20个涉及茶叶基地建设、茶叶购销以及相关农特产品加工销售的项目成功签约,签约金额超20亿元。

第二十届中央候补委员、中国工程院院士刘仲华也参加了这次茶产业大会。在他看来,作为古树茶,生长于海拔1000—1800米高山密林之间的苔子茶是难得的高品质茶叶。在昼夜温差大、云雾多、直射日照短等自然环境条件影响下,苔子茶至少具备了"耐寒、芽壮、叶厚、氨基酸含量高"等特征。品尝过苔子茶后,他评价其"汤绿、香高、味醇、耐冲泡、有韵味",认为苔子茶完全可以走高品质的高端茶路线。在大会现场作主旨报告时,刘仲华表示,北川县拥有一流的生态环境与生态有机栽培理念,为培育出茶香浓郁、鲜爽甘甜的好茶奠定了坚实的基础;再借助东西部协作契机,将形成很好的经济效益,推动东西部区域文化融通与科技融合,最终促成茶产业的腾飞。同时,他也为绵阳提出了产业高质量发展的三条路径:三产联动,稳定面积做优一产;精深加工做强二产;业态创新做活三产。

小小茶叶里,藏着富民的密码。28岁的李佳莉是小坝镇的村民,人称"羌山阿妹",她从早些年就开始通过抖音直播、微信朋友圈和视频账号推广家乡北川的茶叶等风土特产,并且带动了20多名村民一起创业,平均每人年增收2万元—3万元。如今像李佳莉这样的年轻"茶农"越来越多,他们运用互联网的优势,将家乡的茶叶推向全国的同时,还帮当地的茶农们获得了更好的茶叶收入。

在茶旅融合这条路上，石椅村也找到了属于自己的发展方向。早在2022年，石椅村通过茶旅融合发展"美丽经济"，年接待游客量就达到了20万人次，村民人均收入超过4万元。石椅村党支部副书记陈艳特别有感触，1990年她嫁到了石椅村，当时村里的条件挺艰苦，尽管村民们种植茶叶，但没有品牌就没有市场，靠茶叶养家依然不现实。2006年，她想着开个农家乐贴补家用，谁知一切都在地震中毁掉了。灾后重建的过程中，陈艳重建了农家乐，但生意一直不温不火。直到近几年村子里的旅游发展起来了，来的游客越来越多，2022年，她下决心把农家乐升级成有品质的民宿，改造了农家小院，还把山上的水果品种进行了改良。她觉得农文旅发展将给村子带来更大的发展空间，准备好好努力，把石椅村农特产品的名气打得更响。

如今，村子里除了种苔子茶，还发展了千余亩枇杷基地，同时推出了羌民俗体验、水果采摘、茶文化研学等多项旅游活动。游客们到了石椅村，可以在长达3公里的果园游步道散散步，再到农产品的小市集逛一逛，回家前还可以带一些羌绣、手工苔子茶等旅游纪念品送给亲朋好友。从茶旅融合，再到农文旅融合，石椅村乃至北川县在"茶"的基础上实现了全域旅游发展。

2024年4月28日，第二届浙川茶产业融合发展大会暨绵阳·北川第十一届羌茶节如期举办。活动现场，外地客商与北川茶企签订了7000余万元的新茶采购订单。在东西部协作机制的不断推进中，浙川两省茶产业界也正不断书写茶缘、深化合作，推动两地茶产业转型升级。

2. 天雄村的华丽蜕变

一条古蜀道，半部华夏史；一道天雄关，蜀北凋朱颜。四川省广元市昭化区天雄村，因天雄关而得名。

别小瞧这个小山村，它有许多荣誉，曾获评"全国文明村"、省级"卫生村"、省级"四好村"、省级"乡村振兴示范村"。走进村里的村史馆，这里浓缩着这个村庄的过往，记录着村庄的现在，也寄托着村庄的未来。天雄村从一个名不见经传的小山村，到现在村民居住环境大大提升，民宿、特色农家乐越来越多，推进文农旅深度融合，还常态化举办草莓、火龙果采摘等项目，发展可谓迅速。

立夏时节，阳光晴好，徐宝贵正在天雄村的草莓大棚里忙活。尽管累出了一身汗，但他还是很高兴。今年草莓的收成不错，把最后一茬草莓采摘完，清理好大棚，他就回趟杭州老家休息一阵儿。

徐宝贵是杭州建德人，也是天雄村的新农人。10年前，他把老家"中国草莓之乡"建德的草莓带到了广元昭化；当时与他一起来的还有两名草莓种植户。

昭化天雄村自然条件优越，有嘉陵江、白龙江、清江河三江交汇形成的冲积土壤，土质疏松肥沃；最关键的是气候暖和，就算是冬天气温最低的时候，也不需要烧炭为大棚保温；而且当地的人工成本也相对比较低，各方面综合起来，是种植草莓的好地方。最开始徐宝贵和另外两个种植户不敢一下子投入太多，便在村子里试种了20亩草莓。试种结果让徐宝贵看到了希望，他干脆扎根在村子里种植草莓，见证了这个村庄的快速发展。

2021年以来，随着新一轮对口工作的展开，天雄村的发展像是摁下了"快捷键"，徐宝贵的草莓种植也迎来了春天。在东西部协作项目的帮扶下，村里建成了浙川草莓产业园。草莓产业园里建了223个果蔬大棚，再出租给草莓经营户。村民不仅能稳定就业，还能拿到土地流转金和年底分红。可喜的是，草莓大棚种植很快实现了盈利，村民人均收入增加了 5000 元，如今草莓种植产业为村庄实现了年均收益达 1000 万元左右，村集体经济收入超过 15 万元。产业发展形成了规模。

让村民们高兴的是，在发展产业的同时，村容村貌也焕然一新。在东西部协作帮扶项目的支持下，村史馆、老年食堂等纷纷建了起来。村里还建起了颐养之家、村卫生室、葭萌书房，用上了太阳能路灯，基础设施越来越完善。村里闲置的小学也被改建成了漂亮的幼儿园，孩子们在家门口就能入园。

如今再走进村子里，可以看到孩子们坐在村口的"葭萌书房"里看着图书或练习着书法。由杭州爱心企业援建的"葭萌书房"在开启之初，就获得了杭州市图书馆捐赠的 1 万余册图书。

在昭化区委常委、副区长（挂职）孟飞看来，村庄还可以变得更好。给进村道路铺上沥青后，他和挂职干部开始着手升级改造村委会周边的各类设施。与此同时，他考虑把原来几乎是荒废状态的邻里中心的儿童之家设在幼儿园二楼，这样小朋友在假期或放学后可以有个去处。

经过几年的发展，天雄村成了一个村民不出村就能享受到健身、唱歌、阅读、游戏等各种活动的地方，甚至邻村的老百姓平时也爱往这里跑，村子变得越来越热闹。

2023 年 6 月，为了更好地建设乡村振兴示范村，完善农村留守儿童保护和服务体系，在孟飞等挂职干部的协调下，由杭州市拱墅区爱心企业杭州东恒实业集团有限公司援建的昭化镇天雄村"儿童之家"，赶在六一儿童节来临之际正式投入使用，给孩子们带来了更美好的体验。

天雄村的变化成了东西部协作打造乡村振兴示范点的一个缩影，更多和美乡村陆续在四川各处落地。

3. 王母村的美好生活

很多人都听过《康定情歌》，这是根据民间的溜溜调改编而来的歌曲，红遍了大江南北。

四川甘孜州康定市雅拉乡王母村，就是溜溜调的发源地，当地还有一些老人会唱溜溜调。75岁的藏族大爷刘康全是出了名的会唱溜溜调的人。2023年，他编了一首溜溜调《郎骑白马调》，一度传唱开来。溜溜调歌词大意是：萧山亲人真正好，乡村振兴样样行，王母从此换新貌，民族团结一家亲……

刘康全唱的也是王母村村民们的心里话。伴随着新一轮浙川对口工作的展开，王母村成为浙江挂职干部们努力打造的乡村振兴示范点，不仅村子的面貌发生了巨大的变化，村民们的幸福指数也不断提升。刘康全从小在王母村长大，村子的喜人变化他都看在眼里。他把对援派干部人才的感谢，都编进溜溜调唱了出来。

45岁的周显蓉是王母村第一批尝到文旅甜头的人。早些年随着家附近的木格措景区开发，有很多游客途经王母村，周显蓉瞅准这个机会开起了民宿。但当时村里包括她家在内的民宿一共15家，条件都不是太好，许多游客还是选择住在康定市城里；就算住在村子里，像她家这样的民宿一个晚上收费也不会超过40元。

这样的状况从新一轮浙川对口工作开始有了变化。挂职干部们依托东西部协作项目帮助村里进行了污水治理、三线绿化等，村庄环境变好了，村貌改善了，与此同时，抓住王母村处在前往景区的必经之路的优势，帮助村民们不断提升文旅服务质量，吸引更多游客的到来。

拿周显蓉家来说，她的民宿也得到了改造提升。随着整村的风貌不断好起来，村里越来越干净。她在挂职干部的帮助下，将家门口的空地平整出来，建成了庭院小菜地，不仅可以为民宿供应新鲜蔬菜，还让整个家门口面貌一新。

不到两年的时间，王母村成规模的民宿就达到了 37 家。而且相比以往的粗放型发展，现在的民宿不仅硬件条件得到了很大的改善，服务质量也提升了。遇到节假日，周显蓉家的民宿预订都会客满。

回忆起从前的王母村，村民们没有什么有效的经济来源，大部分只能靠种植青稞、玉米、土豆等农作物生活，海拔超过 3000 米的地方，除了这些农作物，几乎没有发展农业的条件。因此王母村素来流传着一句顺口溜："左手镰刀，右手砍刀。"大意是村民们吃不起饭，只好通过砍伐树木去卖来讨生活。

再看看如今的生活，周显蓉总觉得像做梦一样。她改造升级了民宿，16 间房，每间房每个晚上可以卖出 280 元的价格，加上自家种的紫皮土豆、山里采摘的菌菇干，都可以作为农特产品卖给游客，一年下来，家庭颇为丰裕。

随着王母村成为一个爆火的旅游打卡地，越来越多的游客到来，村里发动村民们一起发展旅游项目。比如，村里成立了合作社，开设了马匹游览的项目，挑选村民做专职的安全员，保证游客骑马安全；聘请村民当保洁员，确保马匹走过的道路的卫生；统一标准收费，每收到 50 元的游客马匹游览费用，其中 5 元纳入村集体收入，其余的作为村民们马匹入股的分红，不断壮大集体经济，提高村民们的收入。通过这样的方式，王母村 2022 年的村集体收入就达到了 18 万元左右，情况不断向好。到了 2023 年，仅"五一"假期，村集体收入就达到了 5 万元。

用当地雅拉乡党委副书记扎西邓珠的话来说，村里原本外出打工的年轻人也开始回归，有的人在村口咖啡屋里找到了工作，有的人开起了民宿，有的人将当地的农特产品通过电商直播卖了出去……蒸蒸日上的日子，让王母村的村民们都有了盼头。

4. 传统小山村蝶变成"未来乡村"

浩浩嘉陵江，汤汤钱江水。心手相牵、相融协作，在新一轮浙川对口工作中，杭州市与广元市对口帮扶的协作情谊在苍溪县陵江镇笋子沟村展露无遗。

笋子沟村，因山石形如竹笋而得名。全村共341户1023人，面积3.5平方公里。当地从20世纪60年代起就开始种植柑橘，发展到2023年，全村柑橘面积达到960亩，柑橘专业户30多家，柑橘产量达到800多万斤，柑橘收入占了全村收入的70%以上，人均增收万元以上。

时间的指针拨回到2021年，余杭区和苍溪县成为对口帮扶结对县。在苍溪县的浙江挂职干部们携带着浙江余杭在数字农业、社会综合治理等方面的经验做法，通过东西部协作项目安排300万元资金，把笋子沟村打造成集数字乡村指挥中心、电商果品分选中心和电商直播间等于一体的新型数字化乡村，曾经传统的小山村蝶变成了远近闻名的"数字村"。

第一项"余杭经验"，就是民主议事。苍溪县委常委、副县长（挂职）刘俊峰把全国民主法治示范村——余杭区径山镇小古城村的"樟树下议事"复制到了笋子沟村。笋子沟村漫山都种着柑橘，于是"樟树下议事"成了"柑橘园里议事"，村民们打开心扉，遇到事情相互沟通，原本琐碎难协调的事情变得清清楚楚。比如，原本是老大难的秸秆禁烧、保险赔付等问题都顺利得到了解决。村民之间的嫌隙没了，心也逐渐拧成了一股绳，村里想做什么事情，就有了一个很好的基础。如今走进笋子沟村，在村口的位置就能看到一句简短有力的话：众人的事由众人商量。有关村里的大事小情，大家都要聚在柑橘园议事亭里商讨一番。

柑橘园议事，让村民形成了"有事好商量"的习惯。这项制度常态化之后，村里的许多发展思路推进变得更加容易。村民们集众智、聚众力，为村里发展出谋划策。仅 2023 年，村里就召开了 16 次会议。2023 年 11 月，笋子沟村收到一个好消息：四川省发布了第二批省级民主法治示范村名单，笋子沟村榜上有名。

笋子沟村党支部书记张桂华是个大学生村官，2021 年辞去城里工作回乡创业。1994 年出生的她很受村民们欢迎，大家都叫她"小张书记"。别看小张书记年纪不大，但如何让村子发展得更好，她心里特别有谱。当选村党支部书记以来，她心里就有一个计划表，每办成一件事，便给自己打一个钩。当然这背后也离不开在苍溪挂职的浙江干部们的帮助和支持。第一年，挂职干部们筹划建了水果集散中心和电商直播工作室；第二年，借鉴余杭区小古城村的经验做法实现了"柑橘园议事"，为村里发展出谋划策；第三年，建成了"一老一小"活动场所，村里的老人孩子有了休闲娱乐的好去处……

一桩桩一件件，都是余杭区结对帮扶苍溪县的情谊之举。

带着余杭区的数字化改革经验，浙江挂职干部们致力于将这个村子打造成"未来乡村"：通过东西部协作资金，村里建成的乡村数字中心除了为笋子沟村提供数字化管理外，还可以辐射到陵江镇的事务管理。有了数字中心，当地的农情监测、苗情监测、灾害监测都可以通过全村安装的传感器检测到。数字中心的检测画面，村民都可以通过手机搜索看到。通过视频画面，村民能直接观测到橘园、农舍和道路等情况，甚至可以精确地看到田地肥水一体化灌溉系统的运作情况。

一个数字化的未来乡村模样，在笋子沟村变成了现实。

村子要发展，产业是基础。在挂职干部刘俊峰等人的帮助下，笋子沟村的产业得到了更好的发展。因为村子有柑橘种植基础，所以他们在发展村里的柑橘产业上投入了许多心血。深秋时节走进笋子沟村，村里 300 多户人家的庭院都被柑橘林包围着，仔细看，20 多个智慧农业传感器隐身在漫山遍野的柑橘林中，实时监测着柑橘生长。这也是在东西部协作资金支持下，浙江挂职干部们打造智慧柑橘园的做法。田间地头数智化的做法，也让村民在柑橘种植上更加得心应手。村里的金凤柑橘在科学养护下，比一般柑橘品质更高，吃起来也更多汁鲜甜。

如何把这么好品质的柑橘卖出去？余杭的电商经验也被复制到了这个小山村。村里建成了笋子沟村数字中心，村民们组建了电商直播队伍，来自浙江的电商专家们给村民培训授课，帮助村民们直播销售。在笋子沟村数字中心，一套完整的乡村直播电商流程被建立起来：柑橘采摘后，水果分拣中心把控质量并分类定价，分选后的柑橘通过隔壁的电商直播中心带货销售。就这样，柑橘通过数字中心被卖到了全国各地，柑橘产业成为全村的特色优势产业。

从前，笋子沟村的柑橘成熟了，只能直接低价卖给外地的批发商，好坏都是一个统货的价格，或者村民们只能自己开着小三轮车去县城里摆摊叫卖。但有了电商，柑橘的销售完全打破了传统模式。从2022年开始，村里的电商直播团队就捷报连连，通过直播销售，村里的柑橘不仅卖出了好价钱，还销售一空！

在挂职干部和小张书记的共同推动下，笋子沟这个千余人的小山村，直播带货的村民达到了两三百人。"人人都是直播者"，在偏远山区笋子沟村正逐步变为现实。大家从一开始的没有粉丝到后来收获成千上万的粉丝，逐渐培育出了本土的电商经济。目前全村做得比较好的电商就有二三十户。如今，笋子沟村产的柑橘有了统一的品牌名"金凤柑橘"，并且通过直播带货，销往了北京、广东、浙江等地，甚至远销老挝、柬埔寨等国家。"金凤柑橘"商标逐渐打出了知名度。

电商经济，带动了这个小山村的发展。一颗金凤柑橘出川达海，成了最好的例证。小张书记带头直播带货，同时还帮助村里的柑橘打造品牌。笋子沟村的柑橘有了自己的品牌标志，村民们也有了自己的村服。值得一提的是，最终的标志方案还是村民们自己通过钉钉群投票选出来的，真正实现了村民民主发展。

从电商经济到农文旅融合发展，笋子沟还在探索乡村振兴的发展路径。

在小张书记看来，除了把果子卖出去，还要让游客愿意来，这样就能双向带动村子的发展。余杭的"农文旅融合"经验也进驻了笋子沟村。挂职干部刘俊峰提出了"农文旅融合发展"的思路，在充分利用当地特色资源禀赋的基础上，创新打造了"百里香雪海"环笋子沟村旅游线路。每到柑橘丰收季，当地就会举办柑橘采摘节，吸引游客走进村里。游客们在村子里采摘柑橘、品尝农家乐，感受笋子沟的美好乡村生活。

随着乡村旅游的兴起，笋子沟里的民宿也如雨后春笋般冒了出来。在挂职干部的帮助下，村里建成了"橘子红了"这样的标杆性的民宿，让原本的"过路游"变成了"过夜游"，解锁了乡村旅游新玩法。

小山村里也藏着让人向往的生活。在笋子沟村，挂职干部们关注到了村里的"一老一小"问题。据统计，笋子沟村有 100 多个孩子，其中 3—6 岁儿童 28 人、中小学生 69 人；60 岁以上的老人有 300 多人。

为了让村子实现"幼有所教，老有所养"，挂职干部们通过东西部协作项目安排了 100 万元用于"一老一小"场景打造。为老人而建的颐养中心和为孩子设计的童趣小筑都建起来了。在颐养中心，老人们可以享受居家养老服务、老年食堂就餐、健康医疗服务等，闲时聚在一起聊天解闷，身体健康监测有保障，食堂有共享餐饮服务。童趣小筑则规划了学习空间、运动空间，寒暑假时还会举办"爱心托管班"，村里计划返聘附近的退休教师作课后辅导，召集志愿者带来生动有趣的兴趣课程，为孩子们提供一个安全又快乐的成长空间。

冬去春来，2024 年春天，再到笋子沟村，一幅"村貌靓、产业兴、人和美"的乡村图景让人欣慰：正是柑橘开花孕果季节，全村掩映在柑橘林中，食堂里饭菜飘香，老人边打饭边与老邻居拉家常；隔间的"童趣小筑"里，村里的孩子们围坐在一起玩互动游戏……

2003 年，浙江省开启的"千村示范、万村整治"工程给万千乡村带来了美丽蝶变。在新一轮浙川对口工作开展的契机下，苍溪县笋子沟村的蝶变，正是"千万工程"经验在苍溪实践的生动体现。

5. 红岩村的"致富经"

2024年4月26日,春光正好,泸州市叙永县红岩村热热闹闹。2024年东西部协作中小学校"助力乡村振兴·教育振兴研学旅行"活动的第一批学生 —— 叙永县城郊中学的600余名学生来到红岩村,开始春季研学旅行活动。

这一趟"茶旅"活动让孩子们特别开心。活动分为茶文化研学和劳动实践两个环节。上午,孩子们分批参观了红岩茶博物馆,观摩现代制茶工艺,还在银坪山茶园里体验了采茶和手工制茶。下午则跟着老师体验了摸鱼、打糍粑、制作水炮等劳动实践活动。在研学过程中,孩子们既学到了中国传统文化知识,又体验了农耕生产生活,收获了课堂之外的知识。

像这样的"茶旅研学",这几年在红岩村变得红红火火,成为村里的主要收入来源。仅2024年,红岩研学基地接待了来自泸州城区、叙永、古蔺等地的研学、团建等团队1.2万人次,带动农旅消费150万元以上。

这一切,要从新一轮浙川对口工作中来自浙江的挂职干部说起。"红岩片区短短几年时间的变化,离不开挂职干部们的付出和努力。"泸州市委办公室派驻红岩村党总支副书记王皓这样评价。

近年来,在浙江挂职干部们的帮助下,叙永县叙永镇红岩村坚持优势优先、特色发展,以茶稻农文旅融合为主线,在万亩梯田、万亩茶园的基础上,建成了泸州市市级研学旅行实践基地 —— 红岩茶稻研学旅行实践基地,设置了采摘体验、农耕研学等13个现场教学点位,开发了手工制茶、茶点制作等7个体验课程,不断推动研学旅游产业创新与发展,实现了农旅价值转化。

如今到红岩村,在村委会不远处就可以看到红岩村与丹桂村飞地联营共建的村资公司茶叶加工厂。这个加工厂通过"龙头企业+村资公司+农户"

和"固定租金＋分红"模式组建，可以年产成品茶 125 万斤，实现茶叶产值 1.3 亿元。这种创新的联农带农机制，帮助村民把茶产业做了起来，让茶叶成为带动当地农民增收致富的法宝。

茶叶加工厂的建立，离不开浙江省驻泸州市帮扶工作队的支持。最初的茶叶加工厂组建遇到了一个难题：茶叶基地分布在不同的村落里，但是村子都是各自发展。针对当地茶产业的现状，挂职干部提出了"联片开发"模式，在茶叶种植连片基础上集约发展，形成规模化后再进行品牌推广，实现更大的效益。五个村子成立联合党委，从组织上形成合力，然后根据各村已有优势产业进行合理规划，在避免同质化的同时也能形成规模效应。就这样，"联片开发"模式解决了各村单打独斗的问题。

浙江省驻泸州市帮扶工作队队长季高峰带头在茶产业上不断深挖潜力，推动茶叶品种换代升级。他们将浙江的经验思路带到了叙永县，帮助当地高标准建设茶叶品种比选园，同时还引入 21 种热门高价值的茶叶品种，科学选育最佳品种，推动茶产业补链延链强链，实现了从"一片叶子"到"一杯茶"的育苗种植、精细加工、包装物流、品牌销售全产业链建设。

在此基础上，季高峰和挂职干部们还想办法发展"茶＋旅游"。叙永县是中央红军长征四渡赤水转战地，红色资源十分丰富。一直以来，叙永县在探索红色资源价值转化路径上想尽各种方法。巧的是，与叙永县结对的浙江省丽水市莲都区也拥有丰富的红色资源，随着对口工作的开展，莲都和叙永利用双方的红色本底，在"红色资源""红色文化""红色精神"上不断挖掘、传承、保护和交流，通过发展红色文旅产业，探索出了"红＋绿"产业融合发展的新路子。如今，村子里既有长征记忆、红色文创，也有景观休闲、农耕娱乐，吸引了更多游客的到来。2023 年 3 月，红岩村举办采茶节，节日当天超过 2 万人涌入红岩片区，比预计客流量多了一倍。红岩村已经成为当地推介东西部协作成果和乡村振兴成果的一个示范点。

浙川对口工作，不仅为许多乡村带来了资金和项目上的支持，还带来了东部的先进经验做法，帮助当地老百姓感受到了乡村日新月异的改变。

（第六章）

蓝鹰翱翔
山海间

浙川携手，不以山海为远；人才共育，共谱职教新篇。

2021年，全国职业教育大会在北京召开，习近平总书记对职业教育工作作出重要指示强调，在全面建设社会主义现代化国家新征程中，职业教育前途广阔、大有可为。党的二十大报告明确将大国工匠和高技能人才纳入国家战略人才行列。伴随经济社会快速发展的需求，加快推进职业教育成为实施人才强国战略、就业优先战略和创新驱动发展战略的有力保障，意义重大。

"蓝鹰工程"，正是在此大背景下新一轮浙川对口工作实施的一项创新举措。在充分利用浙川东西部协作和对口支援机制基础上，两地以"技能改变命运，匠心铸就梦想"为价值导向，以职业教育为载体，全面深化产教融合、科教融汇、校企合作，协同培养"蓝领鹰才"，初步探索出了一条通过全面深化两省职业技能教育合作，实现"学校高质量办学、学生高质量培养、企业高质量招才"，为两省经济社会高质量发展提供技能人才支撑的有效路径。

在国家乡村振兴局、中国扶贫发展中心召开的全国会议上，这种创新做法被作为乡村振兴的六大典型模式之一得到了肯定。

"蓝鹰工程"取得的成绩背后，离不开两地政府部门、企业、技工院校、社会力量的同心协力与用心付出。

1. 浙川携手共筑"蓝鹰工程"

人才是产业发展的主要根基和源泉，技能人才是支撑中国制造、中国创造的重要力量。当前，我国经济已由高速增长阶段转向高质量发展阶段，支撑经济发展的劳动力也从无限供给的人口红利时代，转为劳动力总量无法持续扩张的新阶段，相应的产业发展也发生了变化，并对劳动力从数量发展转向质量发展提出了需求；同时，产业高质量发展又将带动技术技能人才高素质成长。

就如，诸暨是全球最大的袜子生产基地，袜子产量占全国70%。但如此体量的袜子产业，放眼全国的学校，却没有一个与袜机维修相关的专业，相关人才依然主要靠企业学徒培养。

2021年，新一轮浙川对口工作中，浙江省绍兴市与四川省乐山市结对，两地党委政府与浙江省驻川工作组开始谋划东西部职业教育学校之间、校企之间的深度合作，"蓝鹰工程"应运而生，最初目标是在乐山市乌蒙山和小凉山地区形成东西部贯通，教育链、人才链与产业链、创新链相融通的职业教育发展生态。

机缘总是给有准备的人。绍兴市与乐山市共同培养技能人才的焦点最初就落在了诸暨的袜产业上。诸暨袜业面临缺袜机维修人才的困局，乐山市沐川县中等职业学校（简称沐川职中）正好有学生就业困难的问题，在沐川县挂职的干部们想：何不把两地的需求结合起来？

2021年10月，绍兴—乐山东西部协作"蓝鹰工程"首先在乐山市沐川县启动，袜机维修班开设起来了。沐川职中还开辟了蓝鹰工程产业孵化中心，中心包含了袜子生产车间、直播间、维修车间，三个嵌套在一起的房间，成为首批42名袜机维修班学生最重要的学习空间。他们在这里学习生产袜子、维修袜机、直播卖袜。为了让学生们更好地学习到扎实的技能，沐川职中请来了浙江的"袜子专家"——来自"世界袜都"浙江诸暨市大唐镇，拥有丰富行业经验的蒋杏军。作为"蓝鹰工程"特聘行业导师，他对学校师生进行制袜、维修袜机等方面的指导。在学校袜机维修实训室里，学生们常常聚拢在蒋杏军身边，认真观看他针对袜机故障维修的演示。

很快，袜机维修班成为"蓝鹰工程"技能改变命运的一张金名片：袜机维修班的学生还未毕业，就有诸暨企业伸出了月薪2万元的橄榄枝。让沐川职中校长张攀感到高兴的是，等这些学生毕业了还有更多选择：如果要就业，可以去诸暨市的制袜工厂，月薪超万元；如果想创业，沐川县乡村振兴局出台的政策能提供袜机设备，支持其开办袜业家庭作坊；如果选择升学，和企业签订预就业合同后，企业会负责大学学费，帮助学生继续深造。

沐川职中在开设袜机维修班的同时，还开设了10个企业定制的"蓝鹰工程"冠名班。冠名班精准对接企业人才需求，订单式联合培养，先后选送了422名学生赴浙江和四川校企联盟企业，开展现代学徒制人才培养入企实习。这种做法获得了更深远意义上的成功——虽然"蓝鹰之星"冠名班毕业生就业月薪均在6000元以上，但在"蓝鹰工程"的支持下，更多孩子中职毕业后，倾向于升入高一级院校继续深造。2022年，"蓝鹰之星"高三年级冠名班共有247名学生（其中脱贫户学生46人），本科上线3人，专科上线244人，上线率、录取率均达到100%。

新的学期开始，沐川职中计划招600名学生，结果有1200名学生报名。校长张攀很开心，他发现除了直接报名学校的学生增多外，还有普通高中的学生被沐川职中吸引，去年以来，有39名学生从普通高中转入职业中学，在就业考虑上变得更加理性。

依托"蓝鹰工程"，学校通过复制"袜业技能人才培养"的模式，在校企合作的路上做了更多的探索。张攀坦言，学校最初只能跟一些本地企业合作，想都不敢想跟行业头部企业合作。但现在，沐川职中与比亚迪、温德姆酒店等20余家知名企业开展了深度校企合作，还新设了新能源汽车制造与检测、袜机维修等专业，建立了袜业孵化中心、电子商务、旅游服务与管理等 5 个产教融合实训基地，惠及 500 余名中职学生，其中有脱贫家庭学生 211 人，困难家庭学生 62 人。山区职校与行业头部企业合作，让毕业生们有了更多的就业选择。

沐川职中的操场旁，矗立着蓝鹰工程的图标：一只蓝色的雄鹰飞翔在山与海之间：蓝色代表蓝领职业技能人才，山海代表浙川两地的山海情，学生们像鹰一样翱翔在山海之间。

从培养袜子产业技能人才出发，沐川县在发展袜业这条路上也越走越顺。随着沐川与诸暨两地共同培养袜业人才的深入，沐川县吸引到了袜企落户，浙川纺织有限公司就是其中之一。公司坐落于沐川县金星工业园区里，之所以选择落户沐川，主要是看好当地较低的人力成本，可以直接吸纳当地正在培养的袜机维修人才，公司原料来自诸暨，即便加上运输成本，一双袜子也比在诸暨生产要节约 30% 左右的成本。公司初期投运后尝到了甜头，在 30 多名工人的基础上，又加大了设备的投入，到 2023 年，已经发展到有 200 台袜机，每天可以生产 5 万多双袜子的规模。

袜业孵化中心还孵化出了不少袜业家庭作坊。沐川县利店镇龙宝村村民童启超就在袜业孵化中心的支持下建成了一个袜业家庭作坊，带着家人一起创业，自己做袜子、卖袜子，每个月可以增收 1 万元以上。

几年发展下来，沐川县已初步形成集袜子生产、袜机维修保养、电商直播、产品设计、非遗文创、职业培训于一体的全产业链条的孵化功能，实现了袜业全域培养、全域服务。

2. 技能改变命运

"寒冬将尽，未来可期。"2024 年龙年新春到来之际，18 岁女孩吉石眯眯在朋友圈写下了这句话。除夕夜，烟火在天空绽放得绚烂，照得她家门口的石板路亮亮的。

小桥流水人家，春来杨柳依依，是海来石里对浙江绍兴的初印象。这个来自大凉山的女孩用了 10 年时间走出了巍巍大凉山，有了在绍兴工作的机会。

来自峨边县哈曲乡瓦嘎村的沙玛吴连则趁着假期好好休息，他计划在新的一年里要更努力，多挣钱，让父母不必再这么辛苦。

命运的齿轮悄悄转动，这三个来自四川的年轻人，因为浙川东西部协作的"蓝鹰工程"，都与远在 2000 公里外的浙江产生了奇妙的缘分。

2021 年，借着新一轮浙川对口工作的契机，浙川两地启动了东西部协作和对口支援"蓝鹰工程"，按照"共建、共育、共通、共享"的思路，通过技能培训、人才培养、产教融合、就业实训、专业共建等多种方式，两地联手共同培养中高端蓝领技术人才，让学生们有了更多的就业选择，也改变了许多学生背后整个家庭的命运。

对吉石眯眯而言，她曾经差点放弃学业，如今未来可期，命运在关键时刻给了她一次机会。临近 2024 年过年，吉石眯眯家又出现了熟悉的身影。来自浙江的挂职干部们带着米油等生活物资来看望她们一家，马边县委常委、副县长（挂职）沈水棂告诉吉石眯眯，安心学习，不必担心学费的事。

回想起一年半前，吉石眯眯曾一度心灰意冷。当时，她的家里因爸爸出事，一下子失去了主要劳动力，不会讲普通话的妈妈无力承担她和弟弟们的学业，家庭经济几乎陷入停滞。正在四川乐山嘉州卫校念高一的她想到两个在读书的弟弟，流着泪在心里默默作了个决定：放弃学业，出去打零工供两个弟弟读书。在挂职干部和马边县下溪镇当地政府的共同帮助下，吉石眯眯家顺利渡过了难关。挂职干部沈水棂主动与吉石眯眯一家结对，帮助吉石眯眯家。

2023 年 2 月，吉石眯眯报名参加了"蓝鹰工程"，获得了到浙江省绍兴技师学院学习深造的机会，学费全免，每月还有 350 元的生活补贴。学校采用"2+1.5+1.5"全日制高级模式，吉石眯眯在四川省马边县完成两年学业，到绍兴技师学院后，一年半时间在校学习，一年半时间可以顶岗实习，实习期间还能有一笔工资收入，毕业后也有机会留在企业工作。

经过在浙江的学习，吉石眯眯从一个害羞、自卑的姑娘变得自信。在校期间她还当上了班长，被学校评为"文明示范生"。新的学期，吉石眯眯有了新的目标：在毕业前拿到高级技工证书，努力成为高端蓝领技术人才，正如她在朋友圈里许下的心愿。

来自凉山州的女孩海来石里也是"蓝鹰工程"的一名学生，从大凉山到俗称小凉山的峨边，再到浙江绍兴，她花了 10 年时间。海来石里出生在凉山州美姑县一个偏远的山村里，家里条件很艰苦，她是老大，下面还有两个弟弟和两个妹妹，妈妈照顾孩子们分身乏术，家里就靠爸爸一个人打零工挣钱。这样的家庭条件下，初中毕业后的海来石里也曾犹豫过要不要继续读书。但爸爸妈妈却坚定地告诉她，家里再苦再难，都会支撑他们读书。

海来石里在周围人的眼里，是个特别勤奋的女孩，她总会在课后一遍遍练习老师教的内容，努力做到最好。海来石里知道，读书的机会对她而言，是如此珍贵。

为了获得更好的教育机会，海来石里的爸爸妈妈在 10 年前举家搬到了经济状况好一些的峨边县。考入峨边彝族自治县职业高级中学（简称峨边职高）的海来石里也因为学习认真刻苦、专业成绩突出，争取到了通过"蓝鹰工程"到绍兴财经旅游学校进行为期一学期的学习机会。2023 年 2 月，她来到浙江绍兴，在完成了学校理论知识学习后，便到绍兴咸亨酒店实习。

"我喜欢绍兴，这是我第一次看到大山外面的世界。酒店很照顾我，给我提供了宿舍和三餐，带教的师傅很细心地教我工作中需要注意的各种细节。他们让我感受到了浙江人的温暖，我特别想留在浙江工作！"海来石里也没有辜负老师和实习酒店的期待，从第一个月的迎宾服务，到第二个月的包厢服务，再到第三个月的 VIP 接待服务，她进步很快。"我想让自己不断进步，所以春节趁着实习假期我在成都找了家酒店工作，想积累更多经验。"让海来石里开心的是，目前她的实习工资已经从 1200 元涨到 6000 元，而且酒店负责人对她的工作表现很满意，也有意向等她毕业后正式签约。

2024 年过年时，海来石里用攒下的钱给弟弟妹妹买了新衣服，还给了爸妈一个红包。尽管现在一家子还挤在租来的小房子里，但她相信一切都在好起来，妹妹考上了当地的重点高中，弟弟们学习很努力，而她也将毕业工作。

和海来石里一样到绍兴交流学习的还有不少学生，沙玛吴连就是其中一个。与学习旅游专业的海来石里不同，沙玛吴连原先就读于峨边职高 2021 级电子商务班。到绍兴柯桥区职教中心学习后，他第一次真正接触了电商直播。这也得益于学校针对沙玛吴连这批彝族学生特地调整了课程设置，把电子商务专业的课程调整为"理论 + 实操"，让他们在专业实训室里学习的同时，能跟着技能大赛班里的比赛选手一起，在平台上操练电商技能。借着这个机会，沙玛吴连和一起的另外 4 名彝族同学真正接触到了电商。

沙玛吴连很喜欢电商直播，他还参加了在柯桥古镇举办的一场直播活动。真正坐在镜头前给大家介绍时，沙玛吴连一点也没有胆怯，直播反响很好。"这是我第一次做主播，我感受到了电商的魅力。"沙玛吴连有了从事直播行业的念头。

2023 年 7 月，电商班的孩子们结束在绍兴的学习回到峨边，沙玛吴连开始考虑毕业后的工作去向。家里有亲戚提出带他到杭州滨江一家餐饮店做传菜员，工资待遇都不错，但他还是更喜欢电商行业，因为这更符合自己所学的专业。深思熟虑后，沙玛吴连联系了当时带他的绍兴援派老师祁音娣，表达了想到绍兴继续从事和电商相关工作的意愿。在祁音娣老师和学校、企业的共同帮助下，最终沙玛吴连通过了绍兴一家电商公司的招选考试，找到了一份与直播相关的工作。

3. 匠心铸就梦想

"蓝鹰工程"首先在绍兴市对口帮扶的乐山市试点成功后，很快在浙川两省对口帮扶地区全面推广，成为浙川对口工作的一项标志性成果，在国家乡村振兴局、中国扶贫发展中心召开的全国会议上，这种创新做法被作为乡村振兴的六大典型模式之一得到了肯定。

随着"蓝鹰工程"在浙川两省全面推开，越来越多的年轻人因为"蓝鹰工程"，寻找到了属于自己的一番天地，找到了心仪的工作。

2024年5月4日，《人民日报》刊登了100名中等职业教育国家奖学金获奖学生优秀代表名录。在宁波市奉化区职教中心就读的甲拉子达也出现在代表名录中。这个来自四川省凉山州甘洛县里克乡的小伙子，因为甘洛县与宁波市奉化区的东西部协作"蓝鹰工程"，站上了国家级赛事的平台，并取得了好成绩。

甲拉子达家是村里的建档立卡贫困户。甘洛县里克乡教育资源匮乏，教育水平相对落后。小时候的甲拉子达就有一个目标，走出大山，去看看外面的世界。2021年9月，他的愿望实现了。作为宁波市东西部协作帮扶活动帮扶的第一批学生中的一员，他来到宁波市奉化区职教中心，就读汽车运用与维修专业。

初到宁波市奉化区职教中心，甲拉子达被这里的教学场景吸引了，从前只能在专业课本里看到的，如今都能实际操作。学校的授课模式、教学环境、实训室里的装备都给了他努力学习和大展拳脚的机会。在这里，他沉浸在汽修专业的学习中。因为勤学、善思、肯钻研，遇到难题总是追着老师打破砂锅问到底，他很快成了同学眼里的"小师傅"，不管是理论上的困惑还是专业上的问题，只要问他，他总能给出满意的解答。汽修专业是一门理论与实践相结合的专业，一名优秀的汽修技师不仅要有牢固的理论基础，更要有很强的实践操作能力。为了提高自己的专业技能，甲拉子达付出了很多的努力。两年来，他的大部分时间都在实训工厂度过，从一个不知道汽车涂装，不懂得车漆如何调配的新手，成长为一个技术娴熟的小师傅。

在技能大赛备赛期间，甲拉子达与学校的王旭升、叶诚昕两位老师一起没日没夜地在工厂苦练，甚至周末和节假日也不休息，每天都早早来到喷漆工厂训练喷漆技能。为了达到完美的喷涂效果，有时候一个动作环节他需要重复训练几千上万次，直至每一个手指都练成灵敏的"传感器"，能够准确感知板件细微的变化。

甲拉子达的努力得到了回报，他获得了很多奖项和荣誉：2021年宁波市中等职业学校技能大赛车身涂装项目比赛三等奖，2022年奉化区汽车涂装大赛一等奖，2022年第十七届宁波市中等职业学校技能大赛汽车车身涂装项目比赛一等奖，2023年"PPG杯"全国职业学校车身涂装技能大赛二等奖。

星光不问赶路人，在向着梦想前行的路上，甲拉子达完成了从职教"小兵"向"小匠"的蜕变，朝着他的职业梦想进发。

"蓝鹰工程"在推进的过程中，探索出的许多"创新"做法也被事实证明是可行并有效的。

如校企联动"订单式培养"。浙江多家规模龙头企业（协会）和四川职业技工院校尝试校企合作，共办企业订单班，共建实训基地，针对行业实际需求，校企共同编制教材课程，共同设计职业规划，出台"蓝鹰"冠名班支持政策。

21岁的廖德伟如今是成都龙泉驿区的一家汽车零部件公司的加工厂的熟练工，一个个汽车零部件在他手上快速成型，进入下一道工序。廖德伟曾在乐山市沐川县中等职业学校上学，就读的班级是"蓝鹰之星"海亮集团冠名班，他因此获得了赴海亮集团参加现代学徒制人才培养入企实习的机会。实习期满返回学校后，他又被推荐进入中信戴卡凯斯曼成都汽车零部件有限公司工作，当年年薪就达到 15 万元。他仍记得 2022 年的春天，第一次到浙江实习，见到公司门口挂着世界 500 强招牌时内心的震撼。

他自幼父母去世，与奶奶相依为命，原本对未来一片迷茫，因为"蓝鹰工程"，他回到四川在成都找到了一份心仪的汽修工作。现在每个月发了工资，他都会寄一部分给奶奶，祖孙俩的生活得到了很大的改善。廖德伟工作很努力，他有个心愿，等攒够钱后，在成都买一个充满阳光的房子，把奶奶接来一起生活。

再如校校结盟"互动式提升"。浙川两省都拥有十分丰富的职业教育资源，有着良好的合作基础。为了有效整合两省职业技能教育资源，加强创新型、应用型、技能型人才培育，壮大高技能人才队伍，浙川结对地区职业院校在开展结对合作中，共同探索联合招生、合作办学。截至 2023 年底，浙江省 11 个地级市 40 余所中高职院校与四川对口地区中高职院校结对。此外两地还创新推出了中高职贯通培养的模式，为四川中职学生到浙江进一步深造提供了途径。

还有产教融合"精准化就业"。一人高质量就业，就能实现一个家庭更高质量发展。"蓝鹰工程"在不断深化升级中，从面向职业院校的学生，扩展到面向高校毕业生、农民工、就业困难人员等重点群体，以及新就业形态的从业群体。就业技能培训、岗位技能提升和创业培训等满足了个性化需求的各类职业技能培训，不仅带动了一大批家庭奔康致富，也为产业发展提供了人才支撑。

比如早期试点的诸暨袜企在沐川职中建成袜业孵化中心，在当地培育了一批袜子家庭作坊。在政府、企业不提供任何订单的情况下，户均每月增收达到 1 万元—2 万元。再比如 25 岁的向东，老家在四川宣汉县，从小在大山里长大的他做梦都不曾想过，有一天自己有机会成为一名海员，追逐星辰大海。他能实现"海员梦"，就得益于东西部协作打造的"宣汉海员班"。他在参加完舟山航海学校岗前培训考取资质后，上船在海上实习了半年，正式成为一名海员。从实习期开始，他的月收入就已经过万元。不过他没有停止努力，工作之余正努力考取三管轮资质。截至 2023 年底，已有 230 多名学员通过了"宣汉海员班"培训并登船就业，目前最高的年薪超过了 20 万元。

对口帮扶四川南部县的温州瑞安市瞅准了汽摩配产业，与瑞安当地的汽配企业合作培养汽摩配行业精英蓝领；宁波镇海区技工学校专门组建了"石化建安金阳班"，来自凉山州金阳县的学生在校三年的学费、食宿费等基本生活费用全免，完成三年学业后，如考评合格，就可以无缝衔接进入石化建安工作。

一个个因为"蓝鹰工程"而让梦想实现的故事，深刻诠释了"技能改变命运"的意义。随着"蓝鹰工程"深化推进，合作的模式更加多样化，越来越多像廖德伟、甲拉子达、向东这样的年轻人有了更广阔的职业选择空间，实现自己的职业梦想。

4. 新时代的"希望工程"

2023 年春季开学前，峨边职高东西部协作班的 17 名机电专业学生，即将前往绍兴技师学院开启学习之旅。绍兴技师学院与峨边职高、马边职中、仪陇职高联合开办的东西部协作班为学生们量身定制了学习方案：学生们先在乐山学习两年，再到绍兴就读一年半，考取相关专业中级工、高级工技能等级证书后，去合作企业开展一年半轮岗实践、岗位实习。很多学生也借此机会找到了技能型的工作。

"蓝鹰工程"启动推广以来，这样的场景可以在四川对口地区许多中职学校看到，学生们通过技能学习，找到了属于自己的就业天地。

因"蓝鹰工程"受益的不仅仅是学生和家长们，这项工作的开展还为四川当地培养了一批优秀的"蓝鹰之师"。在推进"蓝鹰工程"的过程中，教师理念有了革新，能力得到了提升，为职业教育发展提供了源源不断的力量。"蓝鹰工程"在最初试点的时候就认识到了老师培养的重要性，不仅支持乐山师生赴绍兴培训、研修、访学，还协调绍兴选派教师和企业技术骨干到乐山交流、挂职。乐山市职业院校遴选建设了 30 个"蓝鹰之师"职业教育教师教学创新团队，通过支持绍乐两地学校、企业共建共享品牌专业、精品课程，带动了乐山职业教育教师专业能力提升。比如，结合 20 万亩茶园的产业规模和大力发展旅游业的现实需求，2022 年 4 月，马边彝族自治县碧桂园职业中学成功申报并获得了"蓝鹰之师"茶业与旅游专业集群教师教学创新团队的荣誉。这支创新团队与绍兴市的职业教育教师、企业技术人员一起进行"绍乐同游"精品课程的开发工作。在此过程中，来自乐山的教师们在创新视野、融合意识、实践经验等方面都有了长足的进步。

"蓝鹰工程"凝聚着许多挂职干部人才的心血，离不开四川当地政府部门和干部们的支持。尤其是作为浙江省驻川工作组组长的王峻，对这项工作倾注了大量的心血。一次，他带着工作组干部们到成都市中和职业技术学校调研，听到校长黄宗良感慨：许多职业学校正是脱贫家庭、困难家庭孩子集中的地方，最需要帮扶。调研结束后，王峻要求各工作队帮扶排摸中职学校情况，加快开展职业教育东西部协作。

浙江省驻乐山市帮扶工作队队长陈军卫记得很清楚，2021 年 10 月，王峻到沐川调研，下车第一句话就问"蓝鹰工程"推进得怎么样。一个月后，他在一份有关开展"蓝鹰工程"的汇报材料上作工作部署，写满了一整页 A4 纸。

用陈军卫的话来说，起初他和许多挂职干部都觉得这只是一项工作任务、一个简单的东西部协作项目。但随着这项工作不断推进，看到一个又一个年轻人和他们的家庭改变命运的时候，大家才意识到这项工程意义深远。这是一个时代课题，是关系"一人高质量就业，带动一个家庭高质量脱贫"的大事，是改变职业教育理念、培养高素质技能人才、推动东西部产业高质量发展的大事。

回望一路走来，"蓝鹰工程"从试点到在两省全面推广，每一步推进，都凝聚了无数人的心血。

2021年，在浙江省驻川工作组推动下，四川乐山与浙江绍兴两地党委、政府谋划东西部协作和对口支援"蓝鹰工程"，希望在两地职业教育学校之间、校企之间展开深度合作，为乐山市小凉山—乌蒙山职业教育带来新变化。

同年，"蓝鹰工程"在绍兴诸暨市、乐山沐川县试点，沐川职中作为试点学校与诸暨市技师学院、诸暨职教中心建立东西部学校间的校校合作，与浙江海亮股份、浙江万安科技等多家上市企业、校企合作开办10个"蓝鹰之星"冠名班，建立袜业孵化中心等5个产教融合实训基地。

2022年，沐川职中"蓝鹰之星"冠名班高三毕业272名学生，其中3人考上本科，244人考上双高公办高职院校，其余学生全部就业，月薪均在6000元以上，"蓝鹰工程"试点初见成效。

此后，"蓝鹰工程"迅速扩大到乐山市峨边县、马边县、金口河区等地。柯桥区与峨边县、越城区与马边县、上虞区与金口河区，绍乐东西部间的职业教育校校联盟、校企合作走向纵深。在"蓝鹰工程"牵引下，沐川、马边、峨边、金口河等地展开了合作，创新了许多合作模式。如袜业孵化中心成功支持沐川县村民建设袜业家庭作坊，实现每月家庭增收1万元以上；从诸暨引入企业在沐川投产，帮助沐川县打造"西部袜都"……

如今，"蓝鹰工程"已经被纳入《浙江·四川深化东西部协作"十四五"规划》，经验做法在两省全面推广实施，先后得到了中组部牵头的国家东西部协作考核组高度肯定，入选2021年和2022年国家乡村振兴局东西部协作现场会交流案例，多次被列入两省东西部协作典型案例，成为浙川两省巩固拓展脱贫攻坚成果同乡村振兴有效衔接五年过渡期的一项重要工作。

2023年，为了搭建川浙两省技能人才培育协作平台，推动开展更宽领域、更深层次、更高水平的合作，为川浙两省高质量发展提供有力的技能人才支撑，由浙江省人力资源和社会保障厅、四川省人力资源和社会保障厅、浙江省驻川工作组、广元市人民政府联合主办的川浙合作培育技能人才暨技工院校"蓝鹰工程"合作对接活动在四川广元举行，川浙两省人社厅和浙江省驻川工作组签署了《深入推进浙川东西部协作和对口支援"蓝鹰工程"加强技能人才跨区域联合培养合作协议》。这意味着两省在技能人才培养方面的合作进一步深化，拓展合作领域，扩大合作规模，朝着造就一支规模宏大、结构合理、素质优良的技能劳动者队伍，实现两省高质量发展的目标不断前行。

浙江省驻川工作组干部王亚楠介绍，浙川两省创新协同培养"蓝领鹰才"，初步探索出了一条通过全面深化两省职业技能教育合作，实现"学校高质量办学、学生高质量培养、企业高质量招才"，为两省经济社会高质量发展提供技能人才支撑的有效路径。要论实践经验，综合起来有以下几点。

一是众人拾柴。"蓝鹰工程"取得成功的背后，离不开"共建、共育、共通、共享"思路，离不开两地政府部门、企业、技工院校、社会力量的同心协力。在推进过程中探索建立了一套政府主导、政策支持、企业主动、社会参与、东西部技工院校协同育人的技能人才培养体系，有效打通了学业、就业、创业、产业链条。

二是改变观念。在推进"蓝鹰工程"的过程中，在社会上营造了尊重技能人才的良好氛围，提升了职业院校学生的自豪感和蓝领技工的成就感，逐渐扭转了学生家长不待见职业技校的观念。乐山沐川职中从一度仅剩52名学生发展到2023年报读人数超过计划招生数一倍以上（达1200余人），打了一场漂亮的"翻身仗"。

三是不拘一格。当前的经济社会处于快速发展的过程中，面对时代变局，"蓝鹰工程"在推进中始终敢于创新。东西贯通办学、以赛促学行动、校企合作、校校合作……针对实际需求，灵活运用各种模式为两省共育人才共建产业搭建了桥梁。

2024年6月初，四川沐川县中等职业学校"蓝鹰之星"冠名班的300多名学生毕业了。他们中，有人选择读书深造，有人选择在当地从事非遗、电商等行业，还有人到浙江就业，成为新能源车技工、袜艺设计师等，每个人都获得了拥有出彩人生的机会。

再回望当初作为"蓝鹰工程"首个试点的沐川职中，学校的变化也让人备感欣慰：原先校内有不少空房间，现在空置的房间已经被机加工实训室、袜业孵化中心等"挤"满了；以前校长张攀四处"化缘"，才能送几个学生去大公司实习，现在，比亚迪、海亮等企业主动对接，开展技能人才订单式培训；过去为了招生，老师还得帮家长干农活，现在在校人数年年涨，云南、陕西等地都有学生慕名而来……在一次现场会上，校长张攀很激动地介绍，"蓝鹰之星"冠名班已培养600多名学生，其中近半数来自困难家庭。他们毕业后，起薪5200元；一些学生工作不到一年，月收入就过万元！

期待未来，有越来越多的"蓝鹰"，心怀梦想，飞越山海，自由翱翔。

第七章

教育的光，
照亮孩子们
前行的路

哲学家雅斯贝尔斯在《什么是教育》中写道：教育就是一棵树摇动另一棵树，一朵云推动另一朵云，一个灵魂唤醒另一个灵魂。

教育，如春风化雨，在润物细无声中滋养出夏日的一片葱茏；教育者，如一束束微光，照亮孩子们前行的路，护着他们到达知识的彼岸，迎接属于他们的未来世界。

1. 县城里的第一个北大学生

接到北京大学录取通知书的时候，木乃约热正在老家地里割猪草。他被北大录取的消息在县城大街小巷迅速传播，一时间成了县城里的头等大新闻。

木乃约热出生在四川省凉山州甘洛县的巴拉村，这是一个位于甘洛县西南部的小山村，平均海拔 1500 米，村民们靠山吃山务农为生，年轻力壮的则大多外出打工。木乃约热的小学时光就在这里的村小度过，初高中他来到甘洛中学就读；2023 年高考，他以总分 681 分的成绩通过"国家专项计划"（原贫困地区学生定向招收专项计划），被北京大学工科实验班录取，创造了甘洛本土培养学子考上"清北"的历史。

从小山村走向北京，成为北大学子，木乃约热寒窗苦读，用了 12 年时间。他有一个哥哥和两个妹妹，哥哥的成绩很好，几年前高分考上了华中科技大学。当时木乃约热暗暗下了决心，努力读书，也要考个好大学。

到甘洛中学读书后，从没接触过英语的木乃约热有点不适应，学起来也有点吃力。但他很努力，用心听课，课后反复背诵理解，常常周末回家都学习到凌晨。就这样他的英语成绩很快追了上来，到初二之后基本保持在年级第一。

在木乃约热的父亲看来，儿子能够取得这样好的高考成绩，除了自身努力，也与老师们的悉心教导分不开。

甘洛县曾是贫困县，地处四川凉山彝族自治州北部，与雅安、乐山交界，素有凉山"北大门"之称，2019年实现脱贫摘帽。曾经的贫困也导致教育薄弱，当地经济稍稍宽裕的家长都会选择把孩子送到成都、绵阳、西昌等地上学，因此县城高中的生源流失严重。

2022年，中央组织部推进"组团式"教育、医疗帮扶国家乡村振兴重点帮扶县，选派医疗、教育干部人才帮助受援地的教育、医疗工作。当年，作为浙江"组团式"教育帮扶的校长之一，浙江省宁波市奉化区江口中学副校长吴云威来到了甘洛中学挂职校长。他与其他10位来自浙江奉化、四川绵竹的老师们在甘洛中学开展"组团式"帮扶，致力于把优质的教育资源和教学理念引进来。在组团式帮扶下，甘洛中学很快出现了好的变化。

刚来甘洛中学当校长时，吴云威觉得头疼，因为学生的基础实在是太差了。举个例子，一个普通班的数学试卷，很好批改，因为大部分学生一题都不会做，直接交白卷。学校组织过两次师生同考，第一次考的时候，不少老师很紧张，有的数学老师连任课的数学也考不好。

早在2022年7月，正值暑假，接到去甘洛中学教育帮扶的任务后，吴云威提前去了一趟甘洛县。他想先去了解情况。2000多公里的路程，飞机、火车、汽车……一路辗转到达甘洛县后，他马不停蹄地开始摸底。他记得很清楚，第一次针对甘洛中学的调研情况是：2021年中考，甘洛全县前200名生源中，只有6人留在甘洛升学。生源没有竞争力，老师也没有成就感，陷入一种恶性循环。吴云威意识到，学校的当务之急是抓教学质量。

改变，必然面临着"阵痛"。

吴云威到岗后，甘洛中学的老师们很快感受到了变化带来的压力：原来他们不用坐班，也没有固定的办公座位，办公室的功能更像是为老师下课提供一个休憩的地方。如果没有课，老师也不会待在办公室。吴云威提出实行"坐班制"，但并未得到老师们的响应。有的老师反馈中午要回家做饭，如果实行坐班制就会影响中午回家，有的老师表示其他兄弟学校也并没有实行坐班制。

面对老师们的抗拒心理，吴云威翻出了当地教体科局的文件，文件上清楚地写着"学校可以根据实际情况细化管理制度"。他坚持实行"坐班制"，从教研组长和班主任开始执行。老师们固定在学校的时间多了，责任心自然变得强了起来，学校教学纪律也开始好转。

到甘洛县后不久，吴云威就去四川省对口帮扶甘洛中学的成都七中"取经"。从成都七中的经验来看，老师的业务能力是学校教学的核心竞争力。拿甘洛中学来说，借着与成都七中结对的关系，可以获得成都七中的视频直播课程资源。甘洛中学采取了分层教学，根据学生不同的水平，设置了不同的视频直播教学课程。每个年级有 13 个班，分为 3 种班型。年级前 120 名学生组成了两个直播班，跟着成都七中同步上课；中游偏上的学生组成 3 个录播班，播放成都七中的录播视频；余下的学生属于普通班，由本土老师授课。与七中校长长谈后，吴云威意识到了直播课最核心的秘诀，是培训老师。在他看来，只有把名师的东西转化成老师自己的东西，业务能力才能得到提升。于是到甘洛中学一学期后，吴云威改良了视频直播课程的教学方式：取消了录播班放视频的模式，决定让老师们消化成都七中的教学内容后，自主授课。为了提升老师们的授课能力和水平，他也对老师们提出了更高的要求。

吴云威还亲自出题，给老师们布置作业。第一学期，吴云威亲自担任数学教研组组长，每天给数学组的老师们布置三道高考难题。每天晚上 9 点，他都召集十几名数学老师，大家围着一张办公桌研讨解题思路。一个个夜晚，被老师们"征用"的教室里灯火通明，老师们像学生一样听着课，上台在黑板上不停演算，每次研讨的都是压轴题。曾有普通班的老师抱怨：

这么难的数学题，普通班的学生也用不上，为什么还要每天训练？吴云威不这么想，不管教学什么班级，作为老师就应该掌握任何难题的解题思路，这有助于更好地开展教学。不仅是日常补"夜课"，遇到寒暑假，吴云威还给老师们布置作业。他常挂在嘴边的一句话是："培养老师是校长的责任。"

这个方法在其他教研室同样适用。原来各科教研室每月开展一次教研活动，吴云威来了后，改成了每周一次，35 岁以下的青年教师每周还要做一份高考试卷。学校还组织师生同考，学科考试不及格的老师，会被约谈。

老师们感受到压力的同时也努力起来了。高二直播班的班主任梁月坦言，总觉得干什么都要跑快一点。周末唯一的休息天，她也选择了留在宿舍研究作文。

在给老师们"加压"的同时，吴云威也想了许多法子调动老师们的积极性。比如，引入良性竞争的模式，修订教师绩效工资考核方案，引入了课时费的概念，让更优秀更努力的老师得到应有的报酬。他还帮高中老师争取到大于等于义务教育阶段老师绩效工资的待遇。

双管齐下，效果明显：在此后的一次师生同考中，各学科老师都达到了及格线以上，特别是数学老师，考试分数在 120 分到 140 分之间，可谓跨越式的进步。

对学生而言，课程安排也变得更加紧张。甘洛中学的晚自习从 7 点到 10 点 20 分，其中两节由老师上课，只有最后的 50 分钟是学生自主学习的时间。有人问：为什么甘洛中学的课这么多？吴云威解释，学校很大程度上是在弥补学生们小学、初中的不足。以数学为例，尽管已经是高中生，但很多学生还不知道通分是什么。又比如英语，英语老师彭智慧很苦恼，每一届学生她都要从音标教起。因为甘洛中学有近半数的孩子从村小毕业，而且平时没有机会接触英语，他们到了初中阶段才第一次接触英语。

作为甘洛中学的挂职校长，吴云威深知肩上的担子很重。他很清楚，授人以鱼，不如授人以渔，除了支援学科教学，最重要的是把沿海地区的优质教育资源和理念带到甘洛，实现"教育共富"。

不以规矩，不能成方圆。在奉甘两地政府和教育部门的支持下，吴云威对学校的制度建设、校园文化建设、学科建设及学校管理等方面都进行了改善。

吴云威到学校的第一件事，是重建学校的管理体系。甘洛中学有 2400 多名学生和 160 多名教职工，通过管理体系建设，首先明确了学校各处室的工作责任分工、各年级组长的工作职责，同时建立完善了班主任考核机制、学生午休管理制度、学生日常行为规范扣分制、职工代表大会制度、学校绩效工资方案、中层竞聘上岗制度、政教体系下的生辅管理制度等。再把教师值周式制度转变为值日式制度，对全校办公室进行了重新规划，以备课组为单位进行了办公室的划分。此外，他还细致地对全校的卫生工具置放及停车位都进行了标准化统一规定，制定了校园内停车规范制度。学校的整体运转在管理体系重建后变得更加顺畅。

2023 年 1 月 28 日，才正月初七，吴云威就提早结束了假期返回甘洛。提早返校，已成了他的惯例。他想把准备工作先做起来，好让学生们安心返校。到了甘洛中学后，吴云威的心就系在了这片土地上。他养成了一个习惯：早上 6 点多起来，赶在早自习前在学校里转一圈。晚上给数学组老师们上课结束后，他还会去学生寝室走一圈，结束时差不多 10 点半了。每天工作时间长达 17 个小时，虽然忙碌，但他感到充实和满足。

尽管从教学和管理上吴云威是一个严格的校长，但他也有温暖的一面：为了改善学校的硬件设施，给老师和学生们提供一个更好的教学学习环境，他想了不少办法。早在 2022 年 7 月第一次调研之后，吴云威回到奉化后就跑了不少企业，为甘洛中学的学生们争取资助。在他的牵线协调下，奉化有好几家企业先后为学校捐赠了字典、衣服及办公电脑等用品，给学校主席台的扩建安装了 LED 电子屏幕。吴云威还计划着在学校里安装寝室"分贝"系统工程，建成后将有利于生辅组对学生寝室的纪律管理。他会让老家奉化的朋友寄挂耳咖啡过来，让学生们感受一下与速溶咖啡不一样的味道。他还开设了"校长有约"活动，通过不一样的方式拉近和学生的距离。

他希望学生们心存梦想、心中有光，努力奔向远方。尽自己最大努力，为甘洛的孩子实实在在做点事，是吴云威给自己定的小目标；事实上，他所做的早已超越了这些。

木乃约热的经历仅仅是当地教育发展的一个开始。吴云威相信未来的甘洛中学会越来越好。就像甘洛县教育体育和科学技术局局长罗清华说的，原本打算把孩子送出去读书的家长，决定让孩子留下了。2023年，甘洛中学中考录取分数线第一次超过了500分。

这些改变，也是一个少数民族县在教育方面突破的缩影。还有许多像吴云威这样来自浙江的"挂职校长"，在提升本土教师管理水平、教学方法、教学技巧上不断创新。他们借着浙川对口工作的契机，用智慧和汗水在东西部之间架起了教育互通互享的桥梁，为受援地的教育带来了极大的改变。近年来，凉山州中小学深化教育教学改革，教育教学管理水平不断提高，教育教学质量稳中有进。2023年，雷波中学的冯涵同学以优异的成绩被北京大学环境科学与工程专业录取。该校连续4年有本土学子考上"清北"。

如今，木乃约热已经到北大上学。他实现了自己的心愿：带着没有走出过甘洛县的爸爸妈妈，一起到北京看看。

2. 盛开在高原上的教育之花

浙江省台州市玉环市楚门中学援派教师林雅在结束援派任务后，写下了一段文字：2000多公里，3200米的海拔高度差，挡不住那份炽热的爱，在格桑花开的地方。

新一轮浙川对口工作中，每年约有1000名专技人才（以医生、教师和农业技术人才为主）在川开展工作。林雅就是其中之一。和许许多多援派教师一样，她在距离家乡2000多公里外的地方，度过了一段难忘的时光，也和当地的学生家长们结下了深厚的情谊。

在新一轮浙川对口工作中，浙江省玉环市与四川省炉霍县结对。林雅很荣幸地得到了到炉霍工作的机会。来之前，她就知道四川炉霍和浙江玉环之间，不仅有着地理上2000多公里的距离，还有3200米的海拔高度差。

初到炉霍时，蔚蓝的天空，五颜六色的格桑花，广袤无垠的大草原，远山上的积雪，新奇的一切都吸引着林雅。她感觉到炉霍的美不仅在这些山水中，也在当地的学生们身上。在之后开展的教学工作中，她深切地感受到了孩子们对学习的热情和对知识的渴望。她下定决心要在有限的时间里发挥出作为一名援派教师的能量。

天然的自然环境，使得炉霍拥有了美丽的风光。但是因为海拔高、交通偏远，当地的经济相对落后，教育资源比较匮乏，林雅深感肩上的担子很重。

随着新学期的开始，她开始在炉霍县中学执教，成为高一年级玉锦班和高三年级的英语老师。和学生们渐渐熟络起来后她发现，这里的学生并没有因为基础薄弱而对英语学习产生畏难心理，难以跨过"开口关"，相反，他们的表现完全打消了她的顾虑。课上，学生们的热情让林雅感动，只要提出问题，他们就都抢着举手回答。课后，他们总是聚集在讲台边舍不得林雅走，利用课间或活动排队的空隙问各种英语问题，抓紧时间多记一个单词、多看一个语法。林雅明白，这是因为学生们知道，她在这里的时间是有限的，他们用努力学习来回应和珍惜。

林雅也更加努力，在帮助学生们巩固基础的同时，逐渐在课堂教学中渗透更加高效的英语学习方法。她期盼着学生们在学习上的付出能够有更多的收获。在教学的空闲之余，她还主动和英语教研组的老师们交流教学经验，并将自己以往所学习和领悟的教学方法与当地的情况相结合，创造了一套适合当地学生的英语教学方法。

林雅相信，她所做的一点一滴也许不一定马上有成效，但她并不是单枪匹马，还有许许多多的援派教师前赴后继来到这片土地，奉献自己的青春和热情。她相信聚沙成塔，终有一天，众人汇聚的力量会为当地的教育带来极大的改变。

"跨越千里之后的相遇，使我更加珍惜在炉霍生活、工作的时光，也更加珍惜和炉霍县中学的学生们相处的日子。愿我在炉霍所发出的微光能够照亮当地学生前行的道路，与他们一起砥砺前行。"林雅离开炉霍时写下的话，道出了每一位援派教师的心声。

3. 从 2 到 11 的惊喜成长

这里有一组对比数据：2022 年，四川省阿坝藏族羌族自治州黑水县中学高考本科上线人数为 2 人；2023 年，这个数字增加到 11 人。

黑水县中学始建于 1960 年，也是黑水县唯一一所高中。截至 2023 年，该校有教师 59 人，8 个班，在校学生 281 人。过去，黑水县中学在州内并不算条件和生源很好的学校，但随着 2022 年中组部推行"组团式"教育帮扶，浙江海宁市援派 4 位教师、四川彭州市援派 6 位教师组成的"组团式"帮扶教育团队来到学校后，大刀阔斧地在管理方式、教学秩序、发展模式上改革创新，学校迎来了一系列可喜的变化。高考本科上线人数从 2 人到 11 人的提升，就是其中之一。尽管看起来数字不大，却已经开创了黑水县中学的历史新高，本科上线率也首次突破了个位数。此外，学校高考生专科上线率达到了 100%，也首次实现了全上线。艺体上线人数 8 人，并且有 5 人被重本批次学校录取，取得了历年录取最好成绩，也打响了学校艺体特色发展的品牌。

改变，得益于"组团式"教育帮扶。来自浙江的赵杰是"组团式"教育帮扶黑水县中学的挂职校长，看到学校的改变，他打从心底里感到开心。

赵杰来到黑水县中学挂职后，作为校长开始了改革。他首先从制度入手，健立健全了 10 项学校管理制度，其中包括《班级量化管理细则》《教师培训制度》等。除了严格执行这些管理制度，他还很重视学校运行和师生管理的规范性，他认为，只有全面提升学生的综合素质，增强教师成长的内驱力，才能真正提高教学质量。

针对学生，学校提供"精确化"选课、"多对一会诊"式的"精准化"辅导，让学生们能够根据自己的学习水平选择适合自己的学习方式。经过这样的改革，学生每天的学习时间比原来增加了两小时，学习散漫问题得到了改善，也更好地适应了新的高考制度。

针对老师，为了帮助老师提升业务能力，学校制定了教师三年培养计划，先后派出黑水县中学的教师来到浙江海宁、四川彭州跟岗学习，并通过校内培训、集体备课、小组研讨等方式，对教师进行专业技能培训，促进各科教师不断突破传统观念、创新学科教研、提高教学质效。在一系列有力措施下，学校各项管理工作有了相当程度的改善，学校面貌焕然一新，学生的学习积极性和学业成绩有了较大提高。

就读于黑水县中学高二的苏拉拉木父母常年在外打工，只有奶奶照顾她和年幼的弟弟，她的性格变得孤僻敏感。援派教师马逸是苏拉拉木的班主任，他留意到这个内向的女生。于是他特意跟着她坐了两个小时车去家访，并给苏拉拉木的奶奶购买了一部手机，方便祖孙俩联系。这是苏拉拉木收到的最有意义的礼物。因为离家远，她只能一个月回一次家，即便担心奶奶和弟弟也没有办法。现在可以在周末时间打电话给奶奶，苏拉拉木脸上的笑容多了起来，变得开朗的她更专心地投入到学习中。除了生活上的关心关怀，像马逸这样的援派教师还给学生们带去了新的学习方法。平时，马逸会让学生们坚持背诵基础的单词以及英文模板和句型，通过一段时间的坚持，许多学生的英语成绩都有了大幅度的提升。

在"组团式"教育帮扶老师们"输血造血并举"下，黑水中学本地老师的教学能力也得到了很大的提升，他们跟着援派老师利用专题讲座、课题研究等方式学习，还通过老师之间相互结对，师傅带徒弟的方式，参加各级教学比赛，学校整体的师资教学水平都有了提高。

再看一组数据：2023 年，四川阿坝州 6 所结对高中中，除了无高三年级的壤塘县中学，其余 5 所学校的本科总上线人数为 129 人，同比前一年净增 57 人，提高了 79.2%。

"组团式"教育帮扶，已初见成效。

4. 最真挚的情感

跨越 2000 多公里，山海深情在"组团式"教育帮扶中开出希望之花。四川省甘孜州丹巴县，大渡河穿城而过，河水终年奔流不息。丹巴中学在离县城 5.6 公里外的墨尔多山镇，全校有 1051 名学生。

2022 年 8 月，金惠忠初次来到这座城市。作为浙江省金华市第一中学副校长的他，是浙江"组团式"教育帮扶选派的校长，担任丹巴高级中学挂职校长。

金惠忠有着 20 年教龄，他很清楚教育对于大山孩子的重要性。他希望学生们既要仰望星空也要脚踏实地，希望未来从丹巴高中毕业的同学可以走出大山，考上大学，学成后有机会建设家乡。为了实现这个目标，他付出了全部的心血。

在当地县委、县政府的支持下，2022 年秋季，学校开始创设"树德班"，面向全州招录了 32 名中考文化课考试成绩 600 分以上的优秀初中毕业生。通过这个举措，丹巴本地优质生源大量流失的情况有较大缓解。真正吸引学生们的，是良好的教学资源。金惠忠感觉到了肩上责任的重大。以"树德班"为载体，他带领着援派教师们在管理方法、教学理念、班风学风上不断探索可行有效的办法。比如构建了一套"三全育人"德育管理模式：全程关爱、全面发展、全员成长；打造了"四维德育"育人理念：仁爱之心、严慈相济、立德树人、培根铸魂；并确立了早自习、大课间、小班会、早晚课、眼保健操"五到场"精细化班级管理新要求，从学校顶层设计入手，全面提升教学管理方式。

这项创新改革也很快收获了成果：在四川省成都市期末统一调研考试中，学校高一年级上中线（本科）人数由 10 人增加到了 60 人，上高线（重点）人数由原来的 0 人增加到了 18 人。其中，树德班学生 100% 上中线（本科），50% 上高线。成果不仅体现在成绩上，学校整体的教学面貌也得到了极大的提升。用金惠忠的话来讲，学生管理有了新气象，教师队伍有了精气神，进入了良性循环的状态。

让浙川教育资源联动起来，让浙川学生深入交流起来，也是金惠忠提升学校教学水平的一个思路，为此他策划了许多"妙招"。2023 年暑假，丹巴高级中学首次开启了浙江研学旅行，25 名师生来到浙江研学。学生们走进名校、参观博物馆、感受新科技，研有所思，学有所获。"行万里路"的研学方式，让知识变得鲜活而有温度，让学生们开阔眼界，进一步认知世界，激发了他们热爱生活和学习的动能。

金惠忠还创新了"主讲+助教"浙川共上一堂课的方式。通过直播平台，让浙江金华和丹巴高中的学生们同上一堂课，浙江老师做主讲老师，丹巴高中的老师做助教，同一个问题，两地的学生可以通过视频共同交流学习。这个法子其实就是把浙江后方的更多教育资源调动起来，让更多的老师参与到帮扶的队伍里来。这种教学方式受到了学生们的欢迎，这种最大化挖掘和共享后方教育资源的方式，实现了"大组团"的初衷。

被问及在丹巴帮扶的感受，老师们最大的感触是"感动"。

为了进一步了解学生，到丹巴一年多来，金惠忠经常在节假日带领教师团队翻山越岭、走村访户，深入了解学生家庭情况，在和家长们的沟通中，更好地传播家庭教育的理念。他的足迹已经遍布丹巴县所有乡镇的主要村落。

来自浙江艾青中学的生物老师张璐出发来四川前，孩子刚满 3 岁。她坦言，其实很舍不得孩子，但每次看到这边学生们对知识的渴求，她就觉得这一切都是值得的。她想做学生们的"望远镜"，帮助他们看到更远、更大的世界。张璐回忆，有一次去家访，临走时，学生妈妈硬是把采摘来的羊肚菌塞到了她手里。那种真挚的情感，让她的鼻子酸酸的，心里暖暖的。

5. 做学生梦想的擦窗人

2023 年，甘孜州道孚中学取得了一连串闪闪发光的成绩：高考上线人数在去年基础上增加了 66%，本地培养学生一本录取实现零的突破，高一高二州统测成绩进步了 3 名，成为全州进步最大的学校……这背后有浙川两地"组团式"教育帮扶的一份力量。

2022 年 4 月，中组部、教育部等八部委联合部署开展国家乡村振兴重点帮扶县教育人才"组团式"帮扶工作，助力当地提升高中阶段学校管理和教育教学水平。当年 8 月，浙江选派 110 名"组团式"帮扶教育人才奔赴四川 28 所高中，加上 2021 年新一轮浙川对口工作启动以来浙江选派的教育专技人才，这些来自浙江的援派教师，拉开了浙川"大组团"教育帮扶的大幕。

作为浙江"组团式"教育帮扶校长的一员，义乌市第六中学党总支专职副书记、副校长何炜在 2022 年被援派到道孚中学担任校长。

何炜认为，要真正提升一所学校的教学质量，单靠个别老师是不够的，需要真正把教学阵地建设起来，系统提升老师们的整体教学质量。如何做？他想到了一个方法：借用名师工作室的载体，培养一支带不走的"名师队伍"。

刚到学校的何炜，很快对当地和周边兄弟学校的教学模式进行了调查摸底，注意到道孚当地有不少名师，在教学方式上很有经验。他摸排出当地数学名师杨纯洪、语文老师喻丽、藏文老师格浪格登等，都有自己的名师工作室，于是想到了联动这些本地名师，扩大名师工作室辐射范围的办法。

何炜主动找到了甘孜州范围内的名师们，再联合"组团式"教育帮扶团队里的老师，共同组建成"浙里有我"名师工作室，一起承担青年教师的赛课等内容，真正形成东西部协作的教学合力，通过这种"道孚本地老师＋甘孜州各地老师＋组团式帮扶老师"的模式，实现"1+1+1"大于"3"

的效果，既让学生们受益，也提升了老师学科教学的整体能力水平。

来自义乌市上溪中学的生物老师韩红生牵头组建了全州范围的高中生物名师工作室，从教科研上发力。韩红生认为，老师不仅有教学任务，同时也是一线的研究人员。他通过工作室这一平台，组织共同的培训、课题研究、互相听课等，提升教师们的能力。比如日常老师们会集体备课，过程中大家会一起交流和沟通，互相推荐高质量的文献，分享教学经验方法，还利用假期组织去陕西师范大学培训，工作室的老师们收获都很大。学校还组织"教研周"活动，后来发展成为"教研系列活动"，确定主题后让老师们发挥主观能动性，兼职教研员，互带徒弟，互相听课，打造一支带不走的教师队伍。

林优老师则因为"为了实验跑了4天菜场买到8个猪心"而被许多学生和家长熟知。来自金华市第五中学的林优是浙江省教坛新秀，2022年8月来到道孚中学担任初中生物老师。来四川前，她就给自己定了一个小目标：用心、用情、用爱，和孩子们一起度过这段难得的援派时光。

初中生物有很多实验课，但大多停留在观看视频和图片的阶段，为了让学生们更深入地感受实验，林优设计了一堂解剖猪心的实验课。当地菜场的猪肉摊每天只供应两个猪心，林优就和肉摊老板约定了，跑了4天菜市场，集齐了8个猪心。和预想中的一样，这堂解剖课学生们兴趣空前高涨，在实验过程中很轻松地掌握了各种知识点。兴趣是最好的老师，激发学生们对生物课的兴趣，就是林优想做的。如此用心，她自然也成为学生们非常喜欢的老师。走在路上，总会有学生主动跑过来打招呼，有的还会帮她拿书本。那种亲切质朴的情感，让她沉醉。

时间久了，林优和学生们打成了一片，成了朋友。课间，她会和同学们一起踢毽子、打羽毛球、做游戏。她习惯买一些文具、棒棒糖等，通过奖励的方式激励有进步的学生。在林优看来，这些激励的方式，让学生更有获得感，也让他们更加阳光开朗。

用心用情，不落下任何一个学生，是这一批援派教师共同的理念。

2023 年上半年刚开学，林优发现少了一位学生。一打听，这位叫拉姆的女生患重度脑炎在成都住院，因为病情很严重，家庭面临着很大的经济压力。林优听说了这事，着急得不得了，她马上准备了一千元钱托拉姆的班主任送了过去。很快，拉姆的事情被很多老师知道了。在学校书记和校长何炜的支持下，全校发动了一次捐款活动，捐款所得款项很快送到了拉姆父母手上。不光如此，此后学校的好几位老师通过工作室的渠道，又发动了浙江后方的学校捐款，也获得了师生们的支持。让人欣慰的是，2023 年 9 月份，拉姆从 ICU 病房转入普通病房，能够走路和说话了。医生说拉姆创造了一个奇迹。何炜决定，等拉姆身体允许，就带老师送教上门，帮助她早日回到课堂。

就像来自金华市第六中学的物理老师朱伶俊说的，老师要做学生梦想的擦窗人。朱伶俊成立了"小马驹、格桑花管理营"，提高学生的自主学习能力。他坚持家访，通过家校联动，让学生们更加安心学习。

来自浙江金华第一中学的历史老师王丹韵是"金华市最美老师"，为了让学生们能够更好地掌握知识，她花费了大量心血。她会在教室留到最后，耐心地辅导学生，还会利用中午休息时间给落下的学生补知识点。她也成为道孚中学学生心中最美的老师。学生们在送她的卡片上写着："老师，你是我们遇见过的最美的女生。我们想成为像你一样自信的女生。因为这场美丽的相遇，我们也想去你的家乡看看。"

教育如细水长流，润物细无声，但只要肯坚持，定会水到渠成。有了这样敬业可爱的援派教师，道孚中学变得越来越好。

6. 从"教育洼地"到"第一名"

2024年3月初，在峨边县教育教学质量研讨会上，峨边民族中学（简称民中）等来了一个好消息：经过一年多的努力，民中获得2023年学校综合评估一等奖和教学质量一等奖，成为全县11所初中里唯一一所包揽一等奖的初中。

峨边县位于四川省小凉山地区，受经济发展水平、地理条件等因素制约，过去是教育发展的"洼地"。借着绍兴市与乐山市东西部协作不断深化的东风，在浙江省驻乐山市帮扶工作队的牵线搭桥下，2022年8月，浙江海亮教育入驻峨边，为学校提供综合管理服务，拉开了教育帮扶民中和沙坪镇中心小学（简称沙小）的序幕。经过一年多的努力，双方在"变"与"不变"中，走出了脱贫彝族地区教育振兴的新路子。

针对峨边受帮扶学校的现状，浙江海亮集团派驻了6名教育管理干部，分别进驻民中和沙小。海亮教育服务团队负责人、民中派驻校长蒋莲清回忆，初到这里，他发现校园环境脏乱差、教师积极性不高等问题很严峻，于是他下决心"矫偏匡正"。

蒋莲清介绍，过去一年，海亮服务团队先从制度引领下手，制定了《行政干部津贴制度》《班级管理奖励方案》等规章制度，再通过加强提升培训、实行竞争和奖励制度等方式改变队伍面貌，让教师们既有甜头又有奔头。与此同时，挂职干部、当地政府、教育等部门也给予了很大的支撑，赋予了海亮团队人事任免权。软硬兼施下，很快校园管理就脱胎换骨，老师们早早进班课间辅导，晚上主动加班，都不甘落后。

让学生们养成良好的学习习惯，是教学的根本。针对学生管理，来自浙江的老师们想了很多办法。学校从养成学生良好行为习惯出发，制定了新的《一训三风》《养成12条好习惯》等制度，抓课堂常规、课间管理、文明礼仪，严肃处理学生恶劣行为，并且充分利用开学第一课、校园文化墙、升旗仪式等方式，把办学理念、学校文化、优秀传统文化等融入日常教学和校园环境中，培养学生们"男士儒雅、女士优雅"的好习惯。与此同时，从合作开始，每学期开学初、期中、期末学校都会举办家长会，给每一位家长发放《与孩子共成长——家长手册》，提升家长素质，并倡导建立家委会，号召家长协同育人。

可以说，来自浙江的老师们不仅带去了先进的办学理念，更通过高效的教学方法、严格的学校管理、制定有效的奖励制度等一系列措施，提升了学校的管理水平。一年时间过去了，学校校园环境变得整齐干净；教师重拾信心，鼓足了干劲；学生规矩意识增强，卫生习惯日渐养成，读书学习风气浓厚，综合素养明显提升；家长更支持学校、配合老师；社会口碑日渐转变，学生从外地转回民中就读的逐渐增多。

在 2024 年教育主管部门的综合考评中，民中教师对行政管理干部团队的满意度高达 98.3%。2023 年中考，民中在全市联系学校中的排名提升了 9 名，沙小相比前一年，成绩提升了 22.5 分。

从"无人问津"到"受人热捧"，学校的改变，也成了浙川对口工作中教育帮扶成果的一个缩影。

7. 带着女儿奔赴山海

48 岁的杨慧丽是浙江省绍兴市锡麟中学的语文教师，从事初中语文教学已经 24 年。在家里，她是两个孩子的母亲，大儿子已经上大学，小女儿才 6 岁。

2023 年 8 月，杨慧丽接到了援派四川省乐山市马边县的通知，高兴之余她却遇到了两难的事：原本计划去四川时把女儿交给婆婆照顾，结果临行前婆婆不小心摔跤骨折了。纠结许久，杨慧丽决定带着女儿到马边县工作。

坚持去四川，是因为不想放弃自己多年的梦想。原来杨慧丽早在学生时代就有一个"支教梦"，尽管毕业后的工作和生活让这个曾经的梦想隐入了琐碎的尘烟，但她始终没有放弃过这个念头。新一轮浙川对口工作启动，浙江开启了"组团式"教育帮扶四川，杨慧丽所在的学校也在帮扶之列，她果断报了名。当她得知可以去四川的时候，她是这样形容的："内心的欢欣、喜悦和激动之情已经难以用语言表达了，因为那是多年梦想得以成真的机会。"因此，为了实现少年时的梦想，她不惜带着女儿远赴四川。

当月底，杨慧丽带着女儿来到了马边县。从江南水乡到山水彝乡，杨慧丽和女儿感到新鲜的同时也有些不适应，特别是女儿新转入当地的幼儿园时总是哭闹。每天天不亮，赶着上班的杨慧丽就需要把睡梦中的女儿叫醒，早早把她送进幼儿园。假日的时候，她也经常把女儿带到学校的办公室。等到上完早读课，她再带着女儿吃点早饭。好在绍兴和马边两地的领导同事都很照顾她们，马边当地政府帮助安排了母女俩的住宿。一同援派到马边的队友们更是把杨慧丽的女儿当成了"团宠"。渐渐地，杨慧丽的女儿适应了幼儿园的生活。国庆节后，她还在幼儿园的升旗仪式上作了《我的家乡——绍兴》的主题演讲。看到老师和小朋友们都听得津津有味，女儿开心地告诉杨慧丽，现在她也是越马文化交流的小使者了，她希望自己以后能和妈妈一样厉害，能去帮助更多的人。

后顾之忧解除了，杨慧丽安心地把重心放在了学生们身上。她很快发现，因为绍兴和马边的地域差异比较大，学生的学习基础、行为习惯方面的差异也有点大。如何改变学生的学习状态，是她思考最多的问题。在摸索中，杨慧丽通过写作文、座谈、课堂交流等方式，努力去了解班级里孩子们的情况，了解独特的彝族文化，在充分尊重学生们的风俗习惯的基础上，认真履行起一名教师的职责。

杨慧丽考虑到学生基础比较差，如果完全按照课程标准的要求来进行教学，学生会很难适应。所以她决定跳出大纲的框架，用大语文的观点来教学，梳理每篇课文，着重抓住一两个知识点，从学生能理解的角度，尽可能浅显地讲解。一段时间下来，好多学生主动来找杨慧丽表示感谢，告诉她以前完全听不懂的课程现在都能听懂了。那一刻，杨慧丽感受到作为一个老师的成就感：没有什么比来自学生的肯定更能让人开心的了。

生活工作在马边县的日子里，杨慧丽深深感动于彝族学生们的真诚和热情。有一次，上课讲李白的《峨眉山月歌》，里面有"峨眉山月半轮秋，影入平羌江水流"的句子，杨慧丽对学生们说，来马边县后很少看到月亮。过了一段时间后，一个彝族的男同学一大早来找杨慧丽，既兴奋又腼腆地对她说："老师，昨天晚上的月亮很圆很大的，你看到了吗？"杨慧丽看着眼前的这个学生，想到他因为语文基础比较差，文字表达的问题很大，于是用惊喜的语气说："啊？真的吗？太可惜了，老师都没有看到呢！不过老师首先要表扬你，你上课的时候太认真了，老师讲的话都认真在听，并且还特别为老师留意了，我真是太感动了！这样，你帮我一个忙，帮我把你昨天看到的月亮的样子、月下的美景写下来，让老师通过你的文字来感受马边美好的月色。千万不要只写大大的、圆圆的，因为老师的想象力不够丰富，怕想不出月色的美，好吗？"那个同学犹豫了一下，最后还是愉快地点头答应了下来。杨慧丽觉得，用这样的方式引导学生去感受生活中的美好景物，进而感知生活之美，也许若干年后的某一天，当他举头望月的时候，能想起这个写月亮的片段，能想起故乡的美好，这就是一件非常有意义的事情了。

杨慧丽认为，作为一个老师，除了教授知识之外，更重要的是培养学生独立、自强、努力、自信等良好的心理素质和行为习惯，能让他们认识到学习是一件非常有意义的事，要从被老师家长催着学，变成自己主动学，树立终身学习的意识。所以她的课堂除了讲知识点之外，更多地侧重于对学生进行心理的疏导和精神的鼓励。她也常常给他们讲外面的世界，告诉他们世界很大很精彩，现在的社会发展一日千里，他们应该去体验父辈们未体验过的生活，他们的未来应该掌握在他们自己的手中。当看到学生们慢慢地有了大局观，能逐渐跳出自我看问题，开始对未来进行逐步深入的思考的时候，杨慧丽真正感受到了教育的意义。她相信，好的教育就应该是一朵云推动另一朵云。而她，愿努力成为一朵能推动孩子们的云。

就像挂职马边彝族自治县人民政府办公室副主任的凌华栋写的诗，"孟获拉达的火把照亮道路的温暖，举起马边儿女如火的梦想"。杨慧丽觉得孟获拉达的火把更照亮了她的人生之路，这将是一段终生难忘的经历。她在自己的日记本里写下了这样一段话："来四川马边前，我的生活是平静的溪流，在时光的长河里缓缓流淌，只是偶尔抬头看看外界的风景；有幸来到马边之后，我汇入了这伟大的时代洪流，每天都能有新的遇见，有新的体会，更有新的惊喜。感谢这样的经历，让我实现了梦想。"

8. 藏在字里行间的爱

杭州第 19 届亚洲运动会开幕那一天，来自 2000 多公里外的四川省甘孜州石渠县邓柯中学的学生们通过贺卡的方式，写下了对亚运会、对杭州这座城市浓浓的祝福。发起这次活动的，是来自临平区乔司小学的援派老师姚永明。

新一轮浙川对口工作开展以来，浙江省杭州市临平区对口帮扶四川省甘孜州石渠县，每年都有许多优秀教师跨越山海到石渠县支持当地教育，姚永明就是其中一位。尤其让人感慨的是，他也是主动请缨，两次援派到石渠县的老师。

石渠县，是四川海拔最高、面积最大、地理位置最偏远的县。2021 年，姚永明来到了石渠县城区小学任教。不出所料，因为高海拔缺氧导致的头疼、睡不着觉，让素来以体能好为荣的姚永明感到无奈。因为气候条件恶劣，整个石渠县几乎是个连树木也活不下去的地方。

姚永明回忆，一开始确实很难受，但坚持了一段时间，慢慢适应了。他认为坚持下来最重要的是心态要乐观。渐渐地，他发现这里的学生特别淳朴，克服了高海拔的不适，他开始享受和学生们相处的日子。

姚永明在与学生们的相处中建立了深厚的感情。尽管是数学老师，他也做了许多"数学老师不会做的事"。比如，因为当地的客观条件限制，姚永明发现许多学生并没有接触过正规书法训练，除了日常的教学，他想让学生的课余生活更加丰富，于是他买了书法用具，号召学生们跟着他练习书法。半年多的时间练习下来，很多学生爱上了书法。

很快，姚永明的援派时间到了，他回到了家乡临平。但谁都没有想到，他作了一个决定：再到石渠教书。用他的话来说，尽管回到了杭州，心里还是牵挂着石渠的学生。第一次去石渠时，他建了一个书法群。学生们常常会在群里问他什么时候回石渠，他们还想继续学书法。他们说想姚老师了。姚永明看着群里的消息，心里就特别难受，他也很想念学生们。

于是，姚永明再一次来到了石渠县。这一次，他成了石渠县邓柯中学的一名老师。缘分就是那么奇妙，当初在石渠县城区小学里教过的学生们刚好升入初中，姚永明在新的学校又看到了他们熟悉的面孔。也因为这样一位脸上总是挂着笑容的老师，石渠的许多学生爱上了杭州这座城市。

亚运会期间，学生们纷纷制作贺卡，写下对杭州这座城市的祝福。一封封带着石渠学生热情的贺卡送到了杭州，学生们的爱，就藏在贺卡的字里行间。

9. 海的潮声和思念

世界上最幸福的人是什么样子的？

在某一个时刻，来自浙江宁波的薛旭东找到了幸福的奥义。作为援派教师的他结束任教时，和学生们一一告别。当教室里只剩下他一人时，他背对着教室门，站在窗口忍不住哭了起来，哭得像个无助的大男孩。这一幕，让人想起了一句话：这个世界，总有一种力量，让我们泪流满面。

薛旭东援派的工作地点是四川金阳县。这是一个地处凉山州东南部，沿金沙江北岸大小凉山交界地带的县城，交通极不便利，生活在此的许多孩子从未走出过大山。

2023年3月，金阳县东山小学来了第一位来自东部的音乐老师，短平头，脸上总是带着笑意，说话暖暖的，他就是浙江省宁波市镇海艺术实验小学的薛旭东。他的到来，成了照亮东山小学孩子们心灵的一束光。

音乐，能够让学生们感受到人生的丰富和多彩。

薛旭东发现这里的学生很喜欢音乐，但苦于没有良好的条件。于是他从原来的学校争取了80把口风琴，并组建起了一支口风琴乐队，18位彝族女生组成了这支乐队的成员。薛旭东没有想到，学生们会如此热爱音乐，甚至有的人在清晨早早来到学校，悄悄练习口风琴。

六一节演出中，口风琴乐队的一首《友谊地久天长》获得了全校师生的热烈掌声。表演结束后，薛旭东悄悄准备了一个大蛋糕，请乐队的学生们一起过节。

薛旭东和学生们的感情，一点一滴积累起来，越来越深厚。热情阳光又温柔的薛老师，成了学生们心中的"大哥哥"。学生们会在薛旭东出差时准备好纸折的玫瑰花、五角星，把想念写成信，等他回来送给他，也会在私底下给他取个外号"口风琴英雄"……用薛旭东的话来说：孩子们的爱，让他感觉自己是世界上最幸福的人！

从东海吹来的音乐，让学生们收获了自信和阳光。但离别的钟声总会响起。分别前的最后一堂音乐课上，薛旭东没有说再见。他和学生们有了一个温暖的约定：好好学习，争取到浙江上大学，他请大家吃饭。

只要心中有爱，相见只是时间问题。薛旭东的援派故事，如同浙川对口工作中的一朵小小的浪花。无数援派干部人才就是无数朵浪花，汇聚成深厚宽广的大海。

10. 何其有幸遇见你们

山海奔赴，是一种双向的爱。

海展着奔腾的潮水携阳光而来，山鼓着飒爽的清风掬星辉相迎。

一批批援派教师来到四川各地挥洒青春和汗水的同时，也与当地的师生结下了深深的感情，双方在交流互学中，留下了许多动人的故事。

一位四川的年轻老师记录了她与援派老师们的"山海情"。她就是四川省甘孜州康定市第二中学的张琴。

小时候，张琴常常在想：山的那边是什么？小学课本告诉她：山的那边是海。可是，山与海的距离有多远呀，远到需要越过层层阻碍，跨过层层山峦。长大后，她终于明白了山与海的深情。

张琴是 2022 年入职康定二中的一位年轻教师。乘着"组团式"教育帮扶的春风，在这一年里，她与来自浙江的"组团式"教育帮扶校长、老师们共同工作，外出研学、学科赛课、班主任培训、团干部培训……她获得了很多的成长机会，成为更好的一名教师。

令她最难忘的，是来自浙江的"师父们"对她的帮助。在"组团式"教育帮扶团队中，张琴有了很多的"师父"：黄仁贵老师、曾应超老师、章可成老师、吴兵老师、陈威老师……他们在教学上、班主任工作上、年级管理上，甚至是生活上，都给予了她莫大的指导与关怀。张琴回忆，每一堂公开课的课程设计，都是在黄仁贵老师的帮助下完成的。黄仁贵老师会给她提出宝贵的意见和建议，帮她打磨细节。很快，在班级和年级管理上，张琴从开始的懵懂无措到有条不紊，得以迅速成长。

在专业成长上，令张琴记忆深刻的是两次赛课活动。在"组团式"教育帮扶团队的推动下，学校开展了"青蓝工程师徒结对与青年教师赛课活动"，以此助力本土青年教师站稳讲台、站好讲台。第一次青蓝工程赛课活动中，当张琴因没有取得好成绩而灰心沮丧时，黄仁贵和"组团式"帮扶团队的其他许多老师耐心地安慰她，并帮助她找到可以再精进的地方。张琴心里很清楚，自己的业务素质还需要提升。得到"师父"们的鼓励，她暗暗下了决心：尽自己所能努力成长，下次一定让"师父"们由衷地为她而骄傲。

很快，到了第二次学科竞赛。当时正值盛夏，深夜蝉鸣，蚊虫飞舞，张琴和另一位学科教师正为第二天的初赛而紧张练习。黄仁贵老师聚精会神地听着张琴和队友的模拟授课，适时提出自己的建议，帮助完善授课内容。那一晚，星光耀眼，大家忙到深夜才休息。

因为这次准备充分，张琴成功进入了决赛。但决赛前夕，张琴又紧张了。黄仁贵老师和其余几位帮扶老师一块商量，熬了好几个晚上，设计出了一份全新的授课内容供张琴参考。赛课前一小时，张琴内心依然焦灼。"不要急，慢慢来，跟着自己的节奏走。""我们再来串联一次本课的设计思路。"跟随老师们的指引，张琴逐渐心无旁骛，全身心地投入到全新的课程讲解中。当她最终自信地站上决赛舞台，从容地讲授着经彻夜设计、融入许多人共同努力的全新课程时，她感受到了来自"山海"的那一份力量。最终，张琴和队友取得了不错的成绩。"师父们"也都欣慰地笑了。

2023年2月7日至2月17日，参与"组团式"教育帮扶，挂职康定二中校长的曾应超带领着康定二中的6位老师与15位同学来到杭州，开展了为期11天的研学活动，张琴也在其中。在得知张琴要参与杭州研学活动时，黄仁贵老师早早地便邀请她去浙江的家里一起过年。这一刻，张琴知道她不仅仅是多了一位师父，更是多了一位家人。

研学期间，在曾应超校长的带领下，在来自杭州的几位援派教师的全程陪同下，张琴和同事、学生们先后参观了杭州第二中学、杭州第十四中学、萧山区江南初级中学、湘湖未来学校等学校。杭州学校优越的办学条件、先进的教育设施给张琴和同事们留下了深刻的印象。通过丰富多彩的研学活动，接受优质学校文化的熏陶，他们开阔了眼界、增长了见识、收获了成长。在临行的前一晚，两校的学生们互相合影、拥抱和告别。张琴明白，这必将成为她和孩子们心中不可磨灭的一段美好记忆。

长大后的张琴发现，其实山海并不遥远。在"组团式"教育帮扶的政策支持下，浙川两地拥有着极好的教育教学资源互通的机会，她期待着两地继续携手前行，互助远航，共同播下教育的希望种子。

她说，何其有幸，能够遇见这样一群人，他们来自遥远的东海边，拥有先进的教育理念，而又毫无保留地教授给像她这样的西部老师。他们是最可爱的人。

第八章

用心守护
生命之花

从东海之滨到雪域高原，从浙江到四川，有着 2000 公里的距离。

三年时间，一批又一批医护人员跨越这段漫长的距离，默默守护着对口支援地区老百姓的生命健康。

高原上的生死瞬间，因为及时的抢救转危为安；数字赋能医疗，东西部联动共享医疗资源；新的医疗技术在四川落地，让老百姓在家门口看上病……

每一个守护生命健康的瞬间，都让人感动。

医者仁心，也让这场跨越 2000 公里的奔赴变得更加温暖。

2023 年 9 月 21 日，浙江省驻川工作组在成都市召开了医疗"组团式"帮扶院长座谈会。

为了维护人民健康，全面推进乡村振兴，中组部从 2022 年开始启动了国家乡村振兴重点帮扶县医疗人才"组团式"帮扶工作，浙江省组织宁波、湖州、嘉兴、金华等 4 个设区市的 44 家重点医疗机构，"组团式"帮扶四川省 13 家国家乡村振兴重点帮扶县的县人民医院，派出了 66 名医疗专家赴四川挂职，其中 13 名受帮扶医院院长人选均来自浙江省综合实力较强的三级医院。

座谈会上，浙江省驻川工作组组长王峻深情地指出，"组团式"帮扶意义重大。希望帮扶院长们珍惜这次难得的为国家作贡献、为人生添光彩的机会。要以结对帮扶为契机，推动重点帮扶县发挥主观能动性，激发受扶医院内生动力，对当地医疗进行系统重塑。要勇于改革创新，整合各种帮扶力量，汇集各种帮扶资源，按照"输血与造血相结合"的要求，坚持"专业水平和管理水平提升并重，学科建设和人才培养并举"，推动当地医疗教育水平跨越式提升，实现可持续发展。

2022 年，浙江"组团式"医疗帮扶团队的成员们跨越山海，来到四川甘孜州、阿坝州、凉山州等地。带着提升受援地医疗水平的重任，每一位医疗帮扶院长都感受到肩上的责任。如何在三年时间内提升当地医院的诊疗水平、提升医院的管理水平，是他们每个人面对的考题。他们各显神通，全情投入到医疗帮扶工作中。他们在这片热土上挥洒热情与汗水，铆足干劲抓管理、抓业务、抓协同，在推进医院管理能力、加强医院学科建设、培养医疗人才队伍、提升医院及当地医疗水平等领域，交出了亮眼的成绩单，获得了当地老百姓的赞誉。

1. 生死 46 分钟！高原上的奇迹

2023 年 9 月中旬，28 岁的梅朵带着刚出生不久的儿子出院，回到了位于四川甘孜州道孚县的家里。回忆起大半个月前的危急时刻，她依然心有余悸。

时间回到 8 月 29 日下午两点半，怀孕在家的梅朵突然开始抽搐，连续抽搐 3 次之后连意识也不清楚了。家里人急忙把她送到了道孚县人民医院，接诊的是来自浙江金华"组团式"医疗帮扶的援派产科主任胡耀威。

当时梅朵的情况特别危重，到达病房后再次发生了抽搐，血压升到 200/102mmHg，尿液呈酱油色。胡耀威敏锐地意识到，很可能是 HELLP 综合征。他可以肯定的一点是：孕妇需要立即终止妊娠，否则母婴都有生命危险！

胡耀威回忆起收治梅朵当天的情况，不由感慨，这是一场与时间赛跑的抢救，可谓分秒必争。他当即启动了高危孕产妇急救流程，开通绿色通道。一场紧急救治开始了：一方面为了救治患者，医护人员们立即开始了术前准备；另一方面医院医务科、产急办，呼叫多学科协作的医疗团队迅速组建起来，准备急诊手术。成都市郫都区的帮扶医生王德清快速到达病房，完成了术前 B 超检查，结合 B 超评估考虑梅朵的孕周约为 35+ 周；成都 363 医院挂职副院长杨涛也赶到现场负责麻醉；郫都区援藏儿科医生王蕊、产房护士长李华，协同道孚人民医院的护士们快速做好了新生儿救治准备。

从医多年的胡耀威心里很清楚，HELLP 综合征意味着什么。这种病属于妊娠高血压疾病的严重并发症，多发生在产前，围产期发病率及死亡率非常高。特别是在高海拔地区，因为各种客观条件的限制，像梅朵这样的危重孕产妇抢救难度更高。用胡耀威的话来讲，这并不是他从医生涯中遇到的最危重的病人，但这次救治经历算得上最惊心动魄的一次。

紧急剖宫产手术很快展开了。梅朵的宝宝因为是早产儿，体重只有 2 千克。宝宝一出生，等待在一旁的王蕊医生和李华护士长马上对其进行了复苏抢救；4 分钟后，宝宝终于发出了响亮的哭声。

在来自多家医院多学科团队的医护人员的共同努力下，梅朵从入院到分娩只用了 46 分钟！大家用最快的速度把她和宝宝从死亡线上拉了回来。

然而，这还只是第一关。结合各项检查指标，梅朵被确诊为 HELLP 综合征。这种病不但死亡率极高，还可能在术后出现子痫抽搐以及原发病引起全身多脏器功能损害，所以手术后的恢复治疗也很关键。梅朵手术后第一天，在道孚县人民医院挂职的程振宇院长就主持召开了全院会诊讨论，制定了下一步的救治方案，确保母子平安。

在大家的共同努力下，梅朵安然地度过了出血期、感染期等；新生宝宝也在医护人员的精心呵护下，从只能用针筒小剂量进食进展到用正常奶瓶喂养。

出院那一天，梅朵抱着宝宝和家人还有医护团队合了个影。照片里，梅朵笑得特别灿烂。

根据中组部有关"组团式"帮扶乡村振兴重点帮扶县人民医院的要求，

2022 年 5 月开始，由浙江省金华市人民医院和婺城区人民医院一起组建了
5 人医疗队，穿越山海到四川省甘孜州道孚县人民医院开展帮扶工作，给当
地医疗服务能力的提升带来了极大的助力。就比如医院危重孕产妇救治中
心自组建以来，在"组团式"帮扶专家胡耀威主任的主持下，在 363 医院
以及郫都援藏专家和本地医护人员的协助下，大家团结一致、克服困难，
成功救治多例妊娠期高血压、子痫、产后大出血、胎盘早剥等高危孕产妇，
创造了一次又一次的高原奇迹。

作为医疗帮扶院长的程振宇，原来是金华市人民医院医务部主任。他
坦言自己爱上了道孚这个地方。尽管有着 2000 多米的高海拔，程振宇却"乐
在其中"，担任道孚县人民医院院长后取得的成绩，让他觉得高原的困难
不值一提。

上任后，程振宇首先在管理制度上入手，完善了医疗质量、人力资源、
财务资产、绩效考核、人才培养、科研管理、后勤服务、信息化等医院管
理制度 30 余项。帮扶期间，程振宇还发现，在之前一轮对口帮扶中，医院
已经具备了不少理想的医疗设备，但遗憾的是这些设备并没有得到充分的
利用。比如医院血透室，相关的设备都已经就位，但因为人员缺乏、技术
缺乏、场所建设不规范等原因，一直没能用起来。他在道孚县进行了初步
调研，统计出整个县里有 24 名需要进行血液透析的患者。高原交通不便，
道孚县至今没有一所医院能进行血透，这意味着这些患者不得不前往非常
远的地方进行治疗，不仅费用增加了，还非常耗时。

为了解决这个问题，程振宇牵头组建血液净化中心，一边按照医院感
染管理等要求对血透室进行改建，一边通过援派、进修等方式提升医护人
员专业知识，搭建血透团队。在他的努力下，血液净化中心顺利完成建设，
并通过了甘孜州卫健委组织的验收。中心占地面积 400 平方米，共有血透
机 4 台，血滤机 1 台。2023 年底，血透室开始运营，患者进行血液透析等
治疗再也不用跑远路了。

担任院长期间，程振宇在道孚县人民医院打造了"婺州名医堂"，开

设外科、妇产科、康复科和药学门诊，通过义诊、讲座、公众号等方式和途径，扩大"婺州名医堂"的影响力，为道孚人民提供优质医疗服务。梅朵能够顺利生产，也得益于医院在妇产科方面的提升。

通过帮扶，2022 年 6 月 1 日至 2023 年 8 月 31 日，道孚县人民医院门急诊量达 90604 人次，较前一年同期增加了 8.2%；住院 3692 人次，相比去年同期上升 10.4%。医院的医务服务能力得到明显提高。

2. 阿坝州首家数字影像服务平台

阿坝州黑水县位于四川省西北部，平均海拔 3544 米，有着高原、高山峡谷和河谷地貌，山峦起伏，河流纵横。因为地理位置偏远等多种原因，医疗水平受限。2022 年 6 月 1 日，浙江省嘉兴市第二医院骨科主任医师陆惠根作为浙江省"组团式"医疗帮扶队的一员抵达四川阿坝州黑水县，挂职黑水县人民医院院长。

医院发展最大的动力是人，没有人，什么事都做不了。陆惠根和帮扶队员们来到医院后，把重心放在了为当地培育骨干人才上，通过"请进来""走出去"，实现"传、帮、带、教"的"造血式"帮扶。一方面，陆惠根和其他帮扶医疗专家发挥专业优势，培养当地医院的医务人员学习浙江带来的新技术，目标是培养出能解决常见病的医生。另一方面，组织当地医务人员到浙江培训，为期一个月到半年，目标是提升医疗服务能力。

浙江省嘉兴市与四川省黑水县相隔 2000 多公里，如何最大限度带动东部的医疗资源帮扶到黑水县？陆惠根想到了医疗数字化改革的办法。

2024 年初，PACS 系统（影像归档和通信系统）正式亮相黑水县人民医院，这意味着阿坝州首家集跨省远程审核、会诊、AI、云影像于一体的数字影像服务平台上线。黑水县人民医院也成为阿坝州首家开展云服务的医疗机构，实现了个人健康资料"随身携带"的数字医疗。这个数字化平台背后，离不开黑水县人民医院与嘉兴市第二医院携手并肩开展的一项合作——云诊断，通过这个平台，每一位患者都能享受到沿海三甲医院的技术服务。

这项数字化改革源自 2022 年 6 月陆惠根和帮扶队员们刚到黑水县的时候。当时陆惠根就有这样一个设想：双方建立联合诊断中心，黑水县人民医院先针对病患检查出具初步报告，然后通过影像远程审核系统，由远在千里之外的嘉兴市第二医院的影像科医生进行审核，实现 CT、彩超图片共享。这样一来，黑水县人民医院的影像诊断水平能够达到三甲医院的水平，从而为患者提供更精准、高效的医疗服务。而且借助远程审核系统，黑水县人民医院可以在最短的时间内得到嘉兴市第二医院专业医生的审核意见。这种实时的远程交流和合作，不仅使影像诊断结果更加准确可靠，而且提高了医院内部的工作效率。借助这个平台，还能实现数字影像服务，代替传统的塑料胶片和纸质报告，给患者带来一系列的便利功能：患者在医院就诊时原来需要携带大量的检查胶片和报告，现在通过数字影像服务，云胶片即存即取、即用即看，报告既可以在线查看，也可以进行线上调阅等操作。这种创新的服务方式连接了患者、医生和医院，打破了时间和空间的限制，也方便患者就诊、转诊和远程会诊。如今，通过数字化技术和互联互通的平台，功能进一步提升，患者可以轻松实现"健康资料随身带"，无须离开家门就能享受到优质的诊疗服务，也更方便医生进行远程会诊和向专家咨询。

与此同时，黑水县人民医院引入了 AI 技术用于肺结节自动检测，借助其高性能的图像识别与计算能力，使检测变得更高效快速，为医生提供了准确的诊断参考。这项技术的应用，不仅提高了当地医院肺结节检查的效率和准确性，也改善了患者的就医体验。

在陆惠根的推动下，当初的设想变成了现实。2023 年 4 月 13 日，黑水县人民医院与嘉兴市第二医院联合建立了阿坝州首家实时急诊会诊系统。这套系统可以使危重病人实现东部诊断西部治疗。

酒精性肝硬化、乌头碱中毒、危重孕产妇……数字影像服务平台上线以来，黑水县人民医院已经在它帮助下救治了许多危急重症患者，多次将患者从"死亡线"上拉回来。让陆惠根印象深刻的是医院成功救治的一名当地40多岁的老师。当时这位老师因为酒精性肝硬化出现多器官衰竭，就医后无果，出现大量腹水，人处于半昏迷状态。家人把他带到黑水老家后，听说黑水县人民医院有浙江来的医疗专家，就马上联系了医院。当时医院通过远程诊疗的平台，组织浙江、黑水两地医生进行了联合多学科讨论，制定了一个治疗方案，按照方案治疗后，病人最终转危为安。

在医疗帮扶队员们的努力下，医院的转变随处可见。陆惠根一行帮扶队员来到医院后，已经开展了7项新技术，其中多数新技术已经能由当地医务人员独立开展。2024年，医院的EICU（急诊重症监护室）也已改造完成，2025年投入使用。正如陆惠根说的，只要努力，一切就会变得越来越好。

3. 信念的传承

来自宁波大学附属第一医院的金海英是"组团式"医疗帮扶队的一员，挂职甘洛县人民医院院长，人称"铁娘子"。

来到四川医疗帮扶那一年，金海英的儿子上高三。临行前，金海英也曾有顾虑，眼看儿子要高考，和所有的母亲一样，她自然希望能在这重要的一年陪伴、照顾孩子。但四川甘洛同样需要她。犹豫了几天后，金海英和队友们一起出发前往四川。出发前，儿子安慰她："妈妈，你放心去做组织需要你做的事情吧。"

甘洛县位于四川省西南部，素有凉山"北大门"之称，以彝族人口为主。挂职一年多之后，金海英所在的甘洛县人民医院门诊量和住院量不断上升，口碑显著提升。这一切源自金海英推行的改革。

人才培养，是医院发展的生命线。正是因为懂得这一点，金海英在"引人用人""留人育人"上下了极大的功夫。担任院长后，她敢闯敢干，敢啃"硬骨头"，正是"铁娘子"的工作作风，使她真正解决了关键问题，让甘洛县人民医院蓬勃发展。

甘洛县人民医院是全县最大的医院，但存在着人员短缺、学科梯队不完善等问题。金海英刚到医院就感觉到工作不易，要打破原来的架构，重构适应医院发展的系统，就必须改革。改革首先从"人"上入手。好在她获得了当地县委、县政府的支持，医院精简了三分之一的管理人员，同时加大了引进人才的力度。医院还出台了中层干部履职能力提升以及专业技术人才培养的一系列方案，比如将医务工作者轮流送到宁波、华西第四医院培养。

除了引人用人、留人育人之外，医院发展还要有内生动力。为此，金海英"铁腕式"地进行了绩效改革，很快激发了全院职工工作的积极性。有些临床一线和特殊科室的工作量很大，比如重症监护病房、新生儿病房、手术室等，医务人员经常周末和晚上也要连轴转地工作，所以在考核机制的制定上综合考虑这些因素，向这部分更加辛苦的一线医护人员倾斜。在人事改革等一系列举措下，甘洛县人民医院涌现了一批"肯拼肯干"的医疗人才，医院的诊疗水平很快得到了提升。

金海英也很重视管理制度的建设，进行了大幅度的改革。比如医院每周有一次行政查房、院长办公会议，会议通知的事务必须按时完成；如果有特殊情况没有完成，也必须说明原因，重新给出执行方案。正是在这些细节上一点不马虎，医院的管理水平不断改善。

此外，在医疗服务质量提升上，金海英还是个"细节控"，大到医院的外观、环境，小到医院使用的纸巾，都在变好。2023年下半年，一位当地百姓来到甘洛县人民医院体检，忍不住感叹医院的变化非常大，医生的服务态度好，贴心又细致，让他特别感动。

医院的改变，也体现在门诊量、住院量等数据上。医院服务提升后，选择到甘洛县人民医院看病的老百姓越来越多。

在力推改革的过程中，金海英的"铁娘子"风格深入人心，但在面对儿子时，她仍然是一个普通的母亲。因为忙于工作，金海英在挂职的第一年几乎没怎么回过家。高考首考前夕，儿子突然发烧了。当时家里只有儿子一个人，也没有退烧药，金海英急得掉了眼泪，恨不能赶紧回家陪孩子。可是她明白，当地工作任务重，自己必须坚守一线，最后还是同事帮忙送儿子去了医院。

金海英的拼搏，其实也在无形中影响着儿子陈可为。2023年，高考结束后，陈可为做了一个让金海英想不到的决定：奔赴千里之外，到四川支教。既能做公益，也能陪伴妈妈。金海英一开始担心儿子，不知他能不能适应甘洛相对艰苦的生活，能不能胜任支教工作。可儿子陈可为却认为，妈妈能吃的苦，他肯定也能行。

陈可为来到了甘洛。从宿舍到支教的小学都是山路，没有汽车，也没法骑车，他每天一早走半个小时去学校，下班后再走半个小时回宿舍。两个多月了，他从没叫过一声苦。金海英发现，儿子来甘洛帮扶的日子，母子俩的关系比过去更紧密了，更像是朋友、战友，彼此鼓劲，一起努力。

当获评2023年度四川省"最美母亲"时，金海英谈起自己对母亲这一角色的理解。她坦言，一个母亲对孩子的教育和引导，不只是陪伴和讲道理，更在于身教，要让孩子看到母亲是怎么做的，怎么面对困难，怎么努力。

4. 让老百姓在家门口看上病

地处凉山彝族自治州东南部边缘，金沙江北岸大小凉山交界带的金阳县，交通极其不便。当地老百姓面临着"看病难"的问题，即便是一个小小的白内障手术，都需要跑到220公里外的西昌，而且因为路况差，坐客车要7个多小时。

转机，发生在2022年。浙江"组团式"帮扶四川13所国家乡村振兴重点帮扶县人民医院，金阳县人民医院就是其中之一。宁波市与金阳县于2022年6月建立结对帮扶关系，由宁波市第二医院、宁波市镇海区人民医院和中医医院的5名医疗骨干"组团式"帮扶金阳县人民医院。从此，宁波与金阳这两座相距2226公里的城市紧紧联结在了一起。

一个简单的白内障手术，却是大凉山腹地的金阳县医疗的一个"盲点"。2023年10月16日，金阳县人民医院从无到有，成功完成了县医疗史上的第一例白内障手术。与此同时，金阳县眼科也同步开科。

67岁的白内障患者刘阿姨20年前就发现眼睛看东西时模糊不清，近年来逐渐加重，医生诊断是白内障，需要早日手术。恰逢金阳县人民医院可以做白内障治疗手术了，刘阿姨第一时间赶到医院。经过专家精心仔细的检查，刘阿姨符合手术治疗指征。当手术后褪去纱布，刘阿姨眼里恢复了五彩世界，她的脸上露出了感激的笑容。

刘阿姨能够在家门口看病，得益于多方力量。"组团式"医疗帮扶队在对接和协调项目的过程中，为使项目顺利推进，把有限的医疗资源向眼科中心倾斜，并在医护人员培训、医疗资源优化等方面进行了通盘谋划；此外，还有亮睛工程慈善基金会和驻金阳县对口帮扶的中国工商银行争取到的社会帮扶资金等的支持，最终实现了眼疾患者在家门口就诊的愿望。

金阳县人民医院首批3位白内障患者手术都顺利完成，医院还为3位患者减免了人工晶体及部分耗材费用。此后，医院给符合手术指征的66位患者安排了手术。

"浙川山海情，甬凉一家亲。"这句话不仅仅印在金阳县人民医院的墙上，更深深印在了老百姓的心里。

宁波市第二医院免疫性肝病科主任、挂职金阳县人民医院院长的慎强原本有些花白的头发已经全白。自参加浙江宁波"组团式"医疗帮扶金阳县人民医院以来，他招到了金阳县卫生系统内的第一个研究生，建成了全县第一个健康管理中心，完成了腹腔镜输尿管切开取石术等多个"金阳首例"手术……一个又一个"第一"，只为让老百姓享受到更加优质的医疗资源。

他也确实做到了。通过建名医工作室、打造特色专科、携手区域联盟等方式，金阳县人民医院的人才队伍不断壮大、诊疗能力不断提升、管理水平不断提高。

慎强在深入调研两个月后，决定首先从管理方面入手。他借鉴了宁波的医院管理经验，并结合当地实际情况，完善了各项制度，包括党委会议事规则、院长办公会议事规则，以及各职能科室的岗位职责等，并将这些规则落实下去。

在医院的发展中，人才是关键。面临医生不足的现实问题，慎强与宁波后方紧密协作，开展了远程会诊和远程培训，利用东部的医疗资源，通过多种手段提高当地的诊疗水平。另外，通过"请进来""送出去"的方式，不断提升人才培养的效果。让慎强自豪的是，2023 年医院引进了两位人才，其中包括一名硕士研究生，这也是金阳县卫生系统内的第一位硕士研究生。与此同时，医院还派了专业技术人员、业务骨干和职能科室中层干部到宁波市第二医院、宁波市镇海区人民医院进修学习。进修回来后，这些医疗人员的能力显著提高，医院的医疗队伍逐渐变强。此外，金阳县人民医院还挂牌成立了"罗群名医工作室""杨后猛名医工作室"。宁波市第二医院肾内科主任罗群和泌尿外科副主任杨后猛两位专家，与金阳县人民医院的两位骨干医生分别签署了"师带徒"协议，通过业务指导、手术带教、疑难病例会诊等方式，帮助提升当地医务人员的业务水平。

"终于不用大老远跑去西昌看病了，在家门口就能复查了。"2023 年10 月 9 日，家住金阳县东山社区的刘女士在金阳县人民医院肝病专科门诊看完病后感叹道。

金阳县人民医院每年新报告肝病患者约 300 人，但全县没有专职的肝病专科医生，同时缺乏相应的检验设备和治疗药物，肝病患者就医难问题凸显。慎强本身是宁波市第二医院免疫性肝病科主任，他带领团队认真分析后决定开设肝病专科门诊。经过精心筹备，金阳县人民医院肝病专科门诊于 2023 年 8 月底正式开诊。

在金阳县浙江援派干部们的支持下，东西部协作资金安排了380万元，帮助医院购买泌尿外科设备，借此机会，金阳县人民医院新开设了泌尿外科门诊。此外，医院还新建了全县首个健康管理中心、眼科中心。这些举措，为金阳县百姓带来了实实在在的好处。

"组团式"帮扶工作开展以来，金阳县人民医院完成了自体血回输抢救危重孕产妇、腹腔镜输尿管切开取石术、输尿管软镜下肾铸型结石碎石取石术、腹腔镜肾囊肿去顶术、经会阴前列腺穿刺活检术等多个"金阳首例"。2023年1至9月，门诊人次同比增长28.74%，住院人次同比增长10.96%，手术总量同比增长21.73%。

来之前，慎强给自己定了目标，三年时间里，一定要实实在在给当地老百姓就医解决困难，为浙川两地的医疗卫生服务均衡化尽自己的一份力。让他欣慰的是，当地老百姓"看病难"的困境开始改善。随着"组团式"医疗帮扶的深入推进，金阳县人民医院完成了软硬件提档升级，影响力显著提升。慎强的目标非常明确，就是逐步把金阳县人民医院建成一所三级医院。医院等级提升，将带来诊疗水平的大幅提升。他对未来充满信心，经过5年或10年，金阳县人民医院一定可以打造成一所更加优质的医院。

随着未来三年内"宜攀"高速和"西昭"高速在金阳县域内交会并通车，宁波市帮扶团队正谋划着携手金阳县本地医疗人才，实现从"输血"到"造血"的转变，将优质的诊疗资源辐射到云南昭通部分地区和部分高速沿线地区，造福更多百姓。

值得一提的是，"组团式"医疗帮扶，并不局限在某一个结对县，来自浙江的医疗帮扶工作队还开创了跨县域的"组团式"医疗帮扶。

凉山州东五县（金阳县、布拖县、昭觉县、雷波县、美姑县）历来是州内医疗技术相对落后的地区。比如泌尿外科发展水平低，有的没有独立的泌尿外科，有的没有专职的泌尿外科医生，无法进行泌尿外科常见疾病的诊治。患者往往需要长途跋涉前往上级医院就诊，对很多家庭而言，不仅增加了经济负担，也面临更多求医困境。为了把优质医疗服务辐射到周边县域群众，金阳县人民医院在开设泌尿外科科室的同时，牵头成立了"凉山州东五县泌尿外科专科联盟"。联盟推行理论强基工程、实践提质工程、前沿创新工程"三大工程"，在学术交流、技术进步和临床实践等方面开展工作。

得益于凉山州东五县泌尿外科专科联盟，当地病患再也不用跑老远去手术了。2023年6月，宁波市第二医院泌尿外科医生，同时也是宁波赴凉山州金阳县"组团式"帮扶医疗队成员之一的潘华锋，就"跨县"参与了当地一位病患的手术。

凉山州布拖县，26岁的彝族姑娘吉欧（化名）因为右腰腹部剧烈疼痛，同时恶心呕吐来到医院就诊。接诊的是拿马里沙医生，他检查后很快诊断出吉欧患上了"右输尿管下段结石"。他马上给她进行了抗感染、解痉、止痛等对症治疗，但吉欧的血液炎症指标仍居高不下。拿马里沙医生通过凉山州东五县泌尿外科专科联盟联系上了潘华锋医生。会诊后，潘华锋考虑到吉欧的结石已完全嵌顿，不排除脓毒血症可能。他建议尽早手术解除梗阻，再联合抗生素治疗，否则病情有可能进展至感染性休克，甚至危及生命。在一系列术前准备后，潘华锋来到布拖县为吉欧做手术。整个手术历时不到半个小时，也证明了潘华锋的判断正确。吉欧转危为安。

当吉欧的父亲握着潘华锋的手，用彝语反复说着"谢谢，谢谢"的时候，凉山州东五县泌尿外科专科联盟的成立彰显了它的应有之义。

5. 让鲜花般的生命重放光彩

2023年7月3日，宁波市第二医院心外住院病房里，7岁的女孩小乐（化名）安静地躺着，患上先天性心脏病巴洛综合征的她刚动完手术，恢复良好。

小乐家在四川省凉山州盐源县，这是她第一次来到海边城市宁波。在这里，她接受了一场高难度的心脏瓣膜整形手术。手术很成功，小乐迎来了生命的春天。这场跨越了浙川两地 2000 多公里的生命接力赛，要从 2023 年初在凉山州盐源县发起的"联心工程"说起。

2022 年 7 月，作为东西部协作鄞州来盐源"组团式"帮扶的心血管科专家，晏彪医生收治了一位当地的中学生小星（化名）。小星在读小学时就感觉心脏不舒服，但因为各种原因没有及时治疗，一拖再拖，直到初中二年级，实在感觉不行了才到医院就诊，就这样遇上了浙江援派到盐源县人民医院的晏彪医生。小星当时的心脏状况已经比较严重，好在救治及时，经过了两次高难度的手术保住了性命，康复后得以继续学业。

小星的经历让帮扶医疗队陷入了思考：盐源县海拔高，先天性心脏病发病概率高，又因交通及经济等多种原因，部分儿童病情发现晚，错过最佳治疗时机，留下终身遗憾。如果能够在当地中小学开展先天性心脏病筛查工作，做到早发现、早治疗，就可以大大提高疾病的治愈率。

代表盐源县医疗"组团式"帮扶团队的晏彪医生和挂职盐源县人民医院常务副院长的徐鲲杰商量后，向盐源县委常委、副县长（挂职）朱叶锋汇报，这项筛查建议得到了采纳和支持。

2023 年 2 月，在盐源县浙江挂职干部们的牵头支持下，联合当地卫健局、教育局，县人民医院，针对全县 6 万多名中小学生开展了"联心工程——盐源县中小学生先天性心脏病免费筛查项目"。"联心工程"设有专项资金，善款主要来源于宁波爱心企业和热心人士的捐助。所有经筛查确诊需要手术的学生，都可以免费接受手术治疗。为了这个项目，在盐源县挂职的干部们发起成立了鄞盐"心"希望救助基金，成功向鄞州区红十字会、企业家协会、爱心企业筹集专项善款 72 万元。筛查工作历时近半年，在当地学生中筛查出了几十例先天性心脏病患者，小乐就是其中一个。

13 岁的四川凉山彝族姑娘芳芳（化名），是第一例被筛查出来的先天性心脏病患者。为她做检查的，正是晏彪。从 2022 年开始，芳芳每次上体育课时都感觉"气不够用"，稍微活动一下就要停下来休息。经过详细的心脏彩超检查，晏彪发现芳芳小小的心脏里有个巨大的"洞"，确诊其为"先天性心脏病房间隔缺损"。随着时间推移，她心脏里的"洞"会越来越大，可能引发心力衰竭，甚至危及生命。晏彪赶紧建议芳芳的父母尽快让孩子做手术。

在征得家属同意后，经过周密的术前准备，手术定在2023年3月份进行。虽然已经做过很多次这样的手术了，但芳芳的心脏还是给晏彪出了一个难题。她的心脏只有成人一半大小，心脏里的这个"洞"却很大，最大直径达2.4厘米。小小的空间里要安上一把大大的封堵伞，难度可想而知。历经一个小时，随着一个直径约3厘米的封堵伞被顺利植入芳芳的心脏，"巨洞"堵上了，手术成功了！芳芳是幸运的，依托东西部协作的"联心工程"，她重获了健康。

为了让筛查出来的先心病儿童们获得更好的救治，医疗"组团式"帮扶团队向宁波市卫健委申请了更多医疗资源的支持。宁波市第二医院的多学科专家团队在2023年端午前夕来到盐源，为筛选出来的先心病儿童开展治疗。3天时间，来自宁波的多学科专家团队与盐源县医疗"组团式"帮扶团队、盐源县人民医院医护团队一起完成了14例手术。大家度过了一个既特殊又忙碌的端午节。

但在这场集中式的救治中，有3位小病患情况特殊，前文讲述的小乐就是其中一位。专家团队在病情评估时发现，包括小乐在内的3个孩子情况严重，在当地手术的风险比较高。宁波市第二医院的心外科专家杨文宇回忆，手术团队经过反复的讨论，最终一致认为患者到宁波接受手术是最好的方案。在与家属沟通后，获得了他们的同意。尽管如此，但要把3位小患者带到宁波接受手术，还是有许多的困难。

为了让3位小病患能够顺利到宁波治疗，盐源和宁波两地的医护人员也付出了许多努力。孩子们的手术费用通过"联心工程"和宁波市第二医院的医疗基金解决，同时宁波市第二医院帮助解决3名病患的家属在宁波治疗期间的食宿费用。考虑到几位孩子家庭经济情况都不太好，有的孩子父母不会讲普通话，从来没有走出过当地，杨文宇做了个决定：自掏腰包，承担 3 个患病孩子和陪同家人往返盐源和宁波的机票等路费！当天夜里 9 时许，医院开通了绿色通道，医务科和心外医护团队抵达机场接机后，连夜帮患儿办理了入院手续。

6 月 27 日，杨文宇团队为患了巴洛综合征的小乐和三尖瓣下移畸形（埃布斯坦畸形）的小珍（化名）进行了手术，手术都很成功。6 月 29 日，杨文宇团队为另一位 4 岁的室间隔小患者进行了手术，手术也顺利完成。

杨文宇悬着的心终于放下来了。作为心脏外科专家，他很清楚，小乐和小珍的病情都很严重。像小乐已经出现了心脏功能衰竭，如果不及时治疗，很快就会危及生命。好在通过手术，两个孩子都度过了生命的危机。

阳光下，让如鲜花般的孩子们健康成长。"联心工程"无疑是东西部协作医疗"组团式"帮扶团队在推进帮扶地健康管理上的一次成功尝试。

6. 小卡片背后的"师徒情"

"陈老师，快到产房来，有个双胎妊娠！"听到呼叫，陈水君几乎是快跑着赶到了产房。

陈水君是浙江省余姚市第四人民医院分娩室护士长。2023 年 7 月 3 日，根据"组团式"医疗帮扶工作安排，为打造母婴提升工程，推动危重孕产妇救治中心建设，陈水君被援派前往四川大凉山昭觉县人民医院工作。她很快融入了新的环境，成为医院产科护士们眼里的"老师"。

产房的紧急情况总是猝不及防。这一次，陈水君遇到的是双胎妊娠，产妇的宫口已开全。考虑到急产、难产的可能，陈水君第一时间赶到现场，帮助产妇分娩。双胎分娩，原本就是产科最具挑战性的情况之一。陈水君很快发现第二个宝宝是横位，胎心音降到了 90 次 / 分，尽管作了处理，但还是没有明显好转。她不禁捏了把汗，迅速固定了产妇的子宫，协助医生采用外倒转技术后开始产钳助产。终于，在一阵嘹亮的啼哭声中，产房里凝重的气氛瞬间变得轻松。

作为有着丰富经验的助产士，陈水君很清楚，产妇生产分娩的过程总是充满了未知和变化，有不少潜在危机。而助产士是产时陪伴的守护者，不仅需要扎实的接产技术，还能在处理危急重症时配合施救技术，这需要有风险意识。尤其是医疗技术相对落后的凉山州地区，如果能尽早发现产妇可能在分娩过程中遭遇的风险，准妈妈们的安全就更加有保障。

正是基于这样的考虑，对口帮扶四川的浙江许多医院派出了不少产科方面的医疗队员。来自浙江余姚市人民医院的助产士吴娟娟也是其中之一。她在来到凉山州昭觉县人民医院之后，收获了一段温暖的"师徒情"。

2023年12月30日傍晚，正在寝室整理帮扶笔记的吴娟娟听到一阵敲门声。原来是徒弟周小容来了，她手捧鲜花，递过来一张卡片，卡片上的几行字格外醒目：何其有幸，得师如您。非常幸运，遇到既负责又温柔的您。山高水长有时尽，唯我师恩日日长，愿吾师：工作顺利，每天开心……吴娟娟看着这张小卡片，眼眶不禁湿润了。

2023年4月3日，吴娟娟跨越2300公里来到昭觉县人民医院妇产科，开始了帮扶工作。为了帮助医院打造一支带不走的医疗人才队伍，吴娟娟来之前就想好了准备带一位徒弟。签订师带徒协议后，科室业务骨干周小容正式成为吴娟娟的徒弟。

吴娟娟制订了详细的带教计划，每个月她都会对徒弟进行业务上的培训和理论上的测试。周小容也没有辜负她的期待，认真好学。只要一有空，师徒俩就讨论专业上的一些问题。几个月下来，徒弟周小容的理论和业务能力有了很大的提升。

2023年9月份，四川省首届正常分娩技能接产大赛拉开了帷幕，全省共有300多家机构近1000人参加。在比拼中，昭觉县人民医院是唯一一家进入决赛环节的县级医疗单位，周小容成为凉山州的种子选手。从接到通知到参赛只有短短的十几天时间，吴娟娟和帮扶队友陈水君对周小容开展了"特训"。为了模拟真实分娩情景，更好地把控操作标准，吴娟娟、陈水君两人轮流上产床模拟产妇，根据产程进行真实还原。高强度的"模拟分娩"训练使手脚酸痛无比，但练习并未停止。

"听好胎心后，你要及时把产妇衣服拉上，不能让肚子一直露着，要体现人文关怀。"尽管周小容已经做得非常熟练，吴娟娟还是会耐心地提出更高的要求。周小容一遍一遍地练习，正规的操作几乎成了她的条件反射。功夫不负有心人，周小容不负众望，最终以出色的成绩荣获三等奖，创造了昭觉县人民医院参加省级行业技能竞赛的新历史。

得奖当然是开心的，但是周小容更高兴的是能学到真本领，能让昭觉县的产妇不用跑很远，在家门口医院就能安全分娩。她感激师傅的付出，于是买了鲜花和卡片送到了吴娟娟宿舍。

小小的卡片承载的，是一份跨越千里的沉甸甸的师徒情。

第九章

山与海的
交响曲

文化就像一条来自远古又流向未来的长河。

博大精深的浙江文化是中华文明的重要组成部分，也是浙江人永不褪色的"精神名片"，文化与经济交融互动，是浙江发展的最大亮点。

浙江是中华文明的发祥地之一，新石器时代的河姆渡文化、距今5000年左右的良渚文化，都见证着浙江文脉的悠久。浙江，也是一个文化多元交融的地方。这里有全中国最长的海岸线，孕育了广袤的海洋文化；这里有中国最早的开放口岸，很早就开展了丰富的对外交流；这里也有崇山峻岭，滋养了坚韧的山岳文化；这里更是古时繁华之地，历史上是南宋都城所在地，积淀了深厚的吴越文化，中原文化和江南文化在这里融合发展；这里的世界非物质文化遗产数量位居全国前列，有西湖、大运河、良渚古城遗址等世界文化遗产；这里也是戏曲文化的繁荣地，一部中国戏曲史半部在浙江，被称为"中国第二大戏曲剧种"的越剧就发源于此。

四川地处西南腹地，文化底蕴深厚，也是中华文明重要发祥地之一。从三星堆到金沙，古蜀文明一脉相承。四川文化灿烂，李白、苏轼等文坛巨匠如璀璨星辰，川茶、川菜、川酒、川剧等文化特色鲜明。

浙川两地，自古交往源远流长。一个是天府锦绣城，一个是钱塘繁华地。长江水孕育了气象万千的巴蜀与吴越文化，也沉淀了两地儿女"共饮长江水"的深厚情谊。

新一轮浙川对口工作开展以来，两地山海文化不断交融碰撞，各民族交往交流交融频繁。进入新的历史发展阶段，浙川两地再续山海情谊，在文化交流、民族团结的大道上续写了新篇章，生动诠释了"中华民族一家亲 同心共筑中国梦"。

1. 浙川自古情深

历史上，有许多属于浙江与四川的山海故事。

有的故事耳熟能详，如生于四川阿坝长眠于浙江绍兴的大禹，他治水时"三过家门而不入"，公而忘私的奉献精神代代相传；有的故事却在历史的烟尘里逐渐模糊，如四川人汤绍恩在浙江绍兴治水的故事，就是其中之一。

回望历史，越州十景之一的"汤闸秋涛"，三江八景之一的"宿闸渔灯""汤堤绿荫"，三江闸畔越望亭的深情"越望"……"汤公情深"的故事始终在浙江绍兴这片土地上浅吟低唱着，成为历史的回响，令人念念不忘。

先来认识一下汤绍恩。

据《绍兴县志》和《萧山县志》记载，汤绍恩（1499—1595），祖籍四川安岳，明嘉靖十四年（1535）开始任浙江绍兴府知府，通天文，明地理，善辨水系，是明代著名水利家。绍兴博物馆馆藏的《绍兴历史大事记》中，记载了3000余年间的28件大事，其中就有汤绍恩的身影。他主持修建三江闸，是明代唯一被列入的大事，堪称绍兴明代断代史"封面"。

作为明朝嘉靖年间的绍兴知府，汤绍恩主持兴建三江闸，节江制海，使江海两分，变水害为水利，创造了中国古代治水的奇迹。更让人感慨的是，这项水利工程至今仍在发挥着重要的作用。

这个因水而起的"浙川故事"，就发生在近500年前。

所谓"三江"，即曹娥江、钱清江和钱塘江，为同一水系。当时，会稽、山阴、萧山三县之水都汇聚到三江口入海。钱塘江大潮是我国第一大涌潮，也是世界三大涌潮之一，潮汐形成的汹涌浪涛犹如万马奔腾，加上潮汐日至，拥沙堆积如丘，一旦遇到连绵的雨季，水涝成灾，在生产力低下的古代，给当地百姓的农事带来很大的困扰。

汤绍恩深知治水的重要性，他察看山川地势，了解河道流向，最终决定在彩凤山与龙背山之间倚峡建闸。三江闸便是这样一个外挡涌潮、内建河湖体系的惠民工程。工程完工后，形成了外扼潮汐，内主泄蓄的三江水系。至此，这一片潮汐出没的沼泽平原被改造成富庶的鱼米之乡。这样的治水成效，在中国水利史上熠熠生辉。

三江闸是中国古代唯一的大型挡潮排水闸，也是现存我国古代最大、最早的海滨大闸，堪称世界水利史上一大奇迹。绍兴人为纪念汤绍恩的建闸功绩，在明代万历年间就在府城开元寺和三江闸旁建汤公祠，每年春秋祭祀。历史上，介绍三江闸的水利文献达数十种，其中从明万历《绍兴府志》首次展示的白描图上就可以看到这项工程的建筑难度和科学化程度。

三江闸是一个系统水利工程，包括应宿闸（建于江海交汇处）及平水、泾溇、撞塘等配套闸。汤绍恩的治水方略，巧妙在于"分"：通过应宿闸把江海两分，外抵御涌潮，内建河湖体系。其建筑手法则采取了"令石与石牝牡相衔，胶以灰秫，底措于石，凿榫于活石上，相与维系，灌以生铁"的方式，在当时已经具有了很高的科技含量。

除了主持创建三江闸，汤绍恩的治水贡献还包括开掘新塘，修筑海塘，改造南塘（鉴湖）部分损毁处，维修古纤道及调整运河水系，并由此开拓了水边通衢，在那个时代，首次全面地体现了水利开发的综合效应。

汤绍恩主持创建的三江闸，全长103.15米（1962年拓长至108米），共28孔，两端旧闸面总宽9.16米，中段宽16.47米，闸面总宽11.68米，是典型的砌石重力建筑工程。其基、墩、拱、闸等全部为石材。闸群包括主闸"应宿闸"及配套闸（平水、泾溇、撞塘闸），彼此互为依存，共同组成外挡海潮、内蓄淡水的三江水利体系，泄水流域达1520平方公里。

有意思的是，三江闸在设计时以"二十八顺天应宿"，按四方七宿排列，传递了"天地人水"四位一体互为关联的信息；至于调度水的水则碑，其"五行"（金木水火土）创意也充满了想象力，清晰地传递了遗产价值信息。

几百年来，尽管三江水系在一定条件下发生变化，但三江闸位置不变，石材质不变，主体结构不变。这"三不变"，注定了它的水利文化意义和非遗价值，其价值与都江堰首渠工程代表"鱼嘴"相比也不遑多让。

据有关资料梳理，三江闸的价值在今天仍让世人感叹其神奇：它是我国现存规模最大的砌石结构多孔水闸；我国现存古代最大水闸工程；我国东南沿海萧绍平原地区最具代表性的挡潮蓄淡工程；创造了世界上最特殊的水文设施——"五行"水则碑，实现了水资源的科学定量调度；代表了我国传统水利工程建筑科技和管理的极高水平。1963年，三江闸被公布为"浙江省文物保护单位"。

三江闸水利工程作为一个系统工程，在经历多次的整治修缮后，至今仍发挥着重要的水利作用。随着1981年新三江闸的建成，原来的三江闸已转变为内河闸。1987年，三江闸左岸新挖150米新河，配建钢架拱公路大桥，名"汤公桥"。1988年，三江闸面改筑公路路面，与汤公桥连通，构成两岸公路交通，依然造福一方。

2. 满城尽是书卷香

"衣食足而知荣辱，仓廪实而知礼节。"一座城市的发展，离不开文化的滋养。城市书房的建设，成为浙川对口工作中满足群众更加多元的精神文化需求的有效途径。

宜宾市屏山县，有个美丽的城市书房，已然成为当地的地标。走进屏山县人气最旺的马湖公园，拾级而上，就能看到一个颇具设计感的城市书房。书房总面积600平方米，藏书4000册，当地老百姓在这里可以阅读、休憩。

这个城市书房的落成，离不开浙江省驻宜宾市帮扶工作队的努力。宜宾市屏山县人民政府办公室副主任（挂职）缪李伟参与了这个项目的筹备与建设。作为浙川东西部协作文化交流的重大项目之一，书房由浙江省嘉兴市投资 200 万元建造，目的是促进两地文化、技术交流，助力屏山文化建设。为做好这个项目，在帮扶干部们的牵头下，当地与秀洲区图书馆等建立了视频会商机制，引入了东部地区城市书房建设管理的方案和做法。从"数字化"到"智慧化"，是阅读的一种发展趋势，因此从最初的设想开始，这个城市书房就不普通，它融入了浙江"数字化"的经验，升级为一个"智慧书房"，配备使用的智能化系统可以和县图书馆实现数据化对接，目的是在智慧书房和县图书馆之间实现通借通还。屏山县智慧书房不仅实行智能化管理、自助化服务，读者凭身份证进入，自由阅读、自助借还，还提供耳机森林、虚拟现实的 VR 等多种智慧化服务。

除此之外，书房的运营也更加贴合读者需求：书房开放时间长达 12 小时，提供图书借阅、报刊浏览、数字阅读、资源下载等免费服务。为了让更多人了解东部文化，书房里还设置了秀洲等地专题介绍，张贴了嘉兴名人读书语录，让吴越文化、江南文化在满满书香中走进屏山。

挂职屏山县的浙江干部们在智慧城市书房的基础上迭代升级，以智慧书房为"样板间"，打通公共图书馆服务的"最后一公里"，构筑了 15 分钟阅读圈，让老百姓在家门口享受便捷、高效、普惠的公共文化服务。

浙川携手，打造文化交流"金名片"。三年来，诸如建设城市书房这样的文化共建故事，还有许许多多。四川有个南部县，也与"城市书房"有着很动人的协作故事。

这个古老县城始建于西汉初年，置充国县。至东汉献帝初平四年（193），又分充国县置南充国县。南朝宋元嘉八年（431）又改南充国县为南国县。到了梁武帝天监二年（503），改南国县为南部县。此后，南部县所在区域经历了纷繁复杂的区划调整，其隶属关系多次发生变化，但作为地名的"南部"却保留了下来，至今已有 1500 多年的历史。

这是一座和美的城市，嘉陵江穿城而过，绵延 78 公里，整个县域面积 2290 平方公里，风景秀丽。作为一个历史悠久的古县，南部县有许多名胜古迹，如灵云山公园、桂博园、火峰山公园、梵音寺、升钟湖、八尔湖、雷家湾古民居、禹迹山大佛、华严寺等。如果你到南部县旅行，除了打卡这些景点，还可以感受南部县的"书房韵味"。

事情要从新一轮浙川对口工作启动以来说起。浙江来南部县挂职的干部们结合两地协作的契机，启动了"城市书房"的浙川东西部协作项目，规划在南部县建设9个城市书房。

2023年底，随着最后一个城市书房建成，9个城市书房全部完工并向社会开放，成为南部这座城市亮眼的文化符号，吸引了不少读者"打卡"。正所谓"唯有读书方宁静，最是书香能致远"，如今，一个个阅读空间像珍珠一样嵌入大街小巷，浓浓的书香令南部这座城市变得更加有韵味。

这9个城市书房分别有不同的主题，各具特色。比如，满福坝城市书房以少儿寓言为主题，建兴镇城市书房以书香文化为主题，南城古街城市书房以非遗文化为主题，等等。

满福坝少儿寓言馆是南部县首个城市书房项目，占地面积120平方米，分为亲子阅读区、"小马过河"主题阅读区和成人阅读区，拥有藏书6000多册，其中绘本2000多册。书房的配套也很贴心，如亲子阅读区为了让读者更好地进行互动阅读，配备了智能点读笔等设备。

南城古街的城市书房以瑞安、南部两地非遗文化为主题打造，融入南部乡土文艺，如剪纸、皮影、地灯、花灯、傩戏和瑞安的东源木活字印刷术等非遗元素，将两地优秀传统文化展现得淋漓尽致。

值得一提的是，作为浙川东西部协作项目，城市书房在建设中借鉴了瑞安文化振兴成熟经验，9个城市书房都被纳入县图书馆总分馆制体系建设。所有图书全部进行RFID（射频识别技术）编目上架流通，实现图书文献统一管理、统一编目、统一配送、通借通还，为"15分钟文化阅读圈"、打通城市公共文化服务"最后一公里"打下了基础。

未来，南部县将借助城市书房群开展形成更多的阅读活动，如开展线上线下相结合的亲子阅读、读书分享会、书画艺术展示等主题活动，助推全民阅读，提升城市文化品质。

3. 文旅融合路

文化是旅游的灵魂，旅游是文化的载体。文旅融合作为推动区域经济与文化发展的创新模式，具有极其重要的意义和深远的影响。一方面，文旅融合能够满足人民日益增长的精神文化需求，增强文化自信。通过将文化内涵融入旅游产品，让人们在旅行中感悟文化的魅力；另一方面，文旅融合是推动区域经济可持续发展、促进乡村振兴的关键路径。通过整合文化资源与旅游资源，带动"文旅＋多产业"的协同发展，能够为地方经济发展注入新动力，推动乡村文化产业振兴，提升老百姓的收入水平。

在新一轮浙川对口工作中，来自浙江的挂职干部们结合四川丰富的自然与人文资源，推动了一系列的文旅融合实践：四姑娘山下的森林音乐荟、甘洛县的梨花节……这些创新融合的做法，不仅为当地的旅游产业注入了新的活力，也带动了当地的经济发展。浙川协力，共同绘就了一幅绚丽多彩的文化与旅游深度融合的长卷。

以幺妹峰为首的四姑娘山区，是近年来川西热门的旅游目的地。两百万年之前，地壳变动，随着青藏高原的整体抬升，第四纪冰川逐步形成，发育出了角峰、刃脊、悬冰川，位于龙门山断裂带上的幺妹峰也在这场地壳变动中迅速隆升，历经漫长岁月的强烈风化剥蚀，最终形成了今天让游客们心驰神往的陡峭绝壁风貌。

如何以文旅赋能旅游？挂职四姑娘山所在小金县的浙江援派干部们想到了这样一个浪漫的点子：让音乐和美景碰撞，在以其雄峻挺拔、秀丽壮观而闻名的四姑娘山下举办一场"森林音乐荟"，提升四姑娘山旅游的体验感，吸引更多游客的到来。背靠美丽的四姑娘山，坐在千年古树下，聆听一场音乐会，这样的场景光是想象就让人向往。但实际操作起来却并不容易，钢琴设备、演奏者都需要想办法落实。小金县委常委、副县长（挂职）翟金坚和小金县人民政府办公室副主任陈巧华（挂职）想了许多办法，他们发动湖州市德清县的百年钢琴品牌企业施特劳斯参与了音乐会的筹备，终于在 2022年年底，一台价值百万元的钢琴经过 4 天的长途跋涉，从湖州运抵小金县。钢琴有了，演奏者也不能缺。在德清县相关部门的支持下，专业的钢琴老师来到小金县，专门为四姑娘山管理局培育了一名钢琴演奏师。

万事俱备，"森林音乐荟"如期开场。这场音乐荟由浙江省湖州市、四川省阿坝州、四川音乐学院三方联合举办，共设置了三个会场，四姑娘山长坪沟会场就是其中之一。2023 年 1 月 6 日上午，新年伊始，阳光晴好。海拔 3450 米的四姑娘山风景名胜区飘起了悠扬的钢琴声，"雪山""森林""音乐"等元素融合成了一场奇妙的森林音乐荟，为当地人和游客们献上了一份别样的新年礼物。四姑娘山脚下，《十送红军》《解放区的天》等钢琴曲、热情的民族舞蹈《嘉绒锅庄》引起了现场阵阵掌声；远在千里之外的德清县，湖剧戏歌《人生只合住湖州》也让人眼前一亮。这场跨越千里的森林音乐荟，如同一条无形的纽带，将小金县和德清县紧紧联系在一起。

此后，森林音乐荟成为当地一个固定的文艺节目，每年在四姑娘山景区开展 10 余场次。浙江钢琴企业向景区捐赠了 5 台钢琴，用于常态化举办森林音乐荟。除了森林音乐荟的固定演出以外，景区里还设置了钢琴车，在内隆珠措、斯古拉措、布达拉峰等点位进行流动演出，给游客们带来更加丰富的体验。

从文旅融合，到农文旅融合，除了小金县外，援派其他对口帮扶县的浙江干部们也想了许多"好点子"。在凉山州甘洛县挂职的浙江援派干部们根据当地特色，做出了"梨产业＋"的文章。

凉山州甘洛县境内山高谷深，林峰苍茫，谷壁陡峭，河岸狭窄，是典型的高山峡谷地貌。因为山地众多，耕地资源并不丰富，充分利用当地的山地资源发展农文旅融合产业，成了在甘洛县挂职的浙江援派干部们谋划的方向。

甘洛县团结乡瓦姑录村有着丰富的梨树资源，但本地的老梨树树木高大，结出的果子品相和口感都比较普通，卖不了高价钱。许多村民在种梨之外，还得外出打工挣钱，贴补家用。了解到当地的现状后，甘洛县委常委、副县长（挂职）陆剑波和县政府办公室副主任（挂职）赵巳栋积极推动，在东西部协作资金的支持下，2021年村里完成了2200亩土地流转，打造了现代化农文旅融合的产业园——田坝团结农旅融合现代园区。

首先在当地扩种了2000多亩梨园，同时引入了更受市场欢迎的翠冠梨等优质品种，帮助农户们种植新品梨树，更好地打入消费市场。2022年，在挂职干部们的协调推动下，又安排了东西部协作项目资金，结合梨园建设"亲子乐园"，设计了梨花驿站、亲子游乐等配套设施，游客们来此休闲观光，品尝特色餐饮，感受融农旅文化为一体的乡村旅游，从"卖梨"升级为"卖风景"。陆剑波和赵巳栋还把浙江的经验搬到四川，借鉴浙江奉化举办水蜜桃文化节的经验，以梨花为媒，成功举办了两届"梨花节"，累计吸引游客4.1万人，实现旅游收入46万元。随着游客增多，很多当地老百姓自发办起了农家乐，或是借着节日销售自家的农产品。在2023年的梨花节上，仅第一天，10多户村民销售土特产的金额就达到了8万元。

如今再走进甘洛县团结乡瓦姑录村，映入眼帘的是整洁的村道和五彩的花草，连片苗壮挺拔的梨树更是格外亮眼。园区已实现三产融合发展并成功打造成为甘洛县首个国家AAA景区。随着村庄名气逐渐打响，前来观光的游客越来越多。园区核心区所在的瓦姑录村113户脱贫户，年人均纯收入从2020年的9569元增至2023年的17135元，年均增长26.36%。新的旅游业态还吸引了团结乡本地村民返乡创业，投资自建游乐园、餐馆等，实现了经济的"良性循环"。

三年间，在挂职干部们的推动下，这样的故事不断在甘洛县上演：通过东西部协作资金撬动社会资本，引入了一批农特产品加工、养殖等企业来甘洛投资创业，落地了一批鲈鱼养殖、樱桃李、香菇种植、腊肉加工等高附加值的产业项目，同时通过土地流转、务工、分红等方式，不断带动周边农户和村集体增加收入。

4. 茶旅融合协奏曲

2023 年 9 月 23 日晚上，杭州第 19 届亚洲运动会开幕，万众瞩目。

来自四川省达州市万源市的浙川东西部协作礼物送到了浙江省 11 所高校的亚运志愿者们的手中——2 万份"小青荷"向前冲冻干闪萃茶，助力志愿者们更好地开展工作。"小青荷"受到了志愿者们的喜欢。这款来自大巴山的茶，还携带着一个"东西部科技协作"的故事。

万源冻干闪萃茶，用的是冻干闪萃技术。相比传统的干茶泡水，这款茶有很大的不同。传统的茶叶通过冻干科技加持，能够很好地保留茶叶鲜爽甘醇的口味特征。这样制作出来的茶叶既保留了原茶口感，还天然健康，同时能够做到三秒速溶、冷热皆宜，投放市场后很受年轻人的喜欢。

人们习惯用"巴蜀文化"来形容四川，如今的万源市就地处古时的"巴地"，当地高山环绕，茶叶种植历史追溯起来有上千年。早在宋代大观三年（1109），万源就有关于茶叶栽培的完整记载。万源石窝镇的摩崖石刻《紫云坪植茗灵园记》距今已有近千年历史，是中国记录种茶历史最早的摩崖石刻。明清以来，青花溪、大竹河已成为西北茶商集散地，万源茶叶远销粤、甘、鄂等省。经过多年的发展，万源市茶产业取得了显著成效。可以说，地处四川省东北部、大巴山腹心地带的万源的传统特色优势产业，就是茶叶。

万源市处于中国南北气候的分界线和嘉陵江、汉江的分水岭，独特的位置造就了这里重峦叠嶂、沟壑纵横的地理风貌和湿润多雾的立体气候，很适合种植茶叶，尤其是这里的土壤天然富硒，自然种植出来的茶叶成了富硒茶，全国农产品地理标志万源富硒茶为世人熟知。以"茶"兴业，成了当地发展经济的重要抓手。为此，万源市还有一个特设的局：茶叶局。这足以说明茶业是支撑万源县域经济高质量发展的最大特色产业。

早在 2018 年，依托东西部扶贫协作工作，浙江省舟山市普陀区立足万源优良的自然资源，大力发展了一批茶叶产业基地项目，带动农户种植茶叶，让万源成为拥有茶叶种植面积达 20 余万亩的"茶乡"，并迅速成为川东北重要的茶叶原料供应地，同时，引进了一批优秀浙江企业入驻。以万源市硒都嘉木农业有限公司为代表的浙企发展势头强劲，引进茶树品种"黄金叶""奶白茶"，在万源市 10 多个乡镇建设茶叶基地，打造出了浙川东西部协作茶叶产业经济中的一颗璀璨明珠"金色大地"。不仅如此，用万源富硒土壤中生长的"黄金叶"制作出的成品茶深受浙川两地消费者喜爱。

新一轮浙川对口工作开展以来，万源市委常委、副市长（挂职）丁夏浦带着其他挂职干部围绕万源市的茶叶加工、茶叶销售及品牌塑造等多个关键环节发力，在推动万源茶产业提档升级，做强做深当地茶产业的路子上想了许多办法。在他和其他挂职干部的推动下，通过东西部协作项目安排了 2500 多万元协作资金发展茶产业，不断在茶叶扩产、加工、销售上发力，助力当地茶产业进行提档升级，还通过联农带农机制，让当地农民享受到了增收致富的喜悦。也因此，越来越多的当地村民加入种茶行业，助力万源的茶产业可持续发展。

为了帮助当地茶产业闯出一条发展新路，在万源市挂职的浙江援派干部们也花费了许多心血，他们想到了科技赋能的办法。跨越山海送到杭州第 19 届亚洲运动会志愿者手中的"小青荷"向前冲冻干闪萃茶，就是其中一个成果。

这里还有一个小小的偶遇故事。2022 年 6 月的一个偶然机会，浙江杯来茶往生物技术有限公司总经理李阳遇到了回浙江考察的挂职干部丁夏浦。丁夏浦与李阳聊起了达州万源的茶产业。李阳被万源茶叶的历史、文化、品质深深吸引，尤其听说万源有着珍贵的富硒茶时，萌生了利用冻干闪萃技术将万源茶推入年轻人市场的念头。丁夏浦认为，浙江也是茶叶大省，茶产业发展多年，积累了许多茶产业方面的创新技术，而万源有品质非常好的高山茶，用浙江的茶叶技术来为万源的茶产业注入科技力量，强强联合，开发更具市场竞争力的产品，这个路子可行！在走访了浙江许多的茶企后，最终找到了合适的合作伙伴，即李阳所在的公司。由此，双方开启了浙川茶企的合作之路。

在各方的努力下，万源市杯来茶往有限公司作为万源市新一轮东西部协作引进的浙江茶叶深加工企业开始了研发创新。公司将冻干闪萃技术应用于茶叶开发，成功开发出万源冻干闪萃绿茶等 10 多款茶饮新品。相比传统的茶叶，由这种技术支撑的茶叶新产品更符合年轻人的消费习惯。三秒速溶，冷热皆可泡，并且还能拥有原茶口感和天然健康，一经推出市场就受到了消费者，尤其是年轻人的喜爱。这种茶饮还进入了西湖国宾馆销售，成为万源市探索发展茶叶新产品的一个缩影。与此同时，研发冻干闪萃茶等新产品的脚步仍在继续。目前已经研发出了更多符合年轻群体的茶饮，如蓝莓味、葡萄味、荔枝味等不同口味的冻干闪萃胶囊茶包，新颖的外观设计加上丰富的茶饮口感，一推出就受到了年轻消费市场的欢迎。接下来万源冻干闪萃茶还计划打入线下饮品快消店，比如与一些奶茶类的门店合作，线上线下齐发力，助推万源茶走向市场，打响品牌。

冻干闪萃茶的研发为万源茶产业带来了新的气象。就像万源蜀韵生态农业开发有限公司负责人胡运海说的，冻干闪萃茶的开发，打破了万源茶产业没有科技产品的历史。有了科技赋能，万源茶的采摘加工不再局限于春茶，因为夏秋茶利用率的提高，茶叶产值几乎翻一番，给广大万源茶企和茶农带来了福音。

又到一年采茶季，车子行驶在万源市的山间，层层叠叠的茶园散发着青翠的生机，戴着斗笠的茶农穿梭其间忙碌着，茶叶成了附近村民们收入的一大来源。车子最终停在了舟山市普陀区与达州市万源市共建的茶产业园区。园区里停着好几辆大巴车，一队队穿着校服的学生正在下车，开始他们为期三天两夜的"茶叶之旅"，体验采茶、制茶，学习有关茶的历史，等等。

刘明亮是万源市茶叶局局长、农业技术推广研究员，从业 25 年来，他一直致力于茶叶种植技术的研发和推广。看到学生们跟着老师在茶园里穿梭采茶，他的脸上浮现出笑容。用他的话说，这样的茶旅项目特别受欢迎，证明茶旅融合这条路走得对。其实从早些年开始，万源就借着当地茶产业的优势，瞄准一片片小小的茶叶做文章，把建设茶叶现代农业园区作为加快推进农业现代化、促进乡村振兴的重要举措大力推进。

在茶旅融合的探索中，来自浙江的挂职干部们和万源当地政府部门齐心协力，想出了许多妙招：结合万源市千年茶文化底蕴和自然村落人文风情，提炼形成了"以茶立德、以茶力行、以茶励志、以茶求同、以茶促廉"等茶故事，同时因地制宜谋划布局景点建设，打造了"多彩长田""瓦村茶语""金色大地""山水三清""沁润新开"5处茶景点。景点吸引了更多游客的到来，带动当地农民建起了50多家农家乐，有玩、有餐饮、有住宿，每年吸引大批客人到这里来观光旅游。据统计，目前每年增加的旅游综合收入超过了200万元。此外，通过推广"区域公用品牌、企业品牌"双品牌战略，"巴山雀舌""巴山早""苦竹雀舌""一山青"等一系列本土品牌逐渐被市场熟知，效益逐步提升。

前来研学的万源市白沙实验小学的学生们，正在参观浙川共建茶产业园茶史展览馆。该展馆也是东西部协作共建的项目之一。人们在馆内可以更加深入地了解万源乃至巴山地区茶叶的历史和渊源。

浙江省舟山市普陀区与四川省达州市万源市围绕"小茶叶"做活了"大产业"，两地不断开展产业协作，建基地、搞加工、创品牌、促融合，共同探索出了"一片叶子带富一方百姓"的乡村振兴"万源模式"。

浙江茶文旅融合发展的经验，在挂职干部们的推动下，在四川各地复制落地。如"白叶一号"，不仅给四川带来了产业的快速发展，也给当地带来了"茶旅融合"的新观念。

青川县嵩溪回族乡地坪村最显眼的建筑就是杭广茶叶产业综合体，这是在青川县的浙江援派干部们的推动下投资建设的，集茶叶加工、观光研学、餐饮住宿等于一体的综合体，投用后成为青川茶旅融合发展新亮点。

在采茶季里，全自动茶叶杀青机开动起来，经过杀青、理条、炒制等工序，一批绿茶新鲜出炉。这样的场所吸引了许多周边地区的游客来参观采茶、制茶。随着 2023 年 4 月地坪熊猫茶寨正式营业，来村里玩的游客更多了。

连片的茶园，既是产区也是景区。得益于近年来茶产业的发展，不仅是青川县，更多地方开始探索茶旅融合发展的途径：旺苍县木门三合生态黄茶园等茶旅景区、青川县向阳茶庄等茶旅小镇和茶庄如雨后春笋般发展起来。茶园特有的景观效应，正在让农区变景区田园变公园。

最先把"白叶一号"从浙江安吉引入达州市大竹县的是返乡创业青年廖红军，他如今是大竹县白茶村金玉芽专业合作社副理事长。廖红军常年往返浙川两地，敏锐地嗅到了茶旅融合发展的机遇。他回到大竹县，和白茶村的村支书商量后，把在安吉看到的文旅农融合发展的浙江经验带到了这里。他认为：大竹县不仅要种茶卖茶，也要卖风景。怎么卖？在当地政府和挂职干部们的支持下，在廖红军等"茶人"的努力下，大竹县打造了区域公共品牌"大竹白茶"，并于 2020 年获得国家农产品地理标志认定；同时积极引导茶旅文融合发展，将白茶核心产区云峰茶谷成功创建为国家 3A 级旅游景区。

即便是在高海拔的四川甘孜州九龙县，极其不便的交通依然没有阻挡当地发展茶文旅融合的决心。为了让产区变园区，实现"传统农业"向"农旅融合"转型，挂职九龙县的浙江干部们打开思路，协助九龙茶产业在一二三产业融合上不断探索。在结合当地文化的基础上，打造了"普米记忆"微博馆、变迁遗址、绒巴茶非遗展厅、古茶树园、茶马古道浮雕文化墙等观光项目，深入挖掘茶马古道文化、普米文化、客家文化、"非遗"文化，呈现民俗、服饰、建筑、饮食、历史等特色，传播茶叶品牌文化内涵，在推进茶产业发展与茶文化深度融合上不断前行。

一首首茶文旅融合的协奏曲，回荡在巴蜀大地上。

5. 文化碰撞出灿烂火花

四川与浙江虽山遥水远，但自古人文相通。伴随着新一轮浙川对口工作的深入推进，两地的交往交流交融越来越频繁，跨越千山万水凝结起的情谊也越来越深厚。

2022 年 11 月 1 日上午，"游诗画浙江，蜀浙里好玩"2022 浙江（四川）旅游交易会开馆仪式在成都世纪城新国际会展中心举行。这场旅交会由浙江省文化广电和旅游厅（原浙江省文化和旅游厅）主办，四川省文化和旅游厅、浙江省驻川工作组、上海市文化和旅游局、江苏省文化和旅游厅、安徽省文化和旅游厅支持，围绕"吃、住、行、游、购、娱"展示浙江文化和旅游资源，为四川老百姓带来了一场独具江南韵味的文旅盛宴，也进一步增进了两省文化和旅游的深度交流和广泛合作。展馆总面积近 11000 平方米，诗画浙江主题展区里的数字化改革成果展示区、"诗画浙江·百县千碗"展示区、非物质文化遗产展示区、对口地区展区、长三角一体化高质量发展展示区、亚运特色专区等吸引了大量游客。活动的三天时间里，现场还开展了"云直播"活动，浙川两省文旅部门相互推荐，通过直播、带货等方式，对两地的特色旅游商品和旅游资源进行了全方位的介绍。这场浙川文旅的联动带来了良好的效应。据统计，2022 浙江（四川）旅游交易会参展单位达到 600 余家，接待游客超过 3 万人，总成交额超过 2000 万元。

这次旅交会也是"2022 浙川文旅协作周"的核心活动之一。旅交会前夕，"文旅筑梦·浙川聚力"活动、2022 浙江文化和旅游推介会等相继在四川举行。当年 11 月中旬，四川省文化和旅游厅组团赴浙江开展冬季旅游主题推介活动，两省在文旅协作中可谓双向奔赴、共同发展。

2023 年 11 月 21 日，由浙江省非物质文化遗产保护中心、四川省非物质文化遗产保护中心共同主办的"蜀风宋韵——川浙非物质文化遗产保护传承交流系列活动"在四川省非物质文化遗产馆隆重开幕。浙江和四川都是非遗大省，巴蜀文化和宋韵文化交相辉映，孕育了千古传承、魅力无穷的非物质文化遗产。四川非遗中心借着这次活动的契机，围绕非遗保护传承和创新转化，积极探讨建立浙川两地在非遗工作中的合作机制。这次活动以传统人文主题为主线，选取了两地有代表性的非遗项目深入交流，探讨非遗系统性保护的工作实践，推动了两省在非遗领域迈向更深层次的合作。

浙江省驻川工作组干部何志峰介绍，在开展各类文化、旅游等领域交流活动的同时，为了进一步加大浙江、四川旅游市场的开发力度，浙江、四川两地旅行社签订了《浙川互送客源合作框架协议》，为两地旅游信息互通、经验共享、资源互补添了一把火。在浙江省驻川工作组的牵头下，浙川两省通过开辟空中直航通道，引导浙江职工赴川疗养休养，出台来川旅游优惠政策等方式，不断推动两省游客互送，全面深化两地交流交往。与此同时，挂职干部们在文旅优势产业上不断发力，吸引浙江龙头文旅企业赴川投资，将凉山灵山寺旅游项目、广安区浔栖江南度假区、广元窑文创产业基地、绵阳市梅林景区、巴中横店影视城外景拍摄基地等纳入了东西部协作重点项目，助推两地在文旅领域的深度合作。

三年来，浙川两地的文化"走亲"活动频繁开展，在促进各民族团结的同时，也铸牢中华民族共同体意识。

2023年3月和11月，浙江省驻川工作组联合共青团四川省委、共青团浙江省委、浙江广播电视集团、四川省少先队工作委员会共同开展了"红领巾心向党 浙川少年共成长""浙里石榴红"浙川青少年研学交流活动，来自浙川对口帮扶地区10余个民族共250名青少年学生和30余名当地教师参加了这次活动。师生们参观游览了宁波中国海影城、杭州西湖、良渚古城遗址、拱宸桥、大运河、浙江大学、杭州市胜利实验学校、嘉兴红船纪念馆等多个地方。两地师生相聚一堂，通过共同交流、互赠礼物等方式，在山海碰撞的文化交融中，结下了深厚的友谊。

从四川到浙江，从大山到海边，许多孩子体验了"人生第一次"：第一次坐飞机，感受高空穿越云层的速度；第一次在浙江省宁波市中国海影城住太空舱，模拟声音给动画片配音，体验科技带来的神奇；第一次看到"淡妆浓抹总相宜"的西湖……

四川省甘孜州道孚县城关第二完全小学的卓玛拥措出发前带上了妈妈的手机，在参加活动的过程中，她细心拍下了大海和沙滩的许多视频，打算带回家，给从来没有见过大海的妈妈看一看；凉山州昭觉县第三小学的阿皮优默在良渚博物院学习手工制作玉器时特别认真，她想把这份礼物送给在浙江新认识的朋友；来自甘孜州道孚县八美片区寄宿制学校的白玛梅朵的行李箱里，装了满满半箱由奶奶和妈妈制作的藏式麻花，来到浙江后她都分享给了在浙江认识的同学们。四川省凉山州美姑县儿童之家的负责人孙明静老师带着 10 多名学生参加了这次活动，这些学生此前都没有走出过县城。她发现，学生们来到浙江后，变得更加开朗更加敢于表达了。在浙江，孩子们不仅开阔了眼界，增加了见识，更珍贵的是收获了真挚的友谊，埋下了希望的种子。就像凉山州美姑县拉马镇马堵村儿童之家学生石一尔布，她在结束返程的时候告诉孙明静老师，回去以后要好好努力学习，等自己长大了，把家乡也建设得像浙江看到的一样好。

今天，这些来自四川的孩子们看见了新的世界；未来，世界将看见新的他们。

三年间，这样的民族交往交流交融活动在浙川两地间持续开展，如：2023 年 5 月，"美丽山海情 同走共富路·浙江温州龙湾—四川仪陇文化走亲活动"在南充市仪陇县启动。龙湾是书法之乡、山海之城，仪陇是朱德故里、红色沃土。此次文化走亲，龙湾为仪陇带来了优秀书法作品、摄影作品、绘画作品，增进了两地间的文化交流。同年 6 月 8 日，以"浙里石榴红 同心享亚运"为主题的 2023 年台甘青少年互访式交往交流交融活动在浙江省台州市梦创园启动。300 多位来自四川省甘孜藏族自治州的青少年在浙江进行了为期一周的研学，两地青少年一起学习、生活、交流，共同体验台州和合文化。2023 年夏季，"清凉夏日燃情火把·彝族老家幸福喜德" 2023 火把节在四川省凉山州喜德县开场时，浙江省宁波市海曙区也将自己的文艺节目带进了文艺联欢晚会现场。当浓郁的彝族风情遇上温婉的江南韵味，一场蕴含两地特色的文化盛宴令人大饱眼福。

截至 2023 年 11 月，在"民族团结一家亲，同心喜迎党的二十大""跨越千里·共享亚运"浙甘青少年同心营等活动中，两地青少年、青年英才、青联委员、志愿者等近 6.61 万余人次开展交流学习。通过"淳巴同行""甘路连心""玉炉携手""塘塘合作""桐得同心""婺道一家亲"等活动，村两委、农牧民代表、致富带头人、民族团结模范等 1.22 万余人次走进浙江。

浙川两地，正在共同演奏一曲新时代的山海文化交响曲。

念念不忘
山海情

山海虽遥，情牵千里。

全体援派干部和专技人才在四川大地上贡献了自己的青春，挥洒了自己的汗水，他们也用真心实意收获了当地干部群众的真挚情谊。

2023年6月，浙江省驻川工作组推出了"山海有深情 浙川好故事"主题作品征集活动，广邀浙江援派干部、专技人才和家属，以及支持浙川对口工作的社会各界人士参与。活动推出后，收到了大量的来稿。投稿作者将这段难忘的岁月记录在笔尖，也记录在心间。

特此辑录部分作品，展示浓浓浙川情。

1. 乘势而上，砥砺奋进 ——入川一周年有感

2021年，我们喜迎中国共产党百年华诞，见证了脱贫攻坚战取得全面胜利。根据省委安排，我担任浙江省驻川工作组组长，挂职四川省政府副秘书长，于6月1日率浙江援派干部人才队伍，从东海之滨奔赴西南天府，开启新一轮浙川东西部协作和对口支援工作。时光飞逝，入川一年来的工作生活，让我印象深刻，感怀颇多。

川有大美而不言。四川地处西南腹地，地域辽阔，是内陆开放高地和开发开放枢纽，战略地位重要。一年来，我深入走访调研了许多地方，领略了四川独特的景观风貌、人文风情。四川历史悠久，从三星堆到金沙，古蜀文明一脉相承，是中华文明重要发祥地之一；四川风景壮丽，巴山蜀水多奇观，素有"峨眉天下秀，九寨天下奇，剑门天下险，青城天下幽"

的美誉；四川文化灿烂，自古文人多入川，李白、杜甫、苏轼、陆游等文坛巨匠如星海浩渺，川茶、川菜、川酒、川剧等文化脍炙人口；四川民族多样，56个民族在这里相融相和、安居乐业，百姓坦率真诚、淳朴友爱，洋溢着民族大团结的幸福面貌。

情有所起一往而深。川在长江头，浙处长江尾；一个是天府锦绣城，一个是钱塘繁华地。长江水孕育了气象万千的巴蜀与吴越文化，也沉淀了沿岸儿女"共饮长江水"的深厚情谊。大禹生于四川阿坝，长眠于浙江绍兴，公而忘私的奉献精神代代相传；浙江诗人陆游踏遍巴山蜀水，留下八年的深深眷恋；四川文豪苏东坡两度任职杭州，在西子湖畔留下千古传唱的佳话。自1996年中央确定浙江对口帮扶四川以来，浙川共同书写了战胜贫困、圆梦小康的壮丽篇章。一年来，随着浙川交流交往不断深入，两省山海协作的内涵日益丰富、主体日益多元、领域日益拓展、形式日益多样。两地的山海协作，架起了两地携手高质量发展的桥梁，也凝聚起浙川两省人民日益浓厚的情谊。

肩有大任则志坚。浙川东西部协作和对口支援是"国之大者"，是沉甸甸的历史重任。一年来，我接触了许多深入一线的挂职干部和专技人才，看到很多挂职的老师和医生提出延长援派时间的申请，他们的坚守和热爱让我深深感动。面对党中央赋予的光荣使命，我们全体挂职干部和专技人才恪守艰苦奋斗的工作作风，秉持无怨无悔的奉献精神，保持昂扬奋进的精神状态，扎根四川，深入基层，与四川人民同风雨、共甘苦，积极推进产业协作、消费帮扶、文化交流等工作，在众多领域取得了创新突破和可喜成绩。

国有大爱则无疆。脱贫攻坚战的胜利，凝聚了全社会的力量，展现了中国人民万众一心、攻坚克难的民族大爱。一年来，越来越多的社会力量关注并参与到浙川东西部协作和对口支援工作中来。我们积极推动形成市场主体、社会力量参与的长效机制。"万企兴万村"行动顺利启动，通过村企结对，共谋乡村发展；实施教育医疗"组团式"帮扶，统筹东西部教育医疗资源，阻断贫困代际传递，守护人民生命健康；众多社会组织开展了形式多样的帮扶活动，加深了浙川两地交流交往交融，这些同心同向的大爱，凝聚成社会力量帮扶的强大合力。

党中央决策部署搭建了两省深化区域交流合作、推进协同发展、实现共同富裕的大平台；两省省委的科学谋划、顶层设计为我们的工作指明了方向和路径；浙川两省各级党委政府和相关部门的有力支持为我们的工作创造了大好环境。一年来的工作，我们深深感受到了四川干部群众对我们的深情厚谊；感受到了广大干部人才家属对我们工作的理解和支撑。

新一轮东西部协作和对口支援平台广阔、大有可为，同时也充满了挑战。贯彻落实好中央和省委要求，不仅要有量的扩展，更要有质的提升；不仅要有实践成果，也要形成制度成果、理论成果；不仅要成为全国的示范和引领，还要向国际社会展现中国特色社会主义制度的优越性。对照这些标准和要求，尽管我们取得了一些成绩，但仍有不小差距，还需付出百倍努力。

古有蜀道之难难于上青天，今有合作大道征程万里风正劲。新的一年，是接续奋斗、打造"金名片"、形成标志性成果的关键一年。我们将以时不我待的紧迫感，以舍我其谁的使命感，乘势而上、奋发有为，书写新时代浙川东西部协作和对口支援新篇章，交出无愧于人民、无愧于时代的优秀答卷。

（作者：王峻）

2. 那只在色达天空短暂飞翔过的鸟

多日阴雨的天气终于结束，我端坐案前，享受难得的暖阳。3个月前，我离开色达的时候，似乎也是同样的气温。

飞机落地成都的第二天，我们一行人同色达县人民检察院的驾驶员碰上了头；一路高速直达马尔康市，转国道 317，继续踏上 270 多公里的行程。

国道 317，远不及"此生必驾 318"出名，却也是一路的好山好水好风景。左手边是重重的崇山，右手边是低吼的杜柯河，沿路偶见泥石流冲毁后尚未修复的道路伤痕和高耸的支柱。驾驶员说，这是在修通往色达的高速。

9 点出发，19 点到达翁达镇，海拔 3300 米，血氧下降至 85，但无不适感。当时的我们还没有对环境之恶劣有一个清醒的认识，甚至还大放一些"小小 4000 米，拿下"的厥词。

隔日早饭时，只听"啪！啪！啪！"三声，三盏顶灯在我们头上炸开，翁达镇全镇停电，手机上的信号也变成了一个"×"。我们笑称这是色达给我们这群不知天高地厚的小年轻的一个小小的下马威。在这独特的"欢迎仪式"后，我们驶离翁达，前往色达县城。

到达色达县城时，阳光明媚，空中有白云，无忧无虑。我们在医疗培训中心临时落脚。布衾"多年"才"冷似铁"，我们却拥着厚厚的新被子在艳阳中冷得瑟瑟发抖。这里的年均气温是 0.8℃，即使是所谓的"盛夏"，气温也在个位数左右徘徊。他们说，在高原，海拔 3500 米是个坎，过了 3500 米，每上 100 米人体感觉都不相同，确实如此。此时，同行的张记者血氧降到了 81。徐主任开玩笑地说，我们在这里首要的任务就是：健康。

在这里，水的沸点大约在 90℃，煮了 15 分钟的鸡蛋敲开还是半生不熟。饮食的巨大差异是需要克服的另一大难关。这里无辣不欢，对于常食清淡的海边人来说一时之间很难适应，消化系统可以说是被整个击穿。我将和胃整肠丸当作糖豆来嗑，把午时茶当作糖水来喝，就这样，不到一个月，就吃完了带去的所有胃药。回到院里，大家见我就说，你怎么瘦了这么多，感觉就只剩了一把骨头。

还有一道坎，我们万万没想到的，是停电。平原地区的我们本以为停电嘛，带个充电宝不就行了。色达常年的氧浓度只有平原地区的 68%，为保护心脏，我们下了班回宿舍第一件事就是吸氧。宿舍中的制氧仪没日没夜地运转，压缩空气中的氧气不断输送（为避免制氧仪工作时室内氧浓度过低，必须保证宿舍环境绝对的通风）。7月24日，第一次停电，比手机电量告警更恐怖的是制氧仪告警。我们总共经历了7次停电，时间最长的一次有13个小时。

到达色达的当天中午，我去色达县人民检察院报到。大约是因为锻炼时间短，加上我也确实是个"刑检新兵"，他们将我安排在了办公室。办公室的工作大同小异，不过是写简讯报道、工作总结等。他们说，办公室能看到的工作更系统、更全面，希望我能带来一些内地的新想法、新思路。

后来，作为"过来人"，我接待了许多从东部地区来的人，从自己初来时狼狈吸氧，到如今从容安排客人吸氧，备齐肌苷、红景天及"民间抗高反神器"可乐，向他们介绍色达的风土人情与文化。

我们赶上了多年未举办的县庆活动，在"福地色达·金马之邀"草原游牧文化遗产体验季系列活动中，代表椒江援派队伍参与开幕式表演。天不亮就乘车到金马草原，在顶着寒风裹着厚厚的防寒服候场的时候，我们看见了草原日出，看见了鼠兔在不远处追逐，看见了阳光洒在屋顶上耀眼炫目。

离开的时候，椒江正是夏末，还有恼人的高温，色达却已飘起了雪。报名之初我就在想，趁年轻，应当多经历。跨越4000米海拔的高度，2500多公里的遥远距离，这片在天空短暂飞翔的日子是我最难忘的记忆。

（作者：赖诗晨）

3. 西出折多山，路遥亦高歌

从乡城到康定，唯一的公路是经稻城、理塘、雅江、新都桥，翻越折多山进入康定城。其中康定到理塘的路段为318国道，被誉为最美川藏线。

所谓"此生必驾318"，在这条路上行驶成为很多自驾旅游爱好者的梦想。诚然，这条国道上有雪山、冰川、森林、湖泊、草地，可以领略高原风景的变化，一生值得走一次。但是，如果这条路跑多了，感受就完全不一样了。

挂职两年来，我已记不清这条路一共走了几次。但第一次走这条路的情景，至今依然历历在目。那是 2021 年 6 月 18 日，到乡城挂职的 10 余天后，我从乡城赶到康定。记得那天一大早就从乡城出发，路上开了 8 个多小时车，翻过一座山，面前还是一座山。从山脚盘旋到山顶，又从山顶下到山脚。一路上高反加晕车，坐得浑身酸痛，到康定的时候感到强烈的头晕、恶心、腿麻。那时候我曾暗暗发誓，下次再也不走这条路了，宁愿从稻城亚丁机场坐飞机到成都，再从成都到康定。

不承想，两年时间内，这条路走了一遍又一遍。现在我都能叫得出每个垭口、每个隧道、每个乡镇的名字：无名山、海子山、兔儿山、剪子湾山、卡子拉山、尼玛贡神山、高尔寺山、天路十八弯、折多山，乡城的水洼乡、沙贡乡、稻城的桑堆镇，理塘的甲洼镇、奔戈乡、雅江的柯拉乡、红龙镇、八角楼乡，康定的新都桥镇……

从康定到乡城，翻越的第一座山就是折多山。"折多"在藏语中是弯曲的意思。从山脚往山顶去，盘山公路九曲十八弯，来回盘绕就像"多"字一样，拐了一个弯，又是一个弯。

折多山是 318 国道通往西藏的必经之路，也称进藏第一关，被誉为康巴第一关，是重要的地理分界线，西面为高原地带，东面山脚下就是甘孜州政府所在地康定市。从海拔 2560 米的康定县城，到海拔 4298 米的折多山顶，可以在一天内经历四季。经常会遇到这样的情景，在康定城区是阴雨天，车子到半山腰穿过云层和浓雾，眼前忽然豁然开朗，山顶是蓝天白云。一日不同天，一天有四季，这就是折多山的惊奇之处。每次翻过海拔 4298 米的折多山垭口，心里总有"过关"的感觉。

首先是生理关。翻过折多山，就真正进入了藏区高原。这里海拔 3000 米以上，空气稀薄气压低，氧气浓度只有平原地区的 70%，水烧到 92℃就开了。每个人都会出现高原反应，嘴唇发紫，心跳加速，脑袋昏昏沉沉。这是人体正常的应激反应，只是有些人表现强烈些，有些人表现温和些而已。除了高海拔空气稀薄之外，其实导致高原反应的原因还有低温和晕车。人在感冒或晕车的条件下，表现的自然症状就是昏昏欲睡。

第二是情感关。折多山像一道心门。对挂职干部而言，翻过这座山就意味着"他乡是故乡"，意味着使命。前不久，我去了一趟成都附近的城市对接企业，当地的机场每天都有航班，想回杭州，拎包就可以走。但在甘孜州乡城县，想回杭州就没这么方便。稻城亚丁机场的航班有时会因为天气等客观原因延误、停飞，有时候好几天都走不成。每每碰到家里有急事，也会感到一种无能为力的无奈，唯有以"舍小家为国家"的奉献精神说服自我、支撑自己。

尽管困难不少，但内心深处，我为有这样的经历而感到自豪。我深刻体会到铸牢中华民族共同体意识，促进各民族的交往交流交融很重要。让人们在相互交往中深入交流，也是做好对口支援工作的第一步。翻越折多山既是印记性行为，更是标志性事件。翻过这座山，过了这道关，我真切感知了高原风光的秀美，真切体会了民族同胞们的淳朴和热情，了解了当地博大精深的文化。

（作者：郑军辉）

4. "广浔"千里的遇见

人生是一场场的遇见，所有遇见都值得感恩。2023年10月，我有幸被组织选派到广安区妇幼保健院妇产科挂职。我非常珍惜这次机会，充分利用这次机会，在工作中多学、多听、多做，业务水平和处理问题的能力得到了提升。挂职的时间忙碌而又充实，我收获满满，感触良多。

记得刚来四川省广安市的时候我心里特别忐忑，第一次离开家乡，来到一个全然陌生的地方，不敢大胆开展工作。但我是幸运的，医院的领导都对我特别关心照顾，科室里的同事为了我能更好地适应这里的工作和生活也做了很多努力。广安区和南浔区领导多次组织座谈，到医院慰问，并帮助我们解决生活、工作中的困难。特别是从南浔过来挂职的浙江干部范学良常委，经常来看望我们、鼓励我们，给了我们足够的勇气和信心。他时常告诫我们：一进广安门，就是广安人，不做旁观者，不当局外人。医疗援派的目的是通过跨地区医学工作的经验交流，开阔双方的医疗实践视野，发挥相互学习借鉴、取长补短的重要作用，共同分享先进的医疗管理实践经验。我们要以主人翁的姿态，积极主动参与到工作中去，尽量争取多做一些事情，不负来广机会。

在短暂的适应期过去后，团队援派工作便紧锣密鼓地开展起来。几个月来，我深刻感受到了广安人民的热情好客、淳朴善良，同事们的真诚友善。无论在工作还是在生活中，他们都给予我极大的支持和帮助，让我感受到了家的温暖。正是有了他们的信任和支持，我才能够在工作中更加努力、更加坚守初心。

青春是用来奋斗的。奋斗的样子最美，拼搏的身姿最靓，基层的历练最值，在"大我"中实现"小我"是青春最炫酷的事。在广安工作的这段时间里，我发挥自己的专业优势，参加妇产科手术和产后出血急救演练等工作。在适应医院工作后，我结合医院实际情况和自己的专业，针对性地开展了妊娠期高血压疾病、妊娠合并肺栓塞、产后出血、病案首页填写等专题讲座，与当地医生一起交流学习，共同探讨解决医疗难题的方法和途径。我也加入了医院宣传和孕产妇知识科普等活动的队伍，和医护同事们一起经常下乡检查，送医上门。让村民们足不出户便能享受到高质量的医疗服务。我还定期参加区里组织开展的业务培训和学术讲座，与广安医护工作人员在相互学习中共同进步。

挂职交流是双向的。在这个过程中，我也向广安的医护同事们学到了很多新的东西，有了一些新的感悟。比如脐动脉血气分析，是我们那里目前没有开展的，我在这里详细了解了相关情况，查询了很多相关资料，准备在新技术新项目上申请这方面的内容，争取在南浔实施。

春光催人奋进。来广安挂职责任重大、使命光荣，不仅肩负着前后方组织的重托，还肩负着新时代深化东西部协作的新使命。我秉承"踔厉奋发"的初心，怀着"空杯"心态扎根广安热土，像海绵一样学习，在急难险重任务中锤炼自己，在创新破难中担当尽责，争取在宝贵的挂职期间，把经历变成经验、把阅历变成能力，让广安这段经历一生难忘、终身受用。我将一如既往奔跑前进，继续发挥自身专业优势，积极投身到建设广安的医疗事业中来，用奋斗"致青春"，用拼搏"洒热血"，拿出百倍的拼劲、千倍的冲劲、万倍的韧劲，以实实在在的工作成绩推动医疗卫生事业的可持续发展，为广安经济社会发展贡献南浔之力。

（作者：游静阳）

5. 看见坚守的力量

一路向西来到了四川，转眼已是半年。

要说习惯，我已经开始适应雅江的生活方式。一切都要慢慢来：走路，要慢慢来；爬楼梯，要慢慢来；吃饭，要慢慢来。生活中的一切，都要贯彻慢慢来这三个字。之所以要慢慢来，是我在这半年中亲身体会所得，这节奏一旦快了，就会引起连锁反应 —— 一开始只是喘不上气，进而开始心慌，身体难受，最后便是开始想念，想念家、想念人、想念没在身边的一切。我也已经习惯了耳朵时不时地"嗡嗡"作响，偶尔会突然睡不着觉，去看看美丽的星空，或是睁着眼等着迟迟不来的早晨。

要说不习惯，说实话，我还是不习惯家人不在身边的日子，不习惯每天爬几百个楼梯，不习惯天空时不时地飘下几颗雨，抬头一看，还是阳光明媚，还有些晃眼。

　　前几日医院安排下乡义诊，正在为每天爬几百个楼梯而烦恼的我，突然像是在沙漠中看到水潭一样，想都没想就报了名。去乡下义诊，可以摆脱这爬不完的楼梯，让酸痛的膝盖休息一下。成行前一晚，自然是睡不着觉的，脑子里不断划过此行的艰辛和困难。煎熬了一晚上，我晃晃悠悠地坐上了同样有些晃晃悠悠的车，随后在晃动中呼呼大睡起来，将前一夜的焦虑抛在了脑后。

　　"砰，砰"两声，在剧烈的颠簸中，我醒来了。脖子因为保持一个姿势，痛得动不了，我用手扶了下头，把它恢复成正常的生理位置，然后擦了下口水，迷迷糊糊地往车窗外望去："哇哦！"同往的两个女孩转头看着我。"高老师，你终于醒了，要不要吃点刚才在路上拔的野草的茎呀？"其中一个叫亚玛拉姆的女孩用带着浓重的藏区特色的普通话说道。我闻了闻这翠绿色的茎，一股刺鼻的味道充斥着整个鼻腔，我摇了摇头，继续看向窗外。

　　车子飞驰，凉爽的山风不断地涌进车里，深吸一口气，氧气瞬间充满整个胸腔，我感到前所未有的畅快，困意全无。车子朝着雅砻江下游开着，从一座山上不断盘旋而下，随后又从另一座山脚，往上攀爬。在山中开车，有一件非常有趣的事，总是有种自己已经上到山顶的感觉，但抬头往上一望才发现，山顶隐在云雾中，只露出了淡黄色的一抹身影，提醒着路人还只是在半山腰，前面的路还很长，很远。再向远处的那座山望去，一条笔直的、淡黄的横线划过墨绿色的山。司机指了指那条横线说："刚才我们就是从那里过来的，还好昨晚没下雨，不然肯定有泥石流。现在我们开的这条路，差不多也是在半山腰，等会儿还要上到山顶，再翻过一座山，就到波斯河乡了。"

　　在不断的惊呼声中，车子顺利地开过连续不断的急转弯。我的头伸出窗外，看着对面山上像发卡一样不断折叠而上的公路，赞叹着上下山车速之快，司机车技了得，并且在心里默默祈祷，平平安安到达目的地。

　　终于在一路不时地下车搬走路上的碎石，以及不断的急转弯中，来到了一个山谷。这里溪水湍急，植被丰茂，我们停下了车，暂做休整。亚玛拉姆开心地跑到路边，摘着刺泡，大把大把地塞进嘴里。我也摘了一个，尝了尝，酸酸甜甜的，于是一发不可收，把目之所及的野果一股脑儿放进了嘴里。

"一路上也没见几辆车。这连绵的群山，在半山腰就有云雾缭绕。相比318国道，这里风景更好，而且还不用担心密集的车辆和人流。为什么没人来这旅游呢？太可惜了。"我嚼着一个酸到掉牙的野苹果说道。亚玛拉姆将手中最后一颗刺泡放进嘴里，说："这里太偏了，而且一路上全是落石和急转弯，要是不熟悉路况的人过来，可就遭殃了。"我看着坐在路边休息的司机，心里油然而生一股敬意。亚玛拉姆把一瓶水递给我，说道："这里太偏僻了，山里的人都想出来，谁还有心思来这地方旅游呀。"

亚玛拉姆随口说的一句话，让我突然意识到自己是多么的天真。自我来到雅江，总是带着游客的眼光去看待这座城市，寻找着可以游玩的地方和可以观赏的美景，想着对于这座城市来说自己终究只是一个过客。可我从未想过，当我来到这座城市以后，已经变成它的一部分。每天努力地工作，不断地上下楼梯，遇到很多熟悉的却叫不出名字的人，每一分每一秒都在雅江这座城市留下些许印记。我也从未想到，这一座座高耸入云，令我不断为之惊呼的盘山公路，却是波斯河乡居民乃至整个雅江县人走出去的重重阻碍呀。

车子又连续开了三个小时，终于到了波斯河乡。迎接我们的是皮肤黝黑、瘦瘦高高的徐院长，他已经在波斯河乡卫生院工作了好多年。他的热情让我有些不知所措 —— 不仅亲自下厨做了几个菜，将不辣的那盘放在了我面前，而后又安排了我最担心的住宿问题，还帮忙提着行李，把我送到寝室，简直就是五星酒店的"服务"。

在雅江的聚餐，着实让我大开了眼界。为了迎接我们，波斯河乡的干部也一同来到卫生院的食堂就餐。吃完晚饭，我以为聚餐已告一段落，结果突然有位长发男子唱起歌来，"圣洁的雅江，我的故乡"。随后同桌吃饭的人都跟着唱，在碗里倒上了砖茶，相互敬了起来。随后另一个身材魁梧的汉子站了起来，端着酒唱着藏语歌曲，又是一次的全体合唱，然后笑着又干了一碗。在汉文歌和藏文歌的不断切换下，不知不觉就过了半个小时。

我五音不全，怕被邀请着唱歌有些尴尬，就借着打电话出了食堂。正在卫生院的院子里闲逛，看到徐院长也跟着出来了，我俩相视一笑，同时抬头看着黑色的夜空。

"今天会下雨，看不到星星，真是可惜。"徐院长笑着，露出洁白整齐的牙齿。我说："那确实可惜了。在县城看星空很漂亮，在这里灯光比较少，肯定看得更清楚。"徐院长招呼我一起去医院外面看看，我跟着他出了院门。

"我们波斯河乡的老百姓现在大部分都在外面打工，要等到采松茸的日子才会回来，到时候就会热闹起来了。""这里海拔这么低，也会有松茸吗？"我问道。"当然有了，到时当地人都会到青杠树林里采松茸了。"我看着漆黑的乡间小路，很难想象是什么样的宝物，才能每年定时地将远行的人招回到这个偏僻的乡村里。"这松茸啊，差不多是波斯河乡村民主要的收入来源，全家一起上，能挣不少钱呢。"徐院长在路边找到一棵野苹果树，可惜树枝太高，怎么跳都摘不到树上的果子。

"年轻人都走出这里了，还会回来吗？"我问道。在我心里这里太偏僻了，肯定有很多人想去大城市见见世面。徐院长笑着说："当然会回来，当地很多年轻人都选择回来照顾父母。"我对他的这番话保持怀疑，若是以前可能还会出现这种状况，但时代在改变，年轻人总是会追求更加新鲜和富有挑战的生活。

我问徐院长："你有没有想过要离开这里，去条件更好的地方？毕竟你的家也不在这里。"徐院长笑着，黝黑的皮肤衬得牙齿更加洁白："以前有领导让我去雅江县上工作，不过我拒绝了。工作嘛，在哪都一样。这里我住习惯了，而且村民都认识我。我敢说我不带一点吃的，在这波斯河乡也不会饿着。"

我想着亚玛拉姆白天在山野间摘野果子的画面，问道："这里野果也这么多吗?"徐院长抓着头说道："这里去县城要五个多小时，一遇到下雨天就滑坡封路，老百姓看病太难了，我留在这里可以帮帮他们。乡下的医院，愿意来的人太少了；有些来了就走，走了就再不见人影了。"迎面走来一头牦牛，甩着尾巴驱赶苍蝇，到徐院长跟前时，"哞"地叫了一声，"看，连牛都认识我。"徐院长说道。

我们绕着医院走了一圈，再次回到门口时，还能听到食堂里欢快的歌声。"高医生，你在这儿到处看看吧，我去里面招呼一下。"徐院长说着就向食堂走去。

我坐在院子里的长椅上，试着揣摩食堂飘来的歌声的大意，但终究是徒劳。这次下乡，也算是不远百里，给当地的居民体检，筛查肺结核，对氟骨病患进行治疗，但总共才两三天时间，能够帮助的人少之又少，就像是一颗石子丢进湖里，泛起一圈圈的涟漪，最终也留不下太多的痕迹。而像徐院长这样一直坚守在这里，虽然只是一份工作，但对于这个乡来说，他的存在却意义非凡。

"山里的人想出来。"光是越过这层层山峰的阻拦已是困难重重，还要跟上外面世界一刻不停的节奏，更是让人感到疲乏，所以那些走出去了，却勇于回来坚守的人才是最勇敢的人。正是这些人的坚守，才能在这片偏远的土地撒下希望的种子，让它发芽生长，苗壮成长，让更多的人走出去，去拥有更好的生活。或许松茸已经变成了一个念想，让远行的人有个借口，再回到家乡，回到父母身边；采松茸的日子，也就变成了家人团聚的节日。随着念想不断深入，总有些人留了下来，扎根在这片土地上，日子才会越来越好。

四天后下乡结束，回去的路上，迎面而来很多疾驰的汽车和摩托车，年轻人正赶着回家。采松茸的日子就快到了。

（作者：高杰）

6. 索玛花开迎客来

鲁南山上彩云飞，

索玛簇簇向阳开。

金色瓦拉黑辫儿，

彝族阿妞迎客来。

客人是谁不用猜，

支教小伙好风采。

千里港城别亲人，

栽培高原新一代。

悠悠春暖育花蕾，

瑟瑟冬寒盼成才。

献智献爱献青春，

梦情梦歌梦未来。

（作者：郑科艳）

独山松，巴山蜀水
永远记得他

六月，大凉山的索玛花又开了。

如果他还在。

看到大凉山深处的普格县德育村游客如织，村民们终于吃上了"旅游饭"。像德育村这样的 125 个乡村振兴示范点如璀璨珍珠般分布在四川大地上，描绘出一幅宜居宜业的乡村画卷。

看到就读峨边职高的彝族姑娘海来石里在绍兴学习和酒店实习后，在成都一家酒店找到了一份主管工作。临近毕业季，还有许许多多像她一样的学生通过"蓝鹰工程"找到了心仪的工作。

看到巴中市巴州区的"巾帼工坊"里，年轻妈妈罗雪通过编织中国结，照顾孩子的同时也能挣钱补贴家用。各式各样的来料加工帮扶车间如雨后春笋般开设起来，灵活用工、半用工等制度方便了越来越多的残疾人、低收入人群在家门口找到工作。

……

也许他会感到欣慰。

永远的独山松

三年前，他受命带队赴川。

2021 年 5 月 31 日，在即将出征前的座谈会上，他在笔记本里写下："不忘初心、牢记使命，不辜负组织重托、人民期望，让我们共同努力，在巴蜀大地上干出一番事业。"

熟悉他的人说，他是一个理想主义者，更是一个实践者。从东海之滨奔赴巴蜀大地，不到两年半时间里，他频繁往返高海拔的高原雪山之间，调研行程超 10 万公里，航班飞行超过 120 次，直到生命的尽头依然心系工作……

他的名字叫王峻，他用生命实践了理想主义。

2024 年 3 月 25 日，浙江省赴四川省东西部协作工作组组长，浙江省文化广电和旅游厅副厅长（正厅长级）、党组成员王峻因病逝世，年仅 52 岁。

有人问：究竟是什么力量，能让一个人这样极致地燃烧自己的生命？

如果时间能退回到 1994 年的那个深秋之夜，王峻日记里的这段话，早已回答了这个问题："倘若一个人树立着的是崇高而宏远的理想，他所从事的事业是为了人类、社会、国家，那么他就会迸发出永不熄灭的生命之火。"

万里奔行　只为苍生

当一个人不是为了一己之私而努力奋斗的时候，他就会获得无穷无尽的力量；当一个人全心全意为群众服务的时候，他就会无往不胜。

从浙西南的云和县、缙云县、松阳县，到浙江省文化广电和旅游厅，再翻山越海来到 2000 多公里外的四川，王峻对待工作始终"拼"字当头。

短短一年半时间，王峻走完了 68 个结对帮扶县（市、区）。熟悉四川的人知道，这意味着极高的工作强度：四川地域宽广，尤其是三州地区（甘孜、阿坝、凉山），从一个县到下一个县的车程往往要 4—6 小时甚至更久，多是蜿蜒曲折的山路，少有高速公路通达。

凉山州，因为有重重大山阻隔，交通极其不便，当地的经济社会发展也受到了制约。这里曾是四川脱贫攻坚最后攻克的堡垒，也是新一轮浙川对口工作中巩固拓展脱贫攻坚成果任务最重的地区之一。入川两年多时间里，王峻上山下乡，走村入户，十余次到达凉山。

2021 年 6 月 3 日，王峻到四川的第三天就开始了调研工作，首站就是大凉山。

2022 年 3 月，王峻用 6 天时间走遍了凉山州 5 个县，车程近 2000 公里。许多人进大凉山都会因为山路崎岖颠簸而晕车，但浙江省驻凉山州帮扶工作队的挂职干部应雨航回忆，在陪同王峻调研时，他发现王峻总在车上听汇报、看材料。有次他担心地问：不会晕车吗？王峻笑答，在浙西南山区工作 18 年，早就习惯了在山路上翻阅资料。

索玛花开了又谢，凉山州也在挂职干部人才们的努力下，变得越来越好。

借着东西部协作的契机，一个个"造血"的产业落户凉山，给老百姓带来就业机会的同时，也带动了当地产业的发展。

为了破解凉山州农优产品"出川难"的问题，凉山、宁波两地创新推出产销"两地仓"，离太阳最近的盐源苹果，雷波县的脐橙、凉山苦荞茶等凉山优质农特产品集中到西昌的产地仓，形成规模后直送到宁波销地仓，顺利打开了东部消费市场。

山海交融的文化交流拉近了浙川两地的距离。凉山州的彝族火把节走进了宁波，两地人民共同分享了这个美好又热烈的"东方狂欢节"。

"学前学普"活动在凉山多地举办，学前孩子们和家长学着讲好普通话，有了更多走出大山的机会。

在教育、医疗"组团式"帮扶下，凉山州各地的医疗教育水平也不断提升——

有了第一位本土培养考入"北大"的大学生；

金阳县开设了第一个眼科门诊，老百姓在家门口就能看病治疗；

盐源县的"联心工程"，从全县学生中筛查出了多位患有先天性心脏病的学生，并帮助他们顺利完成了手术；

……

能干事的时候不干事，更待何时？

尽心尽力的务实作风，是许多人对王峻的印象。

在浙江省驻川工作组干部何志峰的印象中，王峻总是背着一个黑色的大公文包，步履匆匆。这个大包被装得满满当当，电脑笔记本、随身阅读的书、各种工作资料，还有一个旧茶杯。两年多时间，原本簇新的黑包早已磨损，提手处也起了毛边。在四川两年多时间里，王峻记完了近20本工作笔记本。

拿浙川对口工作中标志性的"蓝鹰工程"来说。2021年，浙川两省以诸暨—沐川为试点实施"蓝鹰工程"。王峻特别关心这项工作，他对挂职干部们说，职业学校是困难家庭孩子比较多的地方，职业教育的高素质培养和高质量就业，是一件非常有意义、非常值得去做的事情。在他的笔记本里，有关"蓝鹰工程"的内容就写了密密麻麻好几页纸。两省携手，通过产教融合、科教融汇、校企合作等多种方式，开展订单式培养"蓝领鹰才"，累计培养了3429名职校学生，其中脱贫户学生、困难家庭学生占比达77%。

先锋书店创始人钱小华记得，他接到过好几个电话，都是王峻在四川各地调研期间打给他的。在阿坝州马尔康市、甘孜州的康定市和泸定县，不是高原就是山区，抑或是深夜加班，钱小华每次都能感觉到电话那头的迫切心情：希望他能到四川来，带着文化项目来帮扶当地。作为好友，钱小华一直担心王峻的身体，劝王峻要好好休息，保重身体。王峻反而劝他："这个时候不干事，更待何时？趁自己还能干事，要只争朝夕。"

2022年5月，巴中市与金华市建立革命老区重点城市对口合作关系。这是浙川东西部协作对口帮扶工作的一项新任务。浙江省驻巴中市帮扶工作队队长谢国才回忆，王峻第一时间就召集他们召开了金华—巴中革命老区重点城市对口合作工作座谈会。让谢国才意外的是，尽管这是一项新的任务，但王峻早把革命老区相关政策文件吃透了，他结合金华和巴中两地实际，谋划推进两地的深化合作，全域推动两地政府行业部门、社会组织、企业等在人才、产业、消费、劳务、文旅、教育等领域的协作。

一直在路上的前行者

2023年9月9日，我跟随王峻到石渠县调研，一路从石渠县到德格县、甘孜县。途经土路时，车子几乎在路上跳跃着颠簸，尽管系了安全带，我依然感觉到胃里翻江倒海。

石渠县是68个县中海拔最高的，平均海拔超过4500米，走路稍微快些，就会感觉头昏脑涨。在看望教师医生专技人才时，要爬3层楼，等爬到楼上，我打开电脑想记录一些采访内容，大脑因为缺氧反应迟钝了，尽管能听到对面的人在说话，但想记录时却迟迟反应不过来。王峻没有休息，一进房间就仔细看了援派医生教师们的住宿条件，之后才坐下来和大家谈心。他与每一位医生和教师都做了沟通交流，认真地记下他们在工作与生活中遇到的问题。在高海拔地区，说话也特别耗氧，一个多小时的交流结束时，他的嘴唇已经有些发黑。

在多次跟随王峻调研的过程中，我发现每到一个县里，他都会与当地的挂职干部和教师医生等专技人才谈心谈话，记录下他们遇到的困难，尽力帮助解决。尽管他总是勉励大家"缺氧不缺精神，艰苦不怕吃苦"，但他心里总有太多的牵挂。

挂职理塘县委常委、副县长的叶小明在追忆王峻的文章里记录了这样一个细节："还记得 2021 年出征前，在浙江省人民大会堂，您单独把我们几个挂职海拔最高的石渠、理塘等地的同志叫到身边，耳提面命，让我们注意身体。您说一定会来看我们的。您没有食言，数次来到理塘，而且陪我们过夜，与我们挂职干部及专技人才聊家常。我担心您像我们一样高反，一再劝您不要在理塘住宿，但您始终坚持要与我们同吃住。第二天早上您离开之后，微信给我发了各种有助睡眠的轻音乐，嘱咐我晚上睡不着的时候可以听听。即使身处'世界高城'，海拔高，温度低，但是那一刻，我很温暖。平常我们的微信记录，除了工作事项的请示及报告之外，最多的就是您的关心与问候，天凉要注意保暖，晚上即使睡不好也要坚持休息，等等。"

在关心挂职干部人才的同时，王峻自己却常常拼了命地工作。有好几次，从对口帮扶县出差返回，到达成都时已接近半夜，但他依然直奔办公室，继续工作。

心里装的始终是老百姓

儒雅的外表下，是一颗深怀百姓疾苦的心。王峻格外关注残疾人，低收入群体，老人、孩子等弱势群体，他总想为这些人多做一些事，多帮助到一些人。

2022年夏天，王峻到平昌县调研工作。挂职平昌县委常委、副县长的杨文彪记得很清楚，在考察平昌县残疾儿童康复托养中心时，王峻特别叮嘱，这个项目是改善民生、帮扶特殊群体的好项目，要以此为点，面上推开，帮助到更多有需要的人。一年后，在四川省残疾儿童康复工作东西部协作（峨边）现场会上，他提出要全面推进浙川东西部协作残疾人项目。

浙江省驻川工作组干部王亚楠总忘不了那一幕：2023年4月，他陪同王峻在绵阳市参加盲人按摩培训班。在上台为学习结束的盲人们颁发证书时，他看到王峻的眼眶里含满了泪水。对于一个盲人而言，能有一技之长养活自己，对他们的人生而言意义重大。在王峻看来，通过培训班这样的方法帮助盲人实现就业，是一项非常有意义的工作。

广元市剑阁县创新推出了"帮帮摊（店）"，为残疾人摊主提供从货源组织到销售培训的服务，帮助残疾人摊主们实现"一摊养一家"。"帮帮摊"摊主杨微至今都很感动，在参加"帮帮摊（店）"项目的启动仪式时，王峻看到坐在轮椅上的他，蹲下来问他需要什么帮助，需要解决什么问题。每个问题都问得很细，其良苦用心可见一斑。

时间退回到1994年的那个深秋之夜，王峻在日记本里写下了这样一段话："倘若一个人树立着的是崇高而宏远的理想，他所从事的事业是为了人类、社会、国家，那么他就会迸发出永不熄灭的生命之火。"

王峻走了，他留下的发言材料里，有他亲笔写的一行字：三年援派结束，要把挂职干部一个不少地带回浙江。

如今，三年援派期满，独独少了他一人。

王峻走了，但他永远活在大家心中！他的精神激励着更多的实践者投身理想事业，并为之奋斗不息！

他像一棵松！傲然挺立，让人们看到了这个时代理想者的模样。

他如同一道光！这光，曾给予我们巨大的力量，并将一直照耀着我们前行。

初夏时节，索玛花又开遍了山坡。

东海边吹来的风，带来了无尽思念，巴山蜀水永远记得他。

三年前，带队奔赴四川的王峻曾向全体挂职干部和专技人才提出了

"三连问"——

来川为什么？

在川干什么？

离川留什么？

三年后，所有援派干部和专技人才都用实际行动作出了回答。

谨以此书缅怀王峻同志，致敬每位援派干部和专技人才。

诸　芸

2024 年 6 月 25 日